novum pro

AF009969

Elke Edith

RÜCKKEHR INS REICH DER ELFEN

novum pro

Bibliografische Information der Deutschen Nationalbibliothek:

Die Deutsche Nationalbibliothek verzeichnet diese Publikation in der Deutschen Nationalbibliografie. Detaillierte bibliografische Daten sind im Internet über http://www.d-nb.de abrufbar.

Alle Rechte der Verbreitung, auch durch Film, Funk und Fernsehen, fotomechanische Wiedergabe, Tonträger, elektronische Datenträger und auszugsweisen Nachdruck, sind vorbehalten.

© 2016 novum Verlag

ISBN 978-3-95840-149-5
Lektorat: Isabella Busch
Umschlagfotos: Pseudolongino, Patrik Ružic, Katalinks, Ig0rzh, Kydriashka | Dreamstime.com
Umschlaggestaltung, Layout & Satz: novum Verlag

Gedruckt in der Europäischen Union auf umweltfreundlichem, chlor- und säurefrei gebleichtem Papier.

www.novumverlag.com

INHALT

Als Kaïtara, die Tochter einer Viertelelfe und eines englischen Polizeiinspektors, dem Elfen Aviyan, den es in die Welt der Menschen verschlagen hatte, das Leben rettet, werden sie und ihre Familie ungewollt in den Kampf um die Macht im Elfenreich hineingezogen. Denn in Aviyans Heimat herrscht Krieg am Königshof.

Kaïtara, die sich gleich zu Anfang ihres Kennenlernens in den jungen Elfen, der in Wahrheit der rechtmäßige Thronfolger ist, verliebt, steht ihm bei in seinen Bemühungen, das Reich vor dem Untergang zu retten und selbst den Thron zu besteigen. Dabei wird sie sich bewusst, dass sie doch mehr Elfe ist, als sie das bisher vermutet hat. Das Erbe ihrer Mutter in ihr muss nur noch geweckt werden und sich zu voller Stärke entwickeln.

Doch der Kampf gegen die Mächte, die das Elfenreich bedrohen, stellt die Liebe des jungen Paares auf eine harte Probe. Wird diese Liebe groß genug sein, um allen Angriffen standzuhalten und ihnen eine Chance auf ein gemeinsames Leben in einer friedlichen Welt zu geben?

PERSONENVERZEICHNIS

Kaïtara Narami Richards: Die junge englische Polizistentochter, die durch das Erbe ihrer Mutter noch Elfenblut in den Adern trägt, verliebt sich in einen echten Elfenprinzen, den es auf der Flucht vor seinen Verfolgern in die Welt der Menschen verschlägt.

Aviyan: Der Elfenprinz und Thronfolger muss vor seinen Verfolgern in die Welt der Menschen fliehen. Er findet in Kaïtara eine Verbündete und verliebt sich in sie.

Sandra Richards: Die Frau von Oberinspektor Jameson Richards ist die Tochter einer Halbelfe und eines Menschen. Sie hat etliche Fähigkeiten auch an ihre Tochter Kaïtara weitervererbt.

Jameson Richards: Dem Oberinspektor fällt es sehr schwer zu akzeptieren, dass das Elfenerbe seiner Tochter noch viel stärker ausgeprägt ist als bei seiner Frau Sandy.

Albert: Der langjährige Diener des Ehepaars Richards ist auch deren Tochter Kaïtara treu ergeben.

Bila:	wird die persönliche Dienerin und Gesellschafterin von Kaïtara am Königshof der Elfen
Nivâra:	ist die Heilerin im Elfenreich
Kelanar:	Der alte König der Elfen und Vater von Aviyan erliegt den Intrigen seines Neffen Mindavis, der selbst den Thron besteigen will.
Mindavis:	Der Neffe des alten Elfenkönigs Kelanar und damit Vetter von Aviyan will selbst den Thron der Elfen besteigen und zettelt eine Revolte an.
Linuma:	Die Hofdame im Palast von Aviyan ist die Lichterbraut und wird Sandys Gesellschafterin, von der sie noch viel über magische Lichterscheinungen lernen kann.
Thalion:	Hauptmann der Elfenwache
Nivânus:	Thalions Stellvertreter

RÜCKKEHR INS REICH DER ELFEN

„Ach, Mom", seufzte Kaïtara, „ob ich wohl je meine Elfenkräfte finden und nutzen werde?"

Sandy Richards, die eigentlich Sandra hieß, jedoch von ihrem Mann nur Sandy genannt wurde, sah ihre Tochter über deren Kopf hinweg im Spiegel an, lächelte und antwortete ihr ebenfalls, ohne dass sich ihre Lippen bewegt hätten: „Irgendwann wird es geschehen, mein Kind, irgendwann, wenn du es gar nicht erwartest."

Die beiden sahen einander im Spiegel zwar an, doch ihre Unterhaltung fand rein telepathisch statt, denn beide trugen noch einen Anteil Elfenblut in sich. Und zumindest Sandys Fähigkeiten waren seit ihrem Erlebnis im Reich der Drachen zu großem Können angewachsen. Dorthin war sie zusammen mit ihrem Mann, dem Polizeiinspektor Jameson Richards, den sie ebenfalls liebevoll mit einem Kosenamen – Jamie – titulierte, durch ein Dimensionstor gelangt, welches sie selbst geöffnet hatte. Sie kämmte und bürstete die langen braunen Haare ihrer Tochter, die so wunderbar seidig glänzten, als wären sie mit Sternenstaub bestreut, mit versonnenem Blick weiter.

„Du musst einfach nur Geduld haben", philosophierte sie weiter. „Auch wenn du nur noch eine Achtelelfe bist, so liegen irgendwo tief in deinem Inneren Kräfte verborgen, die dich vor allen anderen Menschen auszeichnen. Da bin ich mir sicher."

„Aber ich kann mich doch gerade mal nur mit dir geistig unterhalten. Warum kann ich nicht auch zu anderen Kontakt aufnehmen? Obwohl ich bei dir zusätzlich auch noch in die Schule gehe und alles über Elfen, ihre lange Geschichte und ihre Kräfte lerne. Aber ich kann mein Wissen nicht anwenden."

Ein trauriger Zug legte sich um ihre Mundwinkel, der so gar nicht zu dem hübschen Gesicht mit den hohen Wangenknochen und den dunkelbraunen Augen, die sie von ihrem Vater geerbt hatte, passen wollte. Sie war ein intelligentes siebzehnjähriges Mädchen, das sich doch eigentlich freuen sollte, dass sie an diesem Abend auf eine Party ihrer Schulfreunde gehen konnte, denn sie würde in ihrem blauen Cocktailkleid, das ihre schlanke Figur so gut betonte, gewiss allen anderen die Show stehlen. Aber immer dann, wenn sie mit ihrer Mutter übte und versuchte, irgendetwas zu tun, was nur Elfen mit ihren magischen Kräften schaffen konnten, gelangte sie an den Punkt, an dem sie einsehen musste, dass es bei ihr diese Kräfte einfach nicht gab. Und mittlerweile war sie zu der Überzeugung gelangt, dass es sie wohl auch nie geben würde. Und diese Erkenntnis machte sie immer sehr traurig.

„Du darfst nicht mit dir hadern, mein Schatz", versuchte Sandy sie aufzumuntern. „Welcher Mensch kann schon von sich behaupten, telepathisch veranlagt zu sein? Du bist es aber! Und auch das ist schon ein Erfolg!" Sie lächelte das Spiegelbild des Mädchens an und forderte sie auf: „Sieh nur, wie hübsch du bist. Ich frage mich gerade, ob das Kleid dich schmückt oder du das Kleid?"

Jetzt musste Kaïtara doch lachen und stand von dem Stuhl auf, auf dem ihre Mutter sie frisiert hatte. Im selben Moment hörten die beiden den Hausherrn auf den Hof des Bungalows fahren und kurz darauf das Haus betreten. Schnell blickte das Mädchen in den Spiegel, um sich jetzt in ganzer Größe betrachten zu können.

Dann musste sie plötzlich grinsen und fragte gedanklich: „Worum wetten wir, dass ich weiß, was Dad sagt, wenn er mich so sieht?"

„Ich glaube, das ist nicht so schwer zu erraten", meinte Sandy. „Er wird so etwas von sich geben wie: ‚Das kannst du nicht anziehen! Der Rock ist viel zu kurz! So gehst du mir nicht aus dem Haus!'"

Kaïtara nickte zustimmend: „Genau das denke ich auch!"

„Wir werden sehen."

Schon näherten sich schwere Schritte, die zweifellos zu ihrem Gatten gehörten, wie Sandy festzustellen glaubte. Dann öffnete sich auch schon die Tür zum sehr großzügig geschnittenen Wohnraum, und Oberinspektor Richards, Leiter einer Spezialeinheit in seiner Polizeibehörde, betrat das Zimmer, jedoch nur, um im nächsten Moment wie angewurzelt stehen zu bleiben. Seine hochgewachsene Gestalt füllte fast den Türrahmen aus, als er seine Blicke über seine Tochter schweifen ließ.

„So willst du doch nicht etwa zu dieser Party gehen? Mit so einem kurzen Rock? Nein, also wirklich, das kannst du nicht anziehen!"

Seine angenehme Baritonstimme, der man die Missbilligung anmerkte, erfüllte den Raum, doch seine Worte brachten die beiden Frauen seines Hauses augenblicklich zum Lachen. Ihr Gelächter hallte ihm entgegen, ohne dass er einen blassen Schimmer davon gehabt hätte, warum das so war. Etwas verwirrt blickte er von einer zur anderen, bis ihm plötzlich ein Licht aufging.

„Ihr habt euch mal wieder gedanklich unterhalten, ihr beiden, und mein Kommentar passt da wohl zufällig genau hinein, was? Jetzt schaut nicht so unschuldig, sondern sagt mir schon, was los ist!"

Da Kaïtara noch immer kicherte, packte Sandy ihren Mann am Arm und zog ihn zur Seite. Jetzt reckte sie sich erst etwas und gab ihm einen Begrüßungskuss, den er nur zu gerne erwiderte und durch den er bereits etwas besänftigt wurde.

„Schau mal, Jamie", begann Sandy, „dieses Cocktailkleid habe ich unserer Tochter extra für heute Abend gekauft. Es steht ihr ausgezeichnet. In einem längeren Kleid, das auch oben mehr Stoff hat, würde sie möglicherweise als Mauerblümchen enden. Und das willst du doch nicht, oder?"

„Was heißt denn hier Mauerblümchen? Unsere Kleine ist doch genauso hübsch wie du! Da braucht es doch nicht auch noch so ein Kleid! Da zeigt sie ja mehr, als sie verbirgt!"

Der Inspektor schien ernsthaft besorgt, was das züchtige Auftreten seiner Tochter anging, doch Sandy ließ nicht locker.

„Genau das ist das Problem, Darling. Du sagst ‚unsere Kleine', das ist sie aber nicht mehr. Vergiss bitte nicht, dass sie schon siebzehn und durchaus in der Lage ist, sich eines zudringlichen Verehrers zu erwehren. Schließlich hast du sie zu den ganzen Selbstverteidigungskursen bei der Polizei geschleppt. Warum sollte sie sich für diesen Abend also nicht hübsch machen und sich auf der Party amüsieren? Du kannst sie nicht ewig festhalten!"

Jamie machte bereits den Mund auf, um etwas zu erwidern, doch dann klappte er ihn wieder zu und sah seine Frau einfach nur forschend an.

Schließlich wollte er wissen: „Bin ich manchmal wirklich so schlimm, wie du es zwischen deinen Worten ausdrückst?"

Sandy nickte einfach, sie wusste, dass sie bereits gewonnen hatte. Und folgerichtig seufzte er jetzt auf und rief seine Tochter heran. Da sie sehr groß war, sogar bereits größer als ihre Mutter, musste sie kaum aufschauen, um ihrem Vater in die Augen zu blicken.

„Du siehst wirklich bildhübsch aus, meine Große-Kleine. Das vorhin habe ich nicht so gemeint, aber versprich mir bitte, dass du Albert anrufst, damit er dich abholen kann, sobald du nach Hause möchtest. Ich muss heute Abend leider noch mal weg zu einer Sitzung im Präsidium, sonst würde ich dich selbst abholen!"

„Natürlich verspreche ich dir das, Dad! Du brauchst dir keine Sorgen zu machen!"

Sie lächelte glücklich, packte ihr kleines Täschchen und stürmte aus dem Zimmer zu dem Diener der Richards, der sie auch zu dieser Party fahren würde. Jamie zog seine Frau in die Arme und sah sie verschmitzt an.

„Zufrieden, du Überredungskünstlerin?"

Sandy nickte, und dann küsste sie ihn voller Liebe und Hingabe, erwiderte auch seinen Zungenkuss, der ihr für die kommende Nacht, auch wenn es spät werden würde, bis er von seiner Sitzung zurückkam, noch sehr viel mehr versprach als bloße harmlose Küsse und ein liebevolles Streicheln der Wange. Doch jetzt war er nur nach Hause gekommen, um sich umzuziehen, eine Kleinigkeit mit ihr zu essen und dann wieder loszufahren. Nachdem er zum Leiter einer Sonderkommission aufgestiegen war, musste er sich leider mit solchen späten Sitzungen abgeben, obwohl er viel lieber zu Hause bei seiner Familie geblieben wäre.

„Dann bist du heute Abend ja ganz allein", bedauerte er, als sie sich im Esszimmer an den Tisch setzten, um zu essen, was Albert vorbereitet hatte, denn er hatte ja vorher gewusst, dass er an diesem Abend die Tochter des Hauses fahren würde.

„Das ist doch nicht schlimm, Darling. Ich mache es mir einfach gemütlich und lese etwas. Ich habe ja schon einen ganzen Stapel Zeitungen, in die ich noch nicht reingesehen habe. Vielleicht finde ich ja auch mal wieder einen interessanten Fall, der meine Elfenkräfte erfordert."

Sofort blickte ihr Mann alarmiert auf. Seine Frau besaß zwar eine Lizenz als Privatdetektivin, schließlich hatte er selbst vor vielen Jahren dafür gesorgt, damit sie ihre Arbeit legalisieren konnte, trotzdem sah er es nicht gerne, wenn sie zum Beispiel anderen Menschen dabei half, verschwundene Personen und Gegenstände allein durch ihre magischen Elfenkräfte wiederzufinden, nachdem die Polizei in diesen Fällen meist versagt hatte. Zu leicht konnte es geschehen, dass sie sich dabei in Gefahr begab. Schließlich waren sie beide schon in andere Dimensionen und auch in ein Dämonenreich verschlagen worden, was ihnen fast das Leben gekostet hätte. Und auf dergleichen Dinge konnte der Inspektor liebend gern verzichten.

„Überlege dir bitte zweimal, ob du einen Fall annimmst, meine Liebe! Du weißt genau, wie ich darüber denke."

„Ich passe schon auf, dass ich nicht wieder einem Widerling in die Quere komme. Mach dir bitte keine Sorgen! Und bevor ich einen Fall annehme, sage ich dir natürlich Bescheid."

Danach war Jamie zunächst wenigstens etwas beruhigt, obwohl jedes Mal ein ungutes Gefühl bei ihm blieb, wenn seine Frau einem Fall nachging. Allerdings konnte er auch absolut nicht ahnen, was dieser Abend noch für Überraschungen für ihn bereithielt, genauso wenig wie seine Tochter, die sich doch auf einen fröhlichen Abend im Kreise ihrer Freunde freute!

Und so stieg Kaïtara Richards auch fröhlich aus dem Auto, mit dem sie der Diener Albert zu dem Lokal gebracht hatte, in dem die Party stattfinden sollte. Sie wurde bereits erwartet und stürmte mit den anderen lachend nach drinnen, da die Schulklasse Geld gesammelt hatte, um sich den Festsaal dieses Lokals als alleinige

Nutzer an diesem Abend mieten zu können. Das junge Mädchen wollte einfach ein paar Stunden lang ausgelassen lachen, feiern und tanzen können.

Und so hatte die Achtelelfe an diesem Abend auch viel Spaß auf der fröhlichen Party. Allerdings war es in dem vollen Saal recht warm und die Luft zum Schneiden dick, weil einige ihrer Klassenkameraden schon älter waren und außer dem Alkohol auch dem Nikotin bereits stark zusprachen. Sie brauchte einfach eine Abkühlung, und eigentlich war Kaïtara nur hinausgegangen, um mal frische Luft schnappen zu können. Doch da auch vor dem Lokal ziemlich viel Trubel herrschte, lenkte sie ihre Schritte auf die Rückseite des Gebäudes – dorthin, wo es an ein parkähnliches Grundstück grenzte. Sie umrundete in der zunehmenden Dunkelheit die hintere Gebäudeecke, als sie plötzlich wie angewurzelt stehen blieb.

Ihr Blick fiel auf eine Szene, die sich gar nicht in dieser Welt abzuspielen schien, denn mitten im freien Raum über der Wiese öffnete sich plötzlich ein Loch, ein Loch, das einfach in der Luft zu stehen schien und dabei aus rotierender Materie bestand. Sie starrte mit aufgerissenen Augen auf diese Erscheinung, die in der nächsten Sekunde eine Person geradezu auszuspucken schien. Ein junger Mann rollte, sich dabei zweimal überschlagend, dem Mädchen einfach vor die Füße, kam mit dem eigenen Schwung auch wieder auf die Beine und stolperte bis an die rückwärtige Wand des Lokals.

Mit offenem Mund blickte das Mädchen noch immer auf diese Erscheinung, von der sie wusste, dass es sich nur um ein Dimensionstor handeln konnte, um einen Eingang in eine andere Welt. Es war zwar auch nicht mehr als der Bruchteil einer Sekunde, aber sie glaubte am anderen Ende tatsächlich zwei bewaffnete Krieger zu erkennen. Als Achtelelfe kannte sie sich mit dergleichen Dingen aus, es kam nur ziemlich überraschend für sie. Während das Weltentor vor ihren Augen einfach in sich zusammenfiel, als habe es nie existiert, blieb die Person, die hindurchgekommen war, jedoch sehr real. Der Dimensionssprung schien den Mann allerdings ziemlich mitgenommen zu haben, da er sich noch immer gegen die Hauswand lehnte und anscheinend noch ziemlich wackelig auf seinen Beinen stand.

Interessiert ließ Kaïtara ihre Blicke über den jungen Mann schweifen, der wohl Anfang bis Mitte zwanzig sein mochte und ein in ihren Augen sehr sympathisches und gut geschnittenes Gesicht mit klaren Zügen und dunklen Augen besaß. Wenn er überrascht war, so ließ er es sich nicht anmerken, zumindest versuchte er, sich ganz normal zu geben. Allerdings trug er einen Jagdrock in braunen und grünen Farbtönen, wie man ihn hier mitten in London wohl kaum erwartet hätte. Dazu saß eine Kappe auf seinen schwarzen Haaren, die wohl besser in einen Robin-Hood-Film gepasst hätte. Und da sie bei seinem Überschlag verrutscht war, gab sie die Spitzen seiner Ohren frei, die ihn eindeutig als Elfen auszeichneten.

Kaïtara hatte sich kaum von ihrer Überraschung erholt, als sie bereits die Initiative ergriff und den Fremden einfach ansprach: „Hi, wo kommst du denn so plötzlich her?"

Die dunklen Augen des Ankömmlings musterten sie eingehend, bis er schließlich ihren Gruß knapp erwiderte. Anscheinend hatte er keine Ahnung, wo er gelandet war, denn er schien ihr doch sehr verwirrt zu sein, auch blickte er sich hastig um, als ob er noch jemanden erwarten würde.

„Mein Name ist Kaïtara", erklärte sie einfach weiter, um die Situation zu entspannen. „Und wie heißt du?"

Der Blick seiner Augen schien jeden Zoll ihres Gesichtes zu erforschen, bevor er sagte: „Ich heiße Aviyan."

Dabei gab er allerdings nicht zu erkennen, dass ihm das, was er zu sehen bekam, ganz besonders gut gefiel. Sein Name erschien ihr allerdings genauso ungewöhnlich wie ihr eigener, da sie nach einem Drachen benannt war. Sie wusste aber, dass er so viel wie der Edle oder der Reine bedeutete. Worauf mochte sich das beziehen? Außerdem verhielt sich dieser junge Mann doch eigenartig, wie ihr schien, denn er blieb stur an die Wand gelehnt stehen, und als sie jetzt noch einen Schritt auf ihn zuging, schien er sichtlich zu erschrecken, denn in seinen Augen schien es kurz aufzublitzen. Außerdem hatte sie trotz der schlechten Sichtverhältnisse den Schweiß bemerkt, der ihm auf der Stirn stand.

„Geht es dir nicht gut?", fragte sie besorgt nach, denn wenn er tatsächlich einen Dimensionssprung hinter sich hatte und vielleicht nicht einmal wusste, wo er gelandet war, dann konnte es durchaus sein, dass er die Reise körperlich nicht so gut verkraftet hatte.

„Nein, nein, es ist alles in Ordnung", beeilte er sich zu versichern.

Doch sein Gesicht strafte seine Worte Lügen. Nur zu deutlich erkannte sie in seinen dunkelbraunen, schon fast schwarz wirkenden Augen den Schmerz, den er empfinden musste. Außerdem quälte sich der nächste Atemzug geradezu über seine in diesem Moment zusammengepressten Lippen. Kaïtara vermochte seinen Schmerz fast selbst zu fühlen, als seine Beine plötzlich nachgaben und er mit dem Rücken an der Hauswand herunterrutschte, sodass er in einer hockenden Stellung an der Wand kauernd, sitzen blieb. Seine rechte Hand rutschte dabei unter dem Umhang hervor, der ihm um seine Schultern lag, und sie konnte trotz des schlechten Lichts das Blut auf der Handfläche erkennen.

„Du bist ja doch verletzt!", stieß sie erschrocken hervor, und hockte sich sofort neben ihn und schlug den Umhang zur Seite.

Der nächste Schreck erwartete sie, als sie den schwarzen, abgebrochenen Schaft eines Pfeils erblickte, der aus seiner linken Schulter ragte. Entsetzt blickte sie in sein immer blasser werdendes Gesicht. Sie konnte es kaum glauben, dass er sich überhaupt so lange auf den Beinen halten konnte. Er schien trotz seiner Jugend sehr stark zu sein. Oder wollte er sich vor ihr nur keine Blöße geben?

„Du brauchst Hilfe! Und zwar sofort!"

Eilig zog sie ihr geblümtes Halstuch ab und legte es vorsichtig um den Schaft, ergriff seine Hand und legte sie darauf.

„Hier, drück das drauf! Du blutest zu stark! Ich darf den Pfeil nicht rausziehen, er könnte vergiftet sein. Und dann sitzt das Gift wahrscheinlich im Schaft. Es könnte dann erst recht in deinen Körper eindringen."

Mit großen Augen sah er sie überrascht an: „Du … du kennst dich aus?"

Das Mädchen nickte: „Und deshalb werde ich jetzt Hilfe rufen." Obwohl sie diese Worte sehr bestimmt gesagt hatte, wollte er sie aufhalten, als sie jetzt zu ihrem Handy griff.

„Nein! Bit…bitte nicht!"

Sein Gesichtsausdruck wirkte mehr als gequält, doch sie beruhigte ihn sofort.

„Keine Sorge, ich rufe keinen Arzt. Aber ich weiß, wer dir helfen kann!"

Eilig rief sie eine Nummer aus dem Speicher auf und drückte die Ruftaste. Wie erwartet meldete sich Albert sofort, schließlich war es kaum acht Uhr abends.

„Miss Richards? So früh? Ist etwas passiert?"

Der Diener war sichtlich verwundert, dass die Tochter des Hauses sich schon jetzt meldete. Doch er hörte bereits an ihrer Stimme, dass die Erklärung, die sie ihm lieferte, wohl nicht ganz der Wahrheit entsprach.

„Ja, Albert, bitte holen Sie mich schon jetzt ab. Die Feier trifft einfach nicht meinen Geschmack! Da möchte ich doch lieber nach Hause."

„Wie Sie wünschen, Miss. Ich bin in etwa einer Viertelstunde bei Ihnen."

„Danke, Albert. Bitte kommen Sie an die Rückseite des Gebäudes, da gibt es auch einen Parkplatz."

Da sie sofort wieder auflegte, konnte der Diener nicht nachfragen, was die letzte Äußerung zu bedeuten hatte, denn etwas komisch kamen ihm ihre Anweisungen schon vor. Kopfschüttelnd legte er auf, zog seine Jacke an und nahm den Autoschlüssel vom Haken. Wenn er für die Familie Richards unterwegs war, konnte er sich eines Ford Kombis bedienen. Der Hausherr bevorzugte bereits seit Jahren die Marke Bentley, und seiner Frau hatte er mal wieder einen Sportwagen geschenkt. Da sein Arbeitgeber nicht zu Hause war, meldete er sich bei Miss Richards ab, die ihn auch erstaunt ansah, dass er ihre Tochter bereits abholen sollte, denn schließlich hatte sie sich doch auf diese Party gefreut. Aber schließlich zuckte sie nur mit den Schultern und las weiter in ihrem Magazin die Anzeigen durch. Wahrscheinlich handelte es sich nur um eine Laune von Kaïtara.

Diese bemühte sich inzwischen darum, es dem Elf so bequem wie möglich zu machen, da er mittlerweile ganz an der Mauer heruntergerutscht war und in ihren Armen auf der Seite lag. Sein Atem ging unregelmäßig, sein Gesicht war kalkweiß und mit kaltem Schweiß bedeckt. Der Pfeil, der ihn getroffen hatte, schien tatsächlich mit irgendeinem Gift behandelt gewesen zu sein, denn der Blutverlust war nicht groß genug, um ihm solche Beschwerden zu machen. Sie hatte seine spitzen Elfenohren wieder unter der Kappe versteckt und den Umhang über seinen Körper ausgebreitet, denn es war inzwischen doch recht kühl geworden. Als sie nach seinem Puls fühlte, bemerkte sie, wie stark er zitterte, und eine unerklärliche Angst und Sorge machte sich bei ihr bemerkbar.

Hatte sie richtig gehandelt? Hätte sie noch mehr für den jungen Elf tun können? Dabei vergaß sie, ihre Gedanken abzuschotten, wie ihre Mutter es ihr beigebracht hatte, und Aviyan fing diese auf.

„Mach dir … dir keine Vor…Vorwürfe", brachte er leise hervor. „Du bist … bist wirklich bemerkenswert, du … du bist mehr Elfe als … als du denkst."

Mit einem Stöhnen brach er ab und schloss für einen Moment die Augen, während sie seinen Kopf in ihren Schoß bettete. Jetzt war sie dankbar, dass sich kein anderer Partygast hinter das Lokal verirrte, sodass sie auch weiterhin unbemerkt blieben. Die Zeit verstrich viel zu langsam, fand sie, bis sie endlich den Motor eines Wagens hörte, der über den Schotterweg nach hinten fuhr, um das Gebäude zu umrunden. Bisher hatte sie nur die Musik vernommen, die durch eines der Fenster an ihre Ohren drang.

Scheinwerfer tauchten auf, die über den freien Platz streiften, der tatsächlich als zusätzlicher Parkplatz für Gäste diente, und erfassten dann die beiden Gestalten, die am Boden kauerten. Kaïtara winkte kurz und schloss geblendet die Augen, während der Wagen abrupt abgebremst wurde. Der Motor erstarb und die Fahrertür wurde heftig aufgestoßen.

„Miss Richards, mein Gott, was ist denn passiert?"
Albert war sichtlich erregt und kam trotz seines Alters eilig auf sie zu.

„Alles okay, Albert. Machen Sie sich keine Sorgen um mich, aber Aviyan braucht dringend Hilfe!"

„Aviyan? Aber warum haben Sie denn keinen Arzt …?"
Er brach ab und sah erstaunt auf die spitzen Ohren des jungen Mannes, der da vor ihm lag, da Kaïtara seine Kappe abgenommen hatte.

„Deshalb", sagte sie leise. „Bitte helfen Sie mir, ihn in den Wagen und zu meiner Mutter zu bringen. Sie ist wahrscheinlich die Einzige, die ihm helfen kann. Er ist schwer verletzt!"

Albert hatte in den Jahren seiner Dienstzeit im Hause Richards schon viele seltsame Dinge erlebt und der Dame des Hauses zuliebe darüber Stillschweigen bewahrt. Er wusste, wer und was sie war und damit auch ihre Tochter. Er war der Familie treu ergeben und würde nie etwas sagen oder tun, was ihnen schaden konnte. Vor allem die Tochter hatte er in sein Herz geschlossen. Er war nicht mehr der Jüngste und hatte manchmal das Gefühl, dass sie seine Enkelin sei. Deshalb griff er jetzt auch kommentarlos zu und versuchte, ihren Begleiter vom Boden hochzuziehen.

„Vorsicht! Seine linke Schulter!", warnte sie ihn und hob den Umhang an, damit er sehen konnte, was passiert war.

„Ach herrje, Miss Richards! Ich kann mir nicht vorstellen, was Ihre Mutter da tun soll! Der Mann muss in ein Krankenhaus!"

„Aber Albert, Sie wissen doch, dass das nicht geht!"
Kaïtara beharrte stur auf ihrem Vorgehen und stützte Aviyan auf der anderen Seite, sodass sie ihn schließlich zum Auto und auf den Rücksitz bugsieren konnten. Die Prozedur war für den Elf allerdings alles andere als angenehm. Er stöhnte laut auf vor Schmerz und hätte wahrscheinlich liebend gern aufgeschrien, wenn er dadurch nicht weitere Leute auf sich aufmerksam gemacht hätte. Mit eisernem Willen biss er die Zähne zusammen, um gegen die Schmerzen anzukämpfen. Dicke Schweißperlen bildeten sich auf seiner Stirn, und sein Atem ging stoßweise.

Das Mädchen erkannte sofort durch das Wissen ihrer Mutter, dass das nicht nur an der Verletzung liegen konnte. Sie war sich sicher, dass es sich vor allem um die Auswirkungen des Giftes handelte, das der Pfeil in den Körper injiziert hatte. Eile war also angebracht!

„Schnell, Albert!", wies sie den Diener an. „Es geht ihm sehr schlecht. Wir müssen uns beeilen!"

„Ich fahre so schnell es geht, Miss."

Besorgt sah sie auf den Verletzten, den sie zwar angeschnallt hatte, der jetzt aber trotzdem im Sitz zur Seite rutschte, sodass sein Kopf auf ihrer Schulter zu liegen kam. Anscheinend war er ohnmächtig geworden. Lebte er überhaupt noch?

„Halte durch, Aviyan", flüsterte sie ihm zu. „Halte durch."

Kaïtara wusste zwar noch nicht wieso, aber sie spürte deutlich, dass das Wohlergehen dieses jungen Elfen ihr sehr am Herzen lag, warum auch immer. Vielleicht lag es ja daran, dass er den ersten Kontakt zum Volk ihrer Mutter für sie darstellte. Er durfte einfach nicht sterben! Sie musste es schaffen, ihm das Leben zu erhalten! Das war alles, woran sie noch denken konnte, alles, woran sie noch denken wollte.

Viel zu lang erschien ihr der Weg, bis Albert den Wagen endlich in die Hofeinfahrt lenkte und vor dem schönen großen Anwesen der Richards am Stadtrand von London anhielt. Vorsichtig schob sie den Oberkörper des Verletzten wieder in eine aufrechte Position, stützte ihn aber weiterhin, während der Diener bereits ausstieg und um den Wagen herum eilte, um ihr zu helfen. Ihn unter den Armen packend, zog er ihn aus dem Font, wobei der Elf auch wieder zu Bewusstsein kam. Stöhnend schlug er die Augen auf, schien aber nicht zu begreifen, wo er sich befand und was mit ihm passierte. Er konnte sich ja nicht einmal auf seinen eigenen Beinen halten, sodass Kaïtara sofort an seine andere Seite trat und ihn gemeinsam mit Albert stützte und mehr oder minder zum Hauseingang zog. Sie war nur froh, dass das Auto ihres Vaters noch nicht auf dem Hof stand, denn ihn hätte sie erst noch lange überzeugen müssen, dass es nötig war, dem Verletzten gerade hier zu helfen.

Sandy Richards hingegen hatte das Auto gehört und war bereits zur Tür gekommen. Sie war doch neugierig, warum ihre Tochter schon so früh nach Hause gekommen war. Jetzt blickte sie sehr erstaunt auf die drei Personen, die da auf die Tür zuwankten. Hatte es vielleicht einen Unfall gegeben?

„Kaïtara, ist dir was passiert?", galt ihre erste Sorge ihrem Kind. Doch das Mädchen konnte sie beruhigen.

„Nein, Mom, alles in Ordnung", stieß sie keuchend hervor, denn der Elf war bei seiner Größe nicht gerade ein Leichtgewicht. „Aber Aviyan braucht deine Hilfe."

„Aviyan …? Kommt erst einmal rein."

Bereitwillig hielt sie die Tür auf und wies die drei an, ins Gästezimmer zu gehen. Ihre Tochter hatte sicher einen gewichtigen Grund, einen Fremden anzuschleppen. Zunächst hielt sie ihn nämlich nur für betrunken, doch dann entdeckte sie plötzlich das Blut, das an seinem Arm herunterlief und über seine Hand zu Boden tropfte. Ebenso klebte Blut an der Hand ihrer Tochter.

„Hast du dich geschnitten, Kleines?"

Erst jetzt bemerkte Kaïtara, was ihre Mutter meinte. Auch ihr Kleid war befleckt, aber das ließ sich ja reinigen.

„Nein, mir geht es gut, Mom. Aber Aviyan, er braucht deine Hilfe!"

„Und warum hast du dann keinen Arzt …?"

Albert drückte gerade mit dem Ellenbogen die Tür zum Gästezimmer auf, sodass das Mädchen einer Antwort enthoben wurde, da sie den jungen Elf jetzt durch die Tür und zum Bett ziehen mussten, da er in den Beinen gänzlich eingeknickt war.

Erst als sie ihn keuchend auf das Bett niederließen, packte Kaïtara erneut die Kappe, zog sie ihm vom Kopf und erklärte: „Deshalb, Mom."

Ihre Mutter staunte nicht schlecht, nach all den Jahren, die sie schon hier in London unter den Menschen lebte, wieder einem echten Elf zu begegnen. Sie trat näher, schlug den Umhang von der Schulter des ihr Fremden und sog scharf die Luft ein. Sie begriff natürlich sofort und war bereit zu handeln.

„Ich brauche heißes Wasser und Verbandszeug, Desinfektionsmittel und meinen kleinen Koffer!", forderte sie die beiden auf.

„Bin schon unterwegs, Ma'am!"

Albert lief bereits zur Tür und würde für das Verbandsmaterial sorgen, während die Tochter des Hauses in das Schlafzimmer ihrer Eltern eilte, wo sie im begehbaren Kleiderschrank den bewussten Koffer ihrer Mutter wusste, der etliche Dinge enthielt, mit denen nur ein magisch begabtes Wesen etwas anzufangen wusste. Und Sandy Richards war das mit ihrem Viertel Anteil an Elfenblut ganz gewiss.

Schon kehrte ihre Tochter zurück, legte den Koffer auf den Tisch und schlug den Deckel auf, während Albert ebenfalls wieder zurückkam. Sandy hatte bereits die störenden Kleidungsstücke so weit als möglich von der verletzten Schulter entfernt und bemerkte nun auch das blutgetränkte Halstuch ihrer Tochter, das sie kurzerhand zu den anderen Kleidungsstücken auf den Boden warf.

„Albert", bat sie den Diener, „ich werde Sie brauchen. Gehen Sie bitte auf die andere Seite des Bettes, und versuchen Sie, ihn festzuhalten. Ich denke, er wird sich ziemlich wehren."

„Sehr wohl, Mrs. Richards!"

„Kaïtara, du assistierst mir. Du kennst meine Ausrüstung."

Das Mädchen sah ihre Mutter mit großen Augen an und schluckte hart. Sicher konnte sie ihr helfen, sie hatte ja alles von ihr gelernt. Aber würde sie jetzt im Ernstfall auch durchhalten? Bei dem vielen Blut konnte ihr auch schlecht werden, aber sie wollte es doch wenigstens versuchen.

„Der Pfeil war vergiftet, nicht wahr?", fragte sie schließlich mit zaghafter Stimme.

„Ja, ganz recht", antwortete Sandy und prüfte vorsichtig den Sitz der Pfeilspitze. „Ich werde erst den Pfeil entfernen, dann die Wunde versorgen und zum Schluss einen Entgiftungszauber aussprechen. Vielleicht gelingt es mir, die Wirkung zu neutralisieren."

Ihre Tochter nickte stumm und hoffte von ganzem Herzen, dass sie Aviyan retten konnten. Aber es würde ganz sicher kein leichtes Unterfangen werden! Das war ihr nur allzu klar, auch wenn sie noch keinerlei Erfahrung in solchen Dingen besaß, der bedenkliche Gesichtsausdruck ihrer Mutter hatte ihr bereits genug gesagt. Noch immer untersuchte diese mit kritischem Blick den kleinen schwarzen Pfeil, der wahrscheinlich von einer Armbrust stammte und im Kampf mit den Angreifern wohl doch noch abgebrochen war.

„Was ist, Mom? Warum ziehst du ihn nicht raus?"

Kaïtara stand bei dieser Frage die Aufregung in ihr junges Gesicht geschrieben. Hektische Röte hatte ihre Wangen überzogen. In ihren Augen stand die Angst geschrieben, dass Aviyan trotz ihrer Hilfe sterben könnte.

„Dieser Pfeil", erklärte ihr Sandy ganz sachlich, „scheint das Gift in seinem Schaft zu tragen. Nur gut, dass du ihn nicht schon herausgezogen hast, sonst wäre die gesamte Dosis in seinen Körper eingedrungen und hätte ihn bereits getötet. Wir müssen den Schaft an der Bruchstelle zunächst so dicht wie möglich verschließen, damit das nicht doch noch passiert."

Mit großen Augen blickte das Mädchen auf seine Mutter und bewunderte im Stillen deren Wissen, doch sie selbst hatte in diesem Moment die rettende Idee.

„Kaugummi?", fragte sie zaghaft, sie wollte sich ja nicht lächerlich machen.

Doch ihre Mutter reagierte mit einem Lächeln und stimmte ihr zu: „Gute Idee! Hast du einen dabei? Dann kaue ihn rasch weich. Das Material wird den Schaft luftdicht verschließen, sodass kaum etwas auslaufen dürfte."

Kaïtara kramte nur kurz in ihrer Tasche und schob sich dann das Gewünschte in den Mund. Als sie den kleinen hellen Klumpen zwischen ihren Fingern formte, war sie richtig stolz auf sich.

„So, ich werde den Pfeil ruhig halten, während du den Kaugummi in das abgebrochene Ende steckst, und zieh ihn bitte auch über die Kanten. Es muss dicht sein! Denk daran."

Ihre Tochter nickte mit jetzt ernstem Gesicht und zuckte zusammen, als der Verletzte bei der Berührung des Pfeils aufstöhnte. Obwohl er nicht ganz bei Bewusstsein war, schien er den Schmerz zu spüren.

„Gut festhalten, Albert!", wies Sandy den Diener an, der ihr mit ernstem Blick zunickte.

Mit kräftigem Griff hielt er die Oberarme des jungen Mannes umklammert, um ihn auf das Lager niederdrücken zu können.

„Kaïtara, sobald ich den Pfeil herausgezogen habe, streue von dem Pulver aus der braunen Dose in die Wunde, das wird die Blutung stoppen!"

Das Mädchen ergriff sofort die Dose aus dem Koffer und schraubte sie auf, um bereit zu sein. Doch ihre Miene und das leichte Zittern ihrer Hände verrieten ihre Aufregung. Ohne es selbst recht zu wissen, litt sie mit Aviyan und konnte nur hoffen, dass er diese Verletzung und das Gift überleben würde. Unwillkürlich hielt sie den Atem an, als sich die rechte Hand ihrer Mutter nochmals um den Schaft des Pfeils schloss und sie diesen mit einem heftigen Ruck aus seiner Schulter riss.

Wäre Aviyan ganz bei Bewusstsein gewesen, hätte er wahrscheinlich aufgeschrien, doch so blieb es bei einem Stöhnen und dem Versuch, seinen Oberkörper aufzubäumen, wobei er aber von Albert niedergedrückt wurde. Sofort trat Sandy einen Schritt zurück, damit ihre Tochter die Wunde mit dem blutstillenden Mittel versorgen konnte, während sie den Pfeil angewidert in eine Schüssel warf.

Ihre eigene Großmutter, eine echte Elfe, war ihr eine gute Lehrerin in allen Dingen der Heilkunst gewesen, doch es war ihr schon immer lieber, Verletzungen zu vermeiden. Sie hatte noch nie verstehen können, warum sich die Menschen und auch die Elfen immer wieder untereinander bekämpfen mussten. Was mochte für eine Geschichte, was mochte für ein Auslöser hinter dieser Tat stecken, dass man einfach so auf einen jungen Mann geschossen hatte? Welche Tragik mochte mit diesem Fall verbunden sein? Auch magische Wesen taten nichts ohne Grund.

„Mom, die Blutung hört auf!"

Die Worte ihrer Tochter rissen Sandy wieder in die Gegenwart zurück und sie zwang sich, erneut hinzusehen. Und sie musste ihrer Tochter recht geben, sodass sie jetzt rasch zum Verbandszeug griff, die Wunde desinfizierte und eine Kompresse auflegte, die sie mit einem Verband befestigte, der Aviyans Brust umspannte. Sie hatte dabei auch gleich dafür gesorgt, dass sein linker Arm am Körper fixiert wurde, um unnötige Bewegungen zu vermeiden, wenn er wieder aufwachte, denn mittlerweile hatte ihn eine tiefe Bewusstlosigkeit ergriffen.

Mit großen Augen hatte Kaïtara die Arbeit ihrer Mutter verfolgt und bestaunt, doch wusste sie, dass das noch nicht alles gewesen sein konnte, denn ein Teil des Giftes aus dem Schaft des Pfeils befand sich ja schon im Körper des Elfen und konnte ihn immer noch umbringen.

Deshalb fragte sie jetzt zaghaft: „Und was ist mit dem Gift? Du sagtest doch, er hätte schon zu viel davon abbekommen?"

„Gleich, mein Kind, alles zu seiner Zeit. Ein Entgiftungszauber muss auf die Menge des Giftes abgestimmt werden und eigentlich auch auf die Art des Giftes. Beides wissen wir in diesem Fall nicht sicher. Aber siehst du die verbogene Spitze des Pfeils dort?"

Kaïtaras Blick wanderte zu der Schüssel, über deren Rand der schwarze Schaft herausragte. Tatsächlich war die Spitze verbogen und deformiert.

„Ja und?"

Dein Freund hier hat Glück gehabt, denn der Pfeil ist gegen den Schulterknochen geprallt, wodurch die Spitze, die normalerweise das Gift in die Wunde entlässt, umgeknickt ist, sodass der Kanal verschlossen wurde. Er hat wahrscheinlich wirklich nur sehr wenig abbekommen. Trotzdem werde ich den Zauber aussprechen. Reich mir bitte die magische Kreide!"

Sofort griff das Mädchen, das sichtlich bleich geworden war, bei dem, was es da eben erlebt und gesehen hatte, wieder in den Koffer und reichte ihrer Mutter die aus Tierfetten hergestellte weißmagische Kreide. Sie selbst war in der Anbringung solch magischer Symbole, wie ihre Mutter sie jetzt auf die Stirn des Verletzten zeichnete, noch nicht bewandert. Diese hielt ihre Hände jetzt mit den flachen Innenflächen über die verletzte Schulter des Elfen, schloss die Augen und konzentrierte sich darauf, den Zauber zu aktivieren. Nur so konnte sie das Gift vielleicht noch aus seinem Körper ziehen. Ein paar Minuten später ließ sie sich erschöpft auf die Bettkante sinken. Die Sache hatte sie mental sehr angestrengt. Trotzdem machte sie nur eine Minute später weiter.

„Alles in Ordnung, Mom?"

Kaïtara war sofort besorgt. Sie hatte so etwas noch nie gesehen und wusste nur zu gut, dass sie noch immer viel zu lernen hatte und auch, dass ihre Elfenkräfte noch nicht ausreichend geweckt waren. Dazu war sie noch zu jung. Deshalb gab sie jetzt besonders gut acht und versuchte dabei, sich die Symbole einzuprägen, obwohl sie deren Bedeutung noch nicht verstand. Auch die Worte, die ihre Mutter dazu sprach, waren ihr unbekannt. Sie hatte sie noch nie gehört, denn es war eine sehr alte Sprache, eine, die nur magische Wesen beherrschen.

Auch Albert verfolgte die Handlungen und das Tun seiner Chefin ganz genau und neugierig, auch wenn er es ganz sicher nie verstehen würde. Nachdem sie den Pfeil entfernt hatte, hatte er bereits damit begonnen, alle Utensilien wieder einzusammeln und rückte nun noch die Schüssel mit dem Wasser und einem sauberen Lappen näher, da sie ganz sicher noch das Blut vom Körper des Verletzten waschen wollte. Sie nickte ihm dankend zu, nahm den feuchten Lappen und wischte damit über den unverletzten rechten Arm und die Hand, die er bei Kaïtaras Auftauchen auf die Wunde gepresst hatte. Doch als sie seine Hand umdrehte und die Innenfläche säuberte, hielt sie erstarrt inne. Ihr Blick wurde von einer Tätowierung gefesselt, die ihr ihre Großmutter auf einer Zeichnung gezeigt hatte. Und Sandy sah zweifellos hier das Original vor sich, das sie ungeheuer überraschte. Gebannt starrte sie sekundenlang auf das Symbol, das einem Drachenkopf nicht unähnlich war, aber von einem Messerschnitt etwas verzerrt wurde, der sich quer darüber zog, den sich der Elf wohl schon vor ein paar Tagen zugezogen haben musste und der bereits so gut wie verheilt war.

„Was ist denn, Mom?", wollte Kaïtara wissen. „Stimmt etwas nicht?"

Sie selbst hatte diese Tätowierung noch gar nicht bemerkt, erst jetzt, da ihre Mutter darauf wies, erkannte sie, was diese ihr damit sagen wollte.

„Weißt du eigentlich, wen du da gerettet hast, mein Kind?"

Mehr als überrascht starrte das Mädchen auf das Bild in der Handfläche des Elfen und schluckte hart, bevor es fast tonlos antwortete: „Er ist der Elfenprinz!"

Kaïtara war von dieser Erkenntnis so überrascht, dass sie mit offenem Mund stehen blieb. Ihre Gedanken schlugen plötzlich Purzelbäume. Ihr Blick wanderte von ihrer Mutter zu dem bleichen Gesicht des Verletzten und wieder zurück zu dessen Hand mit der Tätowierung. Da war ihr sozusagen fast wortwörtlich der Thronfolger des Elfenreichs in die Arme gefallen. Sie konnte es kaum glauben.

„Du … du musst ihn retten, Mom! Bitte!"

Diese eindringlichen Worte überraschten Sandy doch etwas, denn sie hörte diesen Unterton in der Stimme ihrer Tochter heraus, den sie an ihr gar nicht kannte. Sie machte sich zwar Gedanken darüber, sagte aber nichts.

Sie meinte lediglich: „Ich habe bereits alles getan, mein Kind. Jetzt muss sich die Natur selbst helfen. Aber er macht einen sehr starken Eindruck auf mich."

Eigentlich wollte sie das Mädchen damit nur trösten, denn sie hatte keine Ahnung, ob die Sache mit dem Entgiftungszauber geklappt hatte.

„Aber du kannst bei ihm bleiben und seine Stirn kühlen, weil er bestimmt Fieber bekommen wird", setzte sie noch hinzu und zeigte ihr, was sie tun sollte.

Keine von den beiden Frauen hatte gehört, dass inzwischen Jameson Richards, der Hausherr, vorgefahren war und das Haus betreten hatte. Da es bereits nach zehn Uhr abends war, hatte er zwar nicht damit gerechnet, erwartet zu werden, aber dass trotz Festbeleuchtung in mehreren Räumen er weder von seiner Frau noch von seiner Tochter begrüßt wurde, ja dass nicht einmal Albert auftauchte, um ihm wie gewohnt Jacke und Tasche abzunehmen, wunderte ihn schon etwas. Einen gehörigen Schreck erhielt er nur, als er auf dem Boden im Flur die Blutspur entdeckte.

Im Bruchteil einer Sekunde begriff er, dass hier etwas ganz und gar nicht stimmen konnte. Und er war auch viel zu sehr Polizist, um nicht angemessen zu reagieren. Durch seine finanzielle Stellung als einer der Söhne eines Großindustriellen stand er schon immer in der Schusslinie von zwielichtigem Gesindel und war auch schon mit seiner Familie erpresst worden. Und das nicht nur in der Welt der Menschen, sondern auch in anderen Dimensionen, zu denen auch das Elfen-, Dämonen- und das Drachenreich gehörten. Das waren alles schlimme Ereignisse gewesen, an die er nicht gerne erinnert wurde.

Leise stellte er seine Tasche auf dem Boden ab, während seine rechte Hand bereits unter die Jacke glitt und aus dem Schulterhalfter die Dienstpistole zog. Seine Sinne waren aufs Äußerste angespannt, während er fast lautlos den Gang entlangschlich. Seine Gesichtszüge erschienen wie in Stein gemeißelt, doch sein Herz wollte sich schmerzhaft verkrampfen, wenn er daran dachte, was vielleicht geschehen sein könnte. Er passierte die erste Tür zu seiner rechten Seite, folgte dabei der Blutspur auf dem Boden, während er jetzt deutlich leise Stimmen aus dem nächsten Raum hörte.

Die Waffe vorgestreckt, erreichte er schon fast den Türrahmen, durch den in diesem Moment sein Diener Albert auf den Flur trat, zwischen den Händen eine Schüssel haltend, in der blutige Tücher lagen. Jamie stockte fast der Atem, Albert blieb abrupt stehen, den Blick entsetzt auf die Waffe gerichtet und starrte auf seinen Dienstherrn und Brötchengeber. Er schien im selben Moment zu begreifen, was dieser denken musste.

Stammelnd brachte er hervor: „Al…alles in Ordnung, Sir. Keine … keine Sorge."

Jamie ließ den Waffenlauf sinken und blickte verblüfft in das blass gewordene Gesicht des alt gedienten Mannes.

„Was ist hier los? Woher stammt das Blut? Hat sich jemand verletzt?"

Seine Stimme klang schärfer als beabsichtigt, doch nachdem der Diener tief Luft geholt hatte, erklärte er ganz ruhig: „Nein, Sir, aber Sie haben einen Gast, der …"

„… der an Nasenbluten leidet?"

Bei diesem vermeintlichen Witz ließ er seine Waffe wieder in dem Halfter verschwinden und schlug die Jacke darüber.

„Ähm, nicht ganz, Sir! Vielleicht sehen Sie selbst nach. Ihre Frau und Ihre Tochter sind im Gästezimmer."

Bei diesen Worten hatte sich Albert scheinbar an der Schüssel festgehalten, als könne sie ihm Halt geben, mit der er jetzt aber eilig verschwand. Jamie runzelte die Stirn. Was zum Teufel war hier los? Die Tür zum Gästezimmer war nur noch zwei Schritte von ihm entfernt, die er jetzt eilig überwand, doch nur um im Türrahmen erneut überrascht stehen zu bleiben. Frau und Tochter beugten sich gerade von beiden Seiten des Bettes über den bloßen Oberkörper eines ihm fremden Mannes, was ihm nun doch befremdlich erschien. Erst auf den zweiten Blick erkannte er den weißen Verband, der dessen linke Schulter und Brustseite zierte.

„Kann mich mal jemand aufklären, was hier los ist!"

Seine Stimme klang lauter, als er beabsichtigt hatte, sodass seine Frau Sandy erschrocken herumfuhr.

„Oh, Darling, du bist schon zurück?"

Mehr sagte sie erst einmal nicht, bemerkte aber sehr wohl, dass es hinter seiner Stirn arbeitete. Seine haselnussbraunen Augen funkelten grimmig, als ob er gleich explodieren wolle, während seine braunen Locken, die bereits von deutlichem Grau durchsetzt waren, mal wieder wirr auf seinem Kopf lagen. Trotz der seltsamen Situation beherrschte er sich aber und blieb sachlich.

„Würdest du mir bitte erklären, was das zu bedeuten hat?", forderte er dann nochmals von seiner Frau, die seine Hand erfasst hatte und ihn näher an das Bett heranzog.

„Ähm, Jamie, das ist Aviyan, ein Bekannter unserer Tochter. Es gab hinter dem Lokal, in dem sie eingeladen war, einen kleinen Zwischenfall, bei dem er verletzt worden ist."

„Aha, und warum hast du keinen Arzt geholt?"

Diese Frage war direkt an Kaïtara gerichtet, die er scharf ins Auge gefasst hatte. Sein Blick ließ einfach keine Ausrede zu, das war dem Mädchen klar. Trotzdem sah es erst zu seiner Mutter, die ihr unmerklich zunickte. Nach allem, was er und Sandy schon in anderen Dimensionen und Welten erlebt hatten, konnte man ihm nicht gerade verübeln, dass er eine starke Abneigung gegen alles hegte, was damit zu tun hatte. Das wusste sie sehr genau, trotzdem folgte sie jetzt der Aufforderung ihrer Mutter, denn deren Wink hatte sie durchaus richtig verstanden.

„Deshalb, Dad."

Bei diesen Worten zog sie das feuchte Tuch von der Stirn des Verletzten, das seitlich seine spitzen Elfenohren verdeckt hatte. Jamie bekam auf der Stelle große Augen, löste sich nur recht mühsam von diesem Anblick und sah zuerst zu seiner Frau und dann zu seiner Tochter.

„Das darf doch nicht wahr sein!", stieß er ungehalten hervor. „Wie kommt der denn hierher?"

„Dad, bitte. Er brauchte doch Hilfe!"

Seine Frau legte ihm sofort beruhigend eine Hand auf den Arm und bat ihn: „Reg dich nicht auf, Darling. Lass dir bitte erst erklären, wie alles gekommen ist, dann wirst du Kaïtara recht geben und ihr Handeln gutheißen. Bitte, glaube mir."

Sandys ruhiger Tonfall tat seine Wirkung. Sie schaffte es immer wieder, ihn auf den Boden der Tatsachen zurückzuholen, wenn es um magische Dinge ging. Deshalb ließ er sich jetzt auch von ihr aus dem Zimmer ziehen. Ohne zu zögern, führte sie ihn in den gemütlichen Wohnbereich auf der anderen Seite des Flurs, wo große Panoramafenster am Tag das Gefühl vermittelten, direkt im Freien zu sitzen. Dort drückte sie ihn in seinen Lieblingssessel und setzte sich neben ihn auf die Lehne. Jamie hielt sich sichtlich zurück und polterte nicht los, hielt die Hand seiner Frau und sah sie eindringlich an, während sie seinem Blick noch auswich.

„Schau mich an, Sandy! Was ist los? Sag mir, wieso ein Elf bei uns ist? Und was hat unsere Tochter damit zu tun?"

Er zog sie jetzt kurzerhand auf seinen Schoß, umfing mit einer Hand ihre schlanke Taille und drehte mit der anderen ihr Kinn zu sich herum, sodass sie ihn einfach ansehen musste. Trotzdem schluckte sie erst, bevor sie zu berichten begann.

„Kaïtara war doch zu dieser Feier eingeladen. Als sie zum Luftschnappen rausgegangen ist, ist sie hinter dem Gebäude anscheinend mitten in eine Auseinandersetzung hineingeplatzt, bei der sich ein Dimensionstor zur Welt der Elfen geöffnet hat. Du weißt ja, dass es viele Zugänge zu anderen Welten gibt. Aviyan ist ihr quasi vor die Füße gefallen, und bevor sich das Tor wieder schließen konnte, hat sie seine beiden Widersacher sehen können, die den Sprung hierher nicht mehr geschafft haben. Aviyan hätte es in seinem Zustand auch fast nicht geschafft.

Unsere Tochter hat sich um ihn gekümmert und Albert angerufen, damit er sie abholt. Was hätte sie auch anderes tun sollen, schließlich steckte ein Pfeil in seiner Schulter und …"

„Ein Pfeil?"

„Ja, Schatz, ein vergifteter Pfeil. Wenn ich ihn nicht entfernt und einen Entgiftungszauber ausgesprochen hätte, wäre der junge Mann bereits tot!"

Eindringlich sah sie ihren Mann bei diesen Worten an.

„Glaub mir nur, es war reiner Zufall, dass sich das Weltentor gerade dort und zu diesem Zeitpunkt geöffnet hat. Das war ganz sicher nicht vorauszusehen."

„Das mag ja sein", gab ihr Mann zu, „aber was hat das mit dem Pfeil auf sich? Hat man ihn denn gejagt?"

„Ähm, vermutlich ja. Man wollte ihn wohl töten, und da das bei echten Angehörigen des Elfenvolkes gar nicht so einfach ist, wie du ja weißt, hat man es mit Gift versucht. Selbst jetzt kann ich noch nicht sagen, ob er den Anschlag überleben wird."

„Aber dann muss dieser Elf doch etwas angestellt haben, wenn seine eigenen Leute ihn töten wollten?", rekapitulierte Jamie und sah sie fragend an.

Da er noch immer ihre eine Hand gepackt hielt, streichelte sie gedankenverloren mit der anderen über seine Finger und den Handrücken, bis sie die richtigen Worte gefunden hatte, um ihm alles begreiflich zu machen.

„Du sagst, die eigenen Leute? Damit hast du wahrscheinlich gar nicht so unrecht, denn was Kaïtara und ich erst hier entdeckt haben, das ist die Tätowierung in seiner Handfläche."

„Welche Tätowierung?"

„Das Zeichen des Königshauses der Elfen, Jamie. Dieser junge Mann ist der rechtmäßige Thronfolger des Elfenreiches. Er ist ein Prinz, der Kronprinz, um genau zu sein!"

Der Inspektor sah seine Frau an, als habe sie behauptet, dass ihm jetzt auch spitze Ohren wachsen würden, die bei ihr und ihrer Tochter ja nicht mehr aufgetreten waren. Dann räusperte er sich laut. Eine Frage musste er noch loswerden.

„Und unsere Tochter hat wirklich nichts damit zu tun?"

„Nein, ganz sicher nicht! Es war reiner Zufall, dass sich das Tor gerade an dieser Stelle und zu diesem Zeitpunkt – wodurch auch immer – geöffnet hat."

Tief holte Jamie Luft. Es gefiel ihm ganz und gar nicht, dass er und seine Familie schon wieder einmal von den Geschehnissen in einer der anderen Welten eingeholt wurden. Seit der Geburt ihrer Tochter war nichts Besonderes mehr geschehen, und er hatte insgeheim gehofft, dass das auch so bleiben würde. Doch nun waren sie anscheinend wieder von Ereignissen überrollt worden, von denen er lieber nichts gewusst hätte. Zumindest konnte er nach diesem Gespräch alles etwas ruhiger und mit etwas mehr Abstand betrachten. Dabei kam ihm aber auch sogleich ein etwas erschreckender Gedanke.

„Komm mal mit!"

Dann zog er seine Frau über den Flur in ihr eigenes Schlafzimmer und schloss die Tür. Er wollte nicht, dass ihre Tochter oder Albert etwas von dem hörten, was er seiner Frau zu sagen hatte.

„Wenn dieser Aviyan tatsächlich verfolgt worden ist, weil er der Thronfolger in diesem Elfenreich ist, wie wahrscheinlich ist es dann, dass man ihn auch hier in unserer Welt aufspürt?"

Sandy sah ihm gefasst entgegen. Sie hatte sich ja schließlich selbst schon ihre Gedanken dazu gemacht. Deshalb gab sie ihm auch eine ehrliche Antwort.

„Es ist sogar sehr wahrscheinlich, dass wir hier Besuch von Wesen aus dieser anderen Welt erhalten, wie du es nennst. Es wäre schön, wenn Aviyan rechtzeitig wieder zu Bewusstsein kommen würde, um uns über die Geschehnisse, die zu seiner Verwundung und seiner Flucht hierher geführt haben, aufklären zu können. Aber ich habe meine Bedenken."

„Inwiefern?"

Sandy blickte ihm traurig entgegen und meinte: „Es täte mir um den jungen Prinzen wirklich sehr leid. Ich wollte es vor unserer Tochter nicht so offen sagen, aber ..."

„Aber was?"

„Ich habe ehrlich gesagt wenig Hoffnung, dass er es schafft. Die Gifte, die die Wachen des Königshauses benutzen, sind sehr wirkungsvoll."

Jamie runzelte die Stirn und sah sie fragend an: „Aber er gehört doch zum Königshaus, wenn ich dich richtig verstanden habe. Wieso sollten dann seine eigenen Wachen ...? Ich meine ...?"

„Ich weiß schon, was du denkst", unterbrach ihn seine Frau. „Ich denke an so etwas wie eine Palastrevolte, an eine Gruppierung, die den König stürzen will, verstehst du? Dann würde ich auch seine Flucht verstehen."

„Hm, allerdings, das macht Sinn."

Sinnend rieb sich der Inspektor die Nasenwurzel und lockerte seinen Griff, mit dem er seine Frau festgehalten hatte, sodass diese jetzt wieder von der Bettkante aufstand, auf die sie sich hatte sinken lassen. Ohne zu zögern wendete sie sich dem begehbaren Kleiderschrank zu und suchte Hemd, Hose und eine Jacke von den Sachen ihres Mannes heraus, die schon etwas älter waren. Der Elf war für sein Volk zwar recht groß, aber dafür auch nicht so kräftig gebaut wie ihr Mann. Trotzdem würden ihm die Sachen vielleicht einigermaßen passen, denn er brauchte ja etwas zum Anziehen, nachdem sie seine Kleidung zerschnitten hatte, um ihn versorgen zu können.

Jamie hatte sie dabei beobachtet und nickte ihr jetzt zu: „Ja, gib ihm die Sachen nur."

Als am nächsten Morgen die ersten Sonnenstrahlen durch das Fenster im Gästezimmer der Richards fielen, fanden sie Kaïtara noch immer am Bett des verletzten Elfen sitzen vor. Sie hatte zwar noch schnell geduscht und ihr Cocktailkleid zur Reinigung in eine Tüte gesteckt, doch sie hatte es sich einfach nicht nehmen lassen, die ganze Nacht über an seiner Seite zu sitzen, vorsorglich immer wieder seine Stirn zu kühlen und über seine Genesung zu wachen. Irgendwann in den frühen Morgenstunden war sie dann aber doch von Müdigkeit übermannt worden und einfach im Sitzen eingeschlafen.

Da es Samstag war und das junge Mädchen nicht zur Schule musste, hatte auch ihre Mutter etwas länger geschlafen. Sie lugte zu diesem Zeitpunkt durch den Türspalt in das Zimmer und musste unwillkürlich lächeln, als sie ihre Tochter sah. Die Situation erinnerte sie stark an sie selbst, als sie nach einer schweren Verletzung ihres Mannes an dessen Seite gewacht hatte. Da sie ihre Tochter nicht in ihrem Zimmer vorgefunden hatte, war ihr bereits klar gewesen, wo sie wohl stecken würde und hatte sogleich den Weg zum Gästezimmer eingeschlagen.

Langsam und leise trat sie an das Bett und blickte in das hager wirkende, bleiche Gesicht des Elfen, der zwar noch am Leben war, dem es aber anscheinend nicht gerade gut ging. Ein Film aus feinen Schweißtropfen hatte sich auf seinen Wangen gesammelt. Das Gift des Pfeils wütete noch immer in seinem Körper und konnte ihn auch noch immer umbringen, das wusste Sandy nur zu gut. Als sie Jamie hinter sich eintreten hörte, wendete sie kurz den Kopf und legte einen Finger an ihre Lippen, damit er leise war.

Sie deutete auf ihre gemeinsame Tochter und flüsterte: „Kannst du sie bitte in ihr Zimmer bringen?"

Ihr Mann nickte stumm, trat auf die andere Seite des Bettes und schob seine Arme unter den Körper von Kaïtara, um sie hochzuheben. Sie war so müde, dass sie nicht einmal dabei aufwachte. Ihr Kopf rutschte an seine Hemdbrust und er trug sie langsam zur Tür und in den Flur hinaus, wohin ihnen Sandy folgte, dann voraus ging und die Tür zum Zimmer ihrer Tochter öffnete. Ihr

Vater ließ das Mädchen sanft auf ihr Bett gleiten, während ihre Mutter die Decke über sie breitete.

Leise verließen sie das Zimmer, um zum Frühstück zu gehen, mit dem Albert bestimmt schon auf sie wartete. Doch Sandy betrat auf dem Weg dorthin nochmals das Gästezimmer, um nach ihrem Patienten zu sehen. Ihr Mann warf ihr zwar einen skeptischen Blick zu, folgte ihr aber dann stillschweigend. Er war sich noch längst nicht sicher, was er von dem seltsamen Gast in seinem Hause halten sollte, doch lag es ihm fern, jemanden, der seine Hilfe brauchte, von der Tür zu weisen! Trotzdem hatte er nach allem, was er bisher erlebt hatte, nicht unbedingt eine positive Meinung über andere Welten, Dimension und deren Bewohner, auch wenn er seine Frau und Tochter zumindest zu einem Teil mit dazurechnen musste. Sandy legte ihre rechte Hand auf die Stirn des Elfen und schüttelte betrübt den Kopf.

„Was ist los?", wollte Jamie wissen. „Schafft er es?"

„Wenn ich das nur wüsste", seufzte seine Frau. „Er schien mir so stark zu sein, aber dieses Gift ist wohl besonders aggressiv. Anscheinend blockiert es einfach seine Selbstheilungskräfte, die sonst alle Bewohner von magischen Welten besitzen."

„Du meinst die Fähigkeit, dass ihre Wunden sofort heilen?"

„Genau", erwiderte Sandy, „aber bei ihm funktioniert das einfach nicht. Das kann nur an dem Gift liegen. Wenn ich doch nur wüsste, was ich noch tun kann, um ihm zu helfen. Er ist doch schließlich der Kronprinz. Ich kann ihn nicht einfach seinem Schicksal überlassen!"

„Das sollst du auch nicht", sprach ihr Mann ihr Mut zu. „Du hast getan, was in deiner Macht stand, da bin ich mir sicher!"

„Und wenn nicht?"

„Komm, lass uns frühstücken gehen."

Er wollte sie mit sich fortziehen, doch sie legte erst noch erneut ein feuchtes Tuch auf Aviyans Stirn, und er musste sie schon fast mit Gewalt aus dem Zimmer schieben.

„Du bist ja schon genauso schlimm wie deine Tochter", murmelte er grollend. „Sitzt die ganze Nacht am Krankenbett eines fremden Mannes! Was soll ich denn davon halten?"

Sandy konnte zwar verstehen, dass ihr Mann leicht gereizt reagierte, aber das, was sie bei Kaïtara gestern Abend verspürt hatte, dieses vage Gefühl, das sie selbst noch nicht richtig in Worte fassen konnte, verschwieg sie ihm lieber. Wenn sie mit ihrer Vermutung richtigliegen sollte, würde er es schon noch früh genug erfahren. Und vor diesem Moment fürchtete sie sich sogar ein bisschen.

So vergingen der Samstag und ein Großteil des Sonntags. Auf Bitten ihrer Tochter erneuerte Sandy schließlich sogar noch einmal den Entgiftungszauber, da dem Prinzen anscheinend nichts wirklich zu helfen schien. Und obwohl sich sowohl die Hausherrin als auch der Diener Albert an der Pflege des Gastes beteiligten, schlich sich Kaïtara am Abend, als bereits alle schlafen gegangen waren, doch wieder in das Krankenzimmer. Sie fühlte sich von dem verletzten Elfen unwiderstehlich angezogen und wollte unbedingt an seiner Seite sein, wenn er endlich wieder zu Bewusstsein kommen würde. Ihre Mutter hatte ihr ja nichts von ihren geheimen Bedenken verraten, um sie nicht unnötig zu ängstigen, denn sie hatte die mitfühlenden und manchmal schon fast liebevollen Blicke ihrer Tochter, die dem Prinzen galten, sehr wohl bemerkt.

So war es tatsächlich das junge Mädchen, dem nach stundenlanger Warterei schließlich auffiel, dass das Fieber, das den Prinzen so sehr zu schaffen gemacht hatte, etwas gesunken war. Sein Atem ging viel ruhiger, und auch wenn seine Augen tief in ihren Höhlen zu liegen schienen und seine Gesichtszüge viel zu hager wirkten, so hatte sie doch das sichere Gefühl, dass er es schaffen und diesen Anschlag, daran glaubte sie zumindest, überleben würde.

Kurz nach Mitternacht öffnete sich noch einmal leise die Tür zum Gästezimmer, doch Kaïtara bemerkte zunächst gar nicht, dass ihre Mutter einen verstohlenen Blick durch den Türspalt warf, jedoch nur im ersten Moment ärgerlich die Stirn runzelte.

Dann legte sich ein wissendes Lächeln auf ihre noch immer sehr hübschen Züge, und sie trat auf ihre Tochter zu. Kaïtara erschrak zutiefst und wollte aufspringen, doch dann sah sie das Lächeln auf dem Gesicht ihrer Mutter und begriff, dass diese sie verstand.

Sandy Richards hatte in den Jahren an der Seite eines Polizeiinspektors schon genügend traurige und leidvolle Stunden erlebt, sodass sie solche Erfahrungen ihrer Tochter gerne erspart hätte, doch das Schicksal, dem man sich nun mal nicht entziehen kann, schien die Weichen bereits anders gestellt zu haben. So zog sie sich einen zweiten Stuhl heran und setzte sich neben das Mädchen, das sie mit großen, traurigen Augen ansah.

„Es ist schon spät, mein Kind. Du müsstest eigentlich längst schlafen." Bei diesen Worten strich sie ihrer Tochter sanft über die langen Haare und fragte dann: „Bedeutet er dir denn so viel?"

Kaïtara zuckte zusammen. Hatte ihre Mutter denn bemerkt, wie es in ihr aussah?

„Ich kenne ihn ja eigentlich gar nicht", flüsterte sie leise. „Ich habe ihn nie zuvor gesehen, und doch kommt es mir so vor, als würde ich ihn schon seit Jahren kennen. Ich … mag ihn einfach, Mom."

„Soso, du magst ihn."

Mehr sagte sie nicht, lächelte aber noch immer wissend vor sich hin. Ohne ihre Tochter anzusehen, fühlte sie dann mit ruhiger Hand nach der Temperatur des Prinzen und nickte zufrieden.

„Ich glaube, er hat noch eine Chance. Das Fieber sinkt wieder. Aber er ist trotzdem sehr schwach, das sollten wir nicht vergessen."

„Aber was können wir denn sonst noch tun?"

Die Verzweiflung in der Stimme ihrer Tochter ließ Sandy nicht ungerührt, aber sie wollte ihr auch nichts vormachen, und so lautete ihre ehrliche Antwort: „Nichts, mein Kind. Gar nichts können wir tun. Sein Körper muss sich jetzt selbst helfen.

Aber mir scheint, du wirst morgen früh nicht aus dem Bett kommen, wenn du jetzt nicht schlafen gehst."

„Aber ich kann doch jetzt nicht schlafen, Mom!", fuhr sie entrüstet auf.

„Das glaube ich auch", stimmte Sandy seltsamerweise zu und blickte sie verschmitzt an. „Deshalb werde ich dich morgen früh in der Schule auch entschuldigen. Aber nur ausnahmsweise und weil das Schuljahr ohnehin fast zu Ende ist."

„Oh, Mom, das ist so lieb von dir!", jauchzend fiel sie ihrer Mutter um den Hals, aber nur um im nächsten Moment erschrocken aufzuschauen. „Und Dad? Er wird doch nie zustimmen."

„Du vergisst, dass dein Dad morgen früh zu einem dienstlichen Treffen für zwei Tage verreist. Er muss früh los, und wird von unserem kleinen Geheimnis nichts mitbekommen. Albert wird auch schweigen, dafür werde ich schon sorgen."

Jetzt konnte Kaïtara gar nicht mehr anders, als ihrer Mutter einen Kuss auf die Wange zu drücken.

„... aber nur, wenn du jetzt ins Bett gehst", setzte diese noch schnell hinzu.

Sofort stand sie auf und wandte sich zur Tür, drehte sich dort noch einmal um und bat: „Aber du rufst mich doch, wenn er aufwacht?"

Sandy nickte lächelnd, denn sie wusste nur zu gut, wenn eine Elfe sich wirklich verliebte, dann tat sie es für immer!

Sandy Richards, die Viertelelfe, die ihr bisheriges Leben fast ausschließlich unter den Menschen verbracht hatte und ihre Tochter nur zu gut verstehen konnte, hielt Wort. Sie verabschiedete zu früher Stunde ihren Mann und sorgte dafür, dass ihre Tochter an diesem Morgen nicht geweckt wurde, sondern etwas von dem versäumten Schlaf vom vergangenen Abend nachholen konnte. Sie rief zu gegebener Zeit in der Schule an und meldete das Mädchen krank. Ihren Diener Albert hatte sie bereits beim Frühstück informiert, und ihm lag es fern, die Entscheidungen seiner Dienstherrin infrage zu stellen, deren kleines Geheimnis mit ihren besonderen Fähigkeiten bei ihm in guten Händen lag. Nicht einmal ihr Schwiegervater, Richards Senior, hatte in all den Jahren etwas von der wahren Identität seiner Schwiegertochter erfahren.

Als Kaïtara schließlich wach wurde und sich rasch anzog, führten ihre ersten Schritte sie in das Gästezimmer, wo sie auch prompt ihre Mutter vorfand, die ihr zulächelte und an das Krankenbett heranwinkte. Leise trat sie näher und blickte in die anscheinend entspannten Gesichtszüge des Verletzten, die jedoch von dunklen Bartschatten geziert wurden und ihn deshalb älter erscheinen ließen.

„Wie geht es ihm, Mom?", flüsterte sie, um ihn nicht zu wecken, falls er nur schlief.

Sandy nickte und antwortete genauso leise: „Ja, er hat es geschafft! Sein Fieber ist fast weg. In diesem Kampf ist er Sieger geblieben! Und er wird sicher bald aufwachen."

Sie sah die Erleichterung in den Augen ihrer Tochter, die sie genau beobachtet hatte. Auch wenn das Mädchen noch sehr jung war, erst recht wenn man es mit Elfenjahren maß, so würde sie ihrer Tochter keine Steine in den Weg legen, wenn diese sich einmal für ein Leben in der magischen Welt, in der der Elfen entscheiden sollte, immerhin trug sie deren Erbe in sich, auch wenn sie hoffte, dass das nie geschehen würde. Ihre eigene Großmutter hatte sich vor so vielen Jahren schließlich auch aus freien Stücken und aus Liebe entschieden, einen Menschen zu heiraten und das auch ihrer Tochter zugestanden. Sandy selbst war zwar zu dem Zeitpunkt, da sie den Inspektor Jameson Richards kennengelernt hatte, bereits auf sich allein gestellt gewesen, doch auch für sie war es eine reine Liebesentscheidung gewesen. Deshalb stand sie diesen Dingen sehr offen gegenüber.

„Bleib du nur bei ihm, ich werde Albert bitten, auch für unseren Gast etwas zu essen vorzubereiten, irgendwas Leichtes, schließlich hat er seit fast drei Tagen nichts mehr zu sich genommen."

Kaïtara sah ihrer Mutter nach, die immer so verständnisvoll war, und blickte dann wieder zu dem Elfenprinzen, der sich in diesem Moment tatsächlich zu regen begann. Seine schmale und dabei doch kräftige Hand strich unkontrolliert über das Bettlaken, das seinen Körper bis zur Taille bedeckte, die muskulöse Brust mit dem Verband, der sich von seiner linken Schulter herabzog, jedoch freiließ. Da sie Angst hatte, er würde sich für seine Verletzung zu heftig bewegen, griff sie nach seiner rechten Hand und umfasste sie, wollte ihm zeigen, dass er nicht allein war.

„Ganz ruhig", sagte sie leise, „es ist alles in Ordnung. Du bist in Sicherheit!"

Dabei hoffte sie nur, dass er sie verstehen würde, dass ihre Worte zu ihm durchdrangen. Doch als seine Augenlider wie zur Bestätigung zu zucken begangen, war sie sich sicher, dass er sie hörte. Und als er es endlich schaffte, seine Augen zu öffnen, sah er sie direkt an.

Ja, er hatte dunkle Augen, tiefbraun, schon fast schwarz, das hatte sie zuvor in der Dunkelheit des Abends nicht richtig erkennen und nur erahnen können. Fast wirkten sie wie zwei Kohlestücke auf sie. Automatisch legte sich ein Lächeln auf ihr Gesicht. Würde er sie wiedererkennen? Noch zeigte sich auf seinen Zügen nichts dergleichen, aber er erschrak auch nicht, schließlich musste ihm ja alles unbekannt sein.

Noch immer sah er sie unverwandt an, bis er plötzlich leise, mit noch etwas kratziger und schwächelnder Stimme hervorbrachte: „Du bist das schöne ... Mädchen, das mir geholfen ... geholfen hat. Aber ... aber ich kann mich nicht mehr an deinen Namen er...erinnern. Wie ... wie heißt du?"

Das Sprechen schien ihm doch etwas schwerzufallen, deshalb legte sie rasch einen Finger an die Lippen und gebot ihm zu schweigen.

„Ich heiße Kaïtara. Und ja, es stimmt, ich habe dich gefunden und hierherbringen lassen, damit dir geholfen werden konnte. Sonst wärst du gestorben, obwohl du ein Elf bist."

„Der Pfeil", stieß er hervor, „ja, ich ... ich erinnere mich."

„Pst, nicht reden. Komm, ich gebe dir erst einmal etwas zu trinken."

Sie wollte aufstehen, um nach einem Wasserglas zu greifen, das auf der anderen Seite neben dem Bett auf einem kleinen Schränkchen stand, doch sofort griff seine Hand jetzt nach der ihren, fasste unwillkürlich fester zu, als wolle er sie nicht gehen lassen.

„Bleib. Bitte."

Jetzt lächelte sie noch mehr, schüttelte etwas den Kopf und erklärte: „Ich gehe nicht. Schau, das Wasser steht gleich hier neben dem Bett. Ich muss nur aufstehen."

Trotzdem löste er seinen Griff um ihre Finger anscheinend nur widerwillig, wandte dabei den Kopf, um ihr mit den Augen folgen zu können. Da sie vermutete, dass er noch Schmerzen haben würde, setzte sie ihm das Glas ganz vorsichtig an die Lippen, ohne seinen Oberkörper aufzurichten. Ebenso langsam ließ sie ihm die Flüssigkeit in den Mund laufen, damit er schluckweise trinken konnte.

„Danke", kam es erschöpft von seinen Lippen. „Du bist so … so gut zu mir, dabei kennst … kennst du … du mich doch gar … nicht."

„Ich kenne dich gut genug, um zu wissen, dass du noch immer Hilfe brauchst. Das reicht mir vollkommen."

Jetzt blickte er ihr richtig verblüfft entgegen, als er fragte: „Sind alle Menschen in dieser … Welt so wie du?"

„Nein, das ganz sicher nicht, Aviyan, aber du …"

„Sag es bitte noch einmal", unterbrach er sie spontan.

„Was soll ich noch mal sagen?"

„Meinen Namen. Bitte."

Sie zögerte zwar eine Sekunde, doch dann tat sie ihm den Gefallen: „Aviyan."

Jetzt lächelte er wieder, was ihr ganz besonders an ihm gefiel.

„Du hast eine ganz … ganz besondere Art, ihn auszusprechen."

„Tatsächlich?"

Er nickte, dann meinte er, sich bei ihr entschuldigend: „Aber ich habe … habe dich unterbrochen. Was wolltest … wolltest du sagen?"

Sie musste einen Moment überlegen, dann erinnerte sie sich wieder und vollendete ihren begonnenen Satz: „… du musst doch zurück in deine Welt, zurück zu deinem Volk. Man sucht dich doch sicher schon am Hofe."

Aviyan starrte sie überrascht an und fragte nach: „Du weißt, dass ich … ich der Kronprinz bin?"

„Sicher, die Tätowierung hat es uns verraten."

Jetzt blickte er selbst auf seine Handfläche und murmelte mehr zu sich selbst: „Ja, ich bin für die Ewigkeit ge…gezeichnet und …" Doch weiter kam er nicht. Die ganze Zeit über hatte er sich eisern zusammengerissen, doch nun machte sich seine Schwäche doch wieder bemerkbar, da er einfach einschlief. Im ersten Moment erschrak Kaïtara, doch dann lächelte sie beruhigt. Er würde bestimmt im Schlaf die nötige Erholung finden und weiter genesen. Leise erhob sie sich und verließ das Zimmer, warf jedoch von der Tür aus noch einen Blick zurück auf seine entspannten Gesichtszüge, die ihr trotz des Dreitagebartes so gut gefielen, dass es sie selbst überraschte.

Als der Elfenprinz zum zweiten Mal erwachte, befand er sich allein in dem ihm fremden Zimmer. Der Stuhl, auf dem Kaïtara neben ihm gesessen hatte, war verwaist. Dämmerlicht herrschte in dem Raum, da es bereits wieder auf den Abend zuging. Aber er fühlte sich auch wesentlich besser, längst nicht mehr so müde und matt, wie dies morgens noch der Fall gewesen war. Seltsamerweise musste er sich eingestehen, dass es ihn enttäuschte, dass das hübsche Mädchen mit den langen braunen Haaren, die ihr Gesicht seidig umschmeichelt hatten, nicht mehr bei ihm war.

„Kaïtara", flüsterte er leise vor sich hin, „ein seltener, aber sehr schöner Name, der sicherlich zu dir passt."

Im Geiste sah er sie vor sich, ihre feinen Züge, ihre hellbraunen Augen, in denen er so viel Mitgefühl für ihn hatte erkennen können, obwohl es ihm lieber gewesen wäre, wenn sie nicht einfach nur Mitleid gezeigt hätte. Oder war es doch mehr gewesen? Die Berührung ihrer Hand hatte ihm sehr gefallen. Doch dann wurde ihm bewusst, dass er nicht ewig hier liegen konnte. Wenn er das Gift abgebaut hatte, würde sein Körper wieder heilen. Wie sah es damit aus?

Vorsichtig versuchte er, die linke Hand zu bewegen. Die Finger gehorchten ihm, doch als er den Arm anheben wollte, durchzuckte ein scharfer Schmerz seine Schulter, was ihm unwillkürlich ein

Stöhnen entlockte. Da Wunden bei ihm normalerweise immer sofort geheilt waren, so wie bei Bewohnern der magischen Welten üblich, war er es nicht gewohnt, dass ihm sein Körper solche Probleme bereitete, wenn er auch durchaus Schmerz kannte, der aber nie lange angehalten hatte. Die Menschen waren in seinen Augen direkt zu bedauern.

Trotzdem musste auch er jetzt da durch und sich etwas aufrichten. Neben dem Bett hatte er einen Teller mit Weißbrothappen entdeckt, und sein Magen fühlte sich entsetzlich leer an. Also versuchte er, sich mit den Beinen höher zu schieben, um schließlich mit dem rechten Arm zugreifen zu können. Als er es endlich mühsam geschafft hatte, stand ihm vor lauter Anstrengung der Schweiß auf der Stirn, und sein Atem ging heftig und stoßweise. Verdammt, dass er noch so geschwächt sein würde, das hatte er nicht erwartet!

Doch schließlich angelte er sich den Teller, neben dem auch seine Kette mit einem leuchtend grünen Stein lag, die er um den Hals getragen hatte, und schob sich ein paar Häppchen in den Mund. Auch wenn er keine Ahnung hatte, was er da gerade aß, so musste er sich eingestehen, dass es ihm schmeckte. Den pochenden Schmerz in seiner verletzten Schulter schaffte er denn auch, mit eisernem Willen zu unterdrücken. Aber er machte ihm auch klar, dass es noch dauern konnte, bis er wieder auf die Beine kommen würde, obwohl er von den Gedanken an seine Heimat, vor allem an seinen Vater, den König, um den er sich ziemliche Sorgen machte, gequält wurde. Trotzdem versuchte er, sich recht ruhig zu geben, als es wieder an seine Zimmertür klopfte.

Auch wenn seine Stimme noch immer nicht fest klang, wurde sein „Herein" von Kaïtara gehört, die sogleich öffnete und, gefolgt von ihrer Mutter, eintrat. Sie lächelte, als sie ihn essen sah, froh darüber, dass es ihm anscheinend wieder besser ging. Gerade schob er den geleerten Teller beiseite. Auch sein Gesicht hatte schon wieder etwas Farbe angenommen, sodass der Kontrast zu seinen schwarzen Haaren nicht mehr ganz so ausgeprägt war. Trotzdem wirkten seine Wangen noch immer leicht eingefallen.

„Wie ich sehe, geht es Euch besser, Majestät", begrüßte ihn Sandy, die darum bemüht war, seinem Stand als Prinz gerecht zu werden und ihm gegenüber höflich den Kopf neigte.

Aviyan, der die Ähnlichkeit zu Kaïtara sofort erkannte, begriff natürlich, wen er da vor sich hatte. Diese Frau hatte ihn durch ihr Wissen und Können gerettet. Außerdem war sie die Mutter dieses wunderschönen Mädchens, das ihn gefunden hatte.

„Ja, danke, es geht mir schon wesentlich besser. Aber warum so förmlich? Hier in Eurer Welt gilt mein Rang ja wohl nichts. Ich bin mir nicht einmal sicher, ob ich in meiner eigenen Welt noch ein Königreich besitze."

Die Resignation, die aus diesen Worten sprach, bemerkte Sandy Richards sehr wohl. Sie spürte, dass hinter seiner Verletzung und seinem Auftauchen hier in London sehr viel mehr stecken musste. Nun, sie hoffte, es in einem Gespräch zu erfahren. Zunächst legte sie aber das mitgebrachte Verbandsmaterial ab und zog sich den Stuhl näher heran.

„Wenn es Euch recht ist, möchte ich mir gerne Eure Wunde noch mal ansehen und den Verband wechseln, Majestät."

„Gerne", erwiderte Aviyan, „Ihr scheint mir eine sehr gute Heilerin zu sein."

Sie lächelte ob dieses Lobes und machte sich daran, den Verband zu lösen. Da sie ihm dabei sehr nahe kam, konnte er den zarten Duft ihres Parfums riechen, das ihn sehr an die Blumen seiner Heimat erinnerte. Denselben zarten Duft hatte er bereits bei Kaïtara bemerkt, wie ihm jetzt bewusst wurde. Als Sandy die Wunde freigelegt hatte, konnte sie mit Genugtuung feststellen, dass sich diese bereits zu schließen begann, sodass sie nichts weiter tun musste, als einen neuen sauberen Verband anzulegen. Ihre Tochter, die kurz nach ihr eingetreten war, assistierte ihr dabei und reichte ihr, was sie gerade benötigte, wobei sich ihr Blick immer wieder mit dem des Prinzen traf, eine Tatsache, die Sandy keinesfalls entging.

Nachdem sie ihre Arbeit beendet hatte, lehnte sie sich auf dem Stuhl etwas zurück und blickte ihrem Gast offen in das anscheinend junge Antlitz, doch wusste sie es besser, Aviyan musste in Elfenmaßstäben wesentlich älter sein.

„Ihr braucht keine Sorge zu haben, Majestät, die Verletzung heilt gut, nachdem Ihr das Gift überwunden habt, das mir zu Anfang doch ziemliche Probleme gemacht hat", gab sie schließlich zu.

Der Prinz bemerkte aber auch die unausgesprochene Frage nach dem Wieso und Warum in den forschenden Augen dieser Frau, obwohl er keinen Angriff auf seine Gedanken feststellen konnte, sodass er sich entschloss, von sich aus zu berichten.

„Ihr wollt sicher wissen, wie das passiert ist und wie ich hier herkomme, nicht wahr?"

Seine dunklen Augen musterten sie fragend. Sandy würde es natürlich begrüßen, wenn er ihr die Wahrheit sagen würde, denn es musste schon ein gravierendes Ereignis sein, das ihn hierhergebracht hatte. Und schon allein aus Sicherheitsgründen für ihre Familie wollte sie wissen, ob noch irgendeine Gefahr bestehen konnte. Aber diese Erklärung einfach einzufordern, das kam ihr nicht in den Sinn. Aviyan war schließlich der Kronprinz des Elfenreichs, zu dem sie ja mit einem kleinen Teil ebenfalls gehörte. Deshalb hielt sie sich lieber zurück und wartete geduldig und demütig auf eine Erklärung von ihm.

Ihre Tochter hingegen platzte gar nicht so förmlich mit den Worten heraus: „Ja, wie kam es, dass du mir hinter dem Lokal quasi vor die Füße gefallen bist?"

„Kaïtara, du kannst einen Prinzen doch nicht einfach so duzen!", fiel ihr Sandy ins Wort, doch Aviyan sah das viel lockerer.

„Lasst sie nur. Wir haben uns bereits gut unterhalten, ohne auf irgendeine Etikette zu achten. Es spielt absolut keine Rolle, wer ich bin, jedenfalls nicht hier. Für das, was mir widerfahren ist, ist es allerdings wichtig."

Sandy registrierte sofort die Sorgenfalte, die sich bei diesen Worten auf seiner Stirn bildete, und animierte ihn mit einem auffordernden Blick, sich den Kummer von der Seele zu reden.

„Wenn Ihr darüber reden wollt, Majestät, dann hören wir Euch gerne zu."

„Ja", seufzte er auf, „es ist wohl besser, wenn Ihr Bescheid wisst. Da Ihr vermutlich schon lange in der Welt der Menschen lebt, werdet Ihr nicht wissen, dass König Kelanar, mein Vater, schon seit einiger Zeit im Streit mit Mindavis, seinem Neffen liegt, der glaubt einen Anspruch auf den Thron zu haben, weshalb er einen erbitterten Streit vom Zaun gebrochen hat. Leider verfügt mein Vetter über genügend einflussreiche Leute, um immer wieder gegen Entscheidungen des Königs zu intervenieren. Damit wiegelt er das Volk der Elfen auf und spaltet es in zwei Lager."

Als er einen Moment betreten schweigt, meint Sandy: „Aber den Anspruch auf den Thron kann er Euch doch gar nicht streitig machen. Nur der König und Ihr selbst tragt das Zeichen der Königswürde in Eurer Handfläche!"

Aviyan verzog ironisch den Mund und gab zu: „Das schon, aber es gibt immer Mittel und Wege, einem Regenten etwas anzuhängen, was ihn vom Thron stürzt."

„Und das hat man bei Eurem Vater versucht?"

„Ja, und als es nicht gefruchtet hat, ist er verschwunden. Aber ich kann nicht glauben, dass ihm etwas zugestoßen sein soll. Ich bin sicher, man hat ihn entführt, um mich zu erpressen, auf meinen Anspruch zu verzichten."

„Aber das wäre doch Verrat!", stieß Kaïtara entsetzt hervor.

„Nur wenn man es beweisen kann", meinte der Prinz relativ ruhig, sodass das Mädchen ihn für seine Fassung direkt bewunderte.

„Und dein Vater …?"

„Ich befand mich gerade auf der Suche nach ihm, als ich von etwa einem Dutzend Reiter meines Vetters angegriffen wurde. Meine Leibwache war zahlenmäßig unterlegen, trotzdem haben wir ihnen einen harten Kampf geliefert. Erst als klar war, dass wir es nicht schaffen konnten, drängte mein Hauptmann der Wache dazu, mich in Sicherheit zu bringen. Auch wenn ich es als feige empfand, ich bin nun mal der Einzige, der Mindavis später um den Thron herausfordern kann, nur deshalb habe ich die Flucht ergriffen."

„Wir werden Euch deshalb bestimmt nicht verurteilen, Majestät", bekräftigte Sandy schnell, da sie merkte, wie schwer ihm dieses Eingeständnis fiel. „Ihr musstet Euch retten, das war Eurem Volk gegenüber doch sogar Eure Pflicht, würde ich sagen!"

Aviyan lächelte säuerlich: „Eine schöne Pflicht, die mich dazu zwang, meine Leute ihrem Schicksal zu überlassen, um selbst meine Haut zu retten!"

„Aber Ihr wurdet doch auch verletzt", bekräftigte sie noch, doch der Prinz schüttelte leicht den Kopf.

„Das geschah erst drei Tage später. Zunächst erhielt ich nur den Schnitt in die Handfläche, wie Ihr sicher bemerkt habt. Ich verbarg mich an einem geheimen Ort, von dem ich annehmen konnte, dass niemand von diesem Platz etwas wusste. Erst als mich der Hunger zwang, mein Versteck zu verlassen, bin ich erneut drei Soldaten von Mindavis in die Arme gelaufen und musste wieder um mein Leben kämpfen, denn sie ließen keinen Zweifel daran, dass ich ihnen tot nützlicher sein würde. Trotzdem wehrte ich mich verbissen, bis es einem der Angreifer gelang, mir einen Pfeil in die Schulter zu schießen. Er hatte sicherlich auf mein Herz gezielt, denn dass der Pfeil vergiftet war, habe ich erst später gemerkt, sonst hätte ich mir womöglich die Flucht durch das Dimensionstor gespart. Aber zu diesem Zeitpunkt wollte ich nur nicht riskieren, dass sie mir den Kopf abschlugen."

„Was?"

Kaïtara hätte bei diesen Worten fast aufgeschrien, doch ihre Mutter legte ihr beruhigend eine Hand auf den Arm und erklärte: „Du weißt es noch nicht, mein Kind, aber echte Elfen, zu denen wir mit unserem Anteil an menschlichem Blut nun einmal nicht gehören, können nur sterben, wenn man ihnen eine Waffe durchs Herz stößt oder ihnen den Kopf abschlägt. Auch verbrennen oder ersticken ist möglich oder aber der Tod durch ein starkes Gift. Ansonsten sind Elfen unsterblich."

Mit großen Augen hörte das Mädchen zu und konnte kaum fassen, was sie da hörte. Ihr Blick wanderte von einem zum anderen. Dann krauste sie die Stirn.

„Wie hast du es in deinem Zustand dann geschafft, das Weltentor zu öffnen? Und woher wusstest du, wo es war? Selbst Mom kann ein Dimensionstor nicht so einfach öffnen."

„Kaïtara!", wollte Sandy ihre Tochter erneut zurechtweisen, doch der Elfenprinz konnte sie nur zu gut verstehen.

„Das ist schon in Ordnung! Kaïtara kann alles erfahren. Ich habe nichts zu verbergen!" Er wandte sich ihr direkt zu und erklärte: „Es ist die Pflicht des Königs des Elfenreiches und damit auch die meine als Thronfolger, alle Tore in andere Welten zu kennen. Deshalb wusste ich es, als ich mich zu diesem Zeitpunkt zufällig in der Nähe eines solchen Zuganges befunden habe und dass sich mir dort eine Fluchtmöglichkeit bot."

„Und wieso konntest du das Tor sofort öffnen?"

„Auch das ist ein Wissen, das alle Mitglieder des Königshauses erlernen müssen, Kaïtara. Mein Vater hat schon früh dafür gesorgt, dass ich in all diesen Dingen unterwiesen wurde. Deshalb schaffte ich es sehr schnell und gerade noch rechtzeitig die magischen Zeichen zu aktivieren. Es war mir ja klar, dass ich auch ohne die Wirkung des Giftes zunächst nicht weiterkämpfen könnte, also tat ich, was absolut nötig war. Dabei bin ich dir dann, wie du so schön sagtest, vor die Füße gefallen."

Noch immer ruhte Kaïtaras ungläubiger Blick auf Aviyan, nachdem er seinen Bericht abgeschlossen hatte. Sie hatte in kurzer Zeit unglaubliche Dinge erfahren und vermochte das alles noch nicht so richtig zu verstehen und zu begreifen. Sie wusste nur, dass dieser junge Elfenprinz eine geradezu unwiderstehliche Anziehungskraft auf sie ausübte, und sein Schicksal tat ihr unendlich leid. Sie konnte sich gar nicht vorstellen, wie sie reagieren würde, wenn ihr Vater oder ihre Mutter zunächst bedroht und dann verschwinden würden. Aber wie sollte sie ihm helfen?

Zunächst musste er wieder gesund werden, das war das Wichtigste von allem!

In dieser Woche erholte sich Prinz Aviyan von Tag zu Tag mehr. Er überwand die Wirkung des Giftes ganz, worauf seine Wunde sehr schnell heilte. Kaïtara, die noch drei Tage des Schulbesuches hinter sich bringen musste, wäre zwar lieber zu Hause geblieben, doch sie hatte es ihrer Mutter ja versprochen. Trotzdem konnte sie es nachmittags kaum erwarten, dass Albert sie von der Schule abholte und nach Hause brachte, wo sie am Tag, als die Ferien begannen, den Prinzen auch nicht mehr im Bett vorfand. Er saß in der Kleidung, die ihm ihr Vater überlassen hatte, zusammen mit ihrer Mutter im großzügig geschnittenen Livingroom des Hauses beim Tee.

„Ah, da bist du ja, mein Kind!"

Sandy winkte ihre Tochter zu sich, damit sie sich neben sie setzte, wo auf einem kleinen Beistelltisch auch für sie schon ein Gedeck bereitstand. Albert stand auch sofort bereit, um seiner jungen Herrin einzugießen und sich dann wortlos zurückzuziehen.

„Ja, trink eine Tasse Tee mit uns. Der Prinz hat mir so viel von seiner Welt berichtet, dass ich sie mir am liebsten mit eigenen Augen ansehen möchte. Es ist schließlich auch die Heimat deiner Urgroßmutter."

„Aber solange die Machtverhältnisse in meinem Reich nicht geklärt sind, kann ich einem Besuch der Elfenwelt kaum zustimmen. So gerne ich Euch und Eure Familie auch dazu einladen möchte", warf Aviyan bedauernd ein, wobei er seinen Blick aber nicht von Kaïtara lösen konnte, die heute in ihrem Sommerkleid besonders reizvoll für ihn aussah.

„Was hältst du davon, wenn du mit Prinz Aviyan heute mal einen Spaziergang in den Park machst? Es wird ihm sicher guttun, mal wieder an die frische Luft zu kommen."

In Wirklichkeit hoffte sie allerdings, er würde ihr ihre Schwärmerei ausreden, denn sie hatte ganz offen mit ihm darüber gesprochen, dass er doch bald wieder in sein Reich zurückkehren würde und Kaïtara ihm nicht folgen konnte, ohne alles aufzugeben. Und sie hatte ihm auch gesagt, dass sie aus ihrer Sicht diesen Preis für zu hoch hielt, schon allein deshalb, weil ihre Tochter normal altern würde, er jedoch nicht.

Obwohl Kaïtaras Augen aufleuchteten, schränkte sie ein: „Aber es darf ihn doch niemand sehen mit seinen …"

Beschämt brach sie ab. Mit seinen spitzen Ohren hatte sie sagen wollen, doch der Prinz nahm es ihr nicht übel. Er lächelte sogar und zog eine Kappe hervor, die ihm Albert besorgt hatte. Sie setzte er so auf, dass sie seine verräterischen Ohren gut genug verbarg.

Wie süß, dachte der Prinz. Sie ist sogar ein bisschen rot geworden. Laut jedoch sagte er: „Vielleicht möchtest du dich ja so mit mir sehen lassen."

„Ja, sicher doch!", bestätigte sie schnell und erhob sich bereits.

Sie sagte es zwar nicht offen, aber sie freute sich darauf, mit ihm allein sein zu können. Sie ahnte ja nicht, welchen Auftrag ihm ihre Mutter, wenn auch nicht offen, so doch unterschwellig, gegeben hatte. Galant bot er ihr seinen Arm an, als sie den Garten hinter dem Haus verließen, der direkt an einen großen Park angrenzte. Einige Spaziergänger waren an diesem Nachmittag bereits unterwegs, auch ein verliebtes Pärchen begegnete ihnen, das sich hinter einen Baumstamm verzogen hatte und sich dort küsste. Doch so sehr sie sich auch freute, mit Aviyan allein zu sein, ein richtiges Gespräch wollte zwischen ihnen nicht in Gang kommen, dabei hatten sie doch die letzten Tage gar nicht genug miteinander reden können.

Schließlich blieb Kaïtara einfach stehen und zwang ihn damit, ebenfalls anzuhalten. Zu ihm aufschauend fragte sie frei heraus: „Was ist los, Aviyan? Was hat meine Mutter zu dir gesagt? Ich dachte, du freust dich genauso wie ich, dass wir mal alleine sind, und jetzt habe ich das Gefühl, dass ich für dich gar nicht existiere. Wieso?"

Da sich zu diesem Zeitpunkt niemand sonst in der Nähe befand, wie ihm ein schneller Blick in die Umgebung bewies, zog er das junge Mädchen auf eine nahe Parkbank und hielt ihre Hand fest in der seinen. Es fiel ihm nicht leicht, was er ihr zu sagen hatte, erst recht nicht, da er längst schon viel mehr für sie empfand, als er sich hätte erlauben dürfen. Fest blickte er in ihre wunderschönen haselnussbraunen Augen, die sie wohl von ihrem Vater geerbt hatte.

Und um nicht erst von seinen Gefühlen ihr gegenüber anfangen zu müssen, sagte er einfach: „Kaïtara, es ist sehr schön bei dir und deiner Familie, aber ich bin jetzt genesen und muss wieder zurück in meine eigene Welt." Erschrocken wollte sie aufbegehren, doch er ließ sich nicht unterbrechen: „Du weißt das genauso gut wie ich. Das brauchst du erst gar nicht abzustreiten. Ich habe keinen Hehl daraus gemacht, wer oder was ich bin. Ich habe eine Verantwortung meinem Volk der Elfen gegenüber und ich muss ihnen den Frieden erhalten. Mein Vater ist bereits verschwunden, was glaubst du, was geschehen wird, wenn auch ich nicht mehr auftauche? Es würde wahrscheinlich ein erbitterter Kampf um den Thron ausbrechen zwischen meinen mir treu ergebenen Elfen und denen, die meinem Vetter Mindavis folgen. Es würde viele unschuldige Opfer geben, und das kann und will ich nicht verantworten! Kannst du das verstehen?"

Stumm sah sie ihn mit ihren großen Augen an, und er spürte, dass das, was sie für ihn empfand, über eine harmlose Schwärmerei weit hinausging.

Ihre Augen glänzten feucht, als sie nach einiger Zeit einfach nur fragte: „Wann? Wann willst du weg?"

Natürlich hatte er ihr mit seinen Worten sehr wehgetan, sodass er ihre schroff klingende Frage sehr wohl verstehen konnte, deshalb tat es ihm auch so leid, ihr eine weitere schlechte Nachricht überbringen zu müssen, doch er tat es: „Deine Mutter will mir schon morgen helfen, das Dimensionstor von dieser Seite aus zu öffnen. Wenn es uns gelingt, werde ich gehen, Kaïtara. Bitte, versteh mich doch, ich muss es tun!"

Wenn sie ehrlich zu sich selbst war, dann konnte sie ihn ja auch verstehen, aber es tat so weh, dass sie am liebsten davongelaufen wäre. Stattdessen sah sie ihn einfach nur mit ihren tränenfeuchten Augen an, mit einem Blick, der ihm durch und durch ging. Und aus einer plötzlichen Regung heraus, und weil er es schon längst hatte tun wollen, zog er sie fest in seine Arme und küsste sie, schmeckte diese vollen roten Lippen, die sich so weich anfühlten, und da sich ihr Mund dabei leicht öffnete, konnte er gar nicht anders als seine Zunge vortasten zu lassen, um ihren Mund ganz und gar in Besitz zu nehmen.

Mit geschlossenen Augen lag Kaïtara in seinen Armen, ergab sich ihm völlig und seufzte glücklich auf. Wie sehr hatte sie sich das gewünscht. Er hatte sie geküsst. Er hatte sie wie eine Frau geküsst, und es hatte ihr gefallen. Sie schluckte und sah ihn mit großen Augen an, während ihm im selben Moment klar wurde, dass er einen Fehler gemacht hatte. Er hätte sich nicht von seinen

Gefühlen ihr gegenüber hinreißen lassen dürfen. Nie und nimmer! Denn jetzt musste ihre Enttäuschung doch noch viel größer ausfallen, wenn er sie verließ.

„Es ... es tut mir leid. Das wollte ich nicht", entschuldigte er sich rasch. „Ja, ich werde schon morgen wieder aus deinem Leben verschwinden, und das bedauere ich sehr."

Sie kämpfte mit den Tränen, schluckte vernehmlich und fragte dann schlicht: „Darf ich dabei sein und dir Lebewohl sagen, wenn du gehst?"

Ihre Stimme war nur noch ein Flüstern, aber er verstand sie sehr gut und bestätigte: „Natürlich kannst du dabei sein. Ich würde mich sogar darüber freuen!"

Kaïtara wusste, wann sie verloren hatte. Ihr war nur zu klar, dass sie ihn nicht mehr umstimmen konnte, und seine Gründe, verstand sie ja auch. Deshalb schniefte sie nur kurz, wischte sich eine Träne von der Wange, die bereits ihren Weg aus dem rechten Augenwinkel gefunden hatte, und stand auf, obwohl er noch immer ihre Hand hielt.

„Dann können wir ja jetzt wieder zurückgehen", meinte sie so ruhig wie nur möglich, obwohl ihr das Herz überlaufen wollte.

„Warte noch, ich möchte dir noch etwas geben."

Bei diesen Worten griff er bereits nach der Kette mit dem grünen Stein daran, die er um den Hals trug und die Kaïtara ja schon bei ihm gesehen hatte. Er zog sie unter dem Hemd hervor, streifte sie über seinen Kopf und legte sie dem Mädchen um, das ihm so viel bedeutete.

„Aber Aviyan, das kannst du doch nicht machen."

„Warum nicht? Wenn ich schon gehen muss, so möchte ich, dass du etwas hast, das dich an mich erinnert. Bitte, trage die Kette. Trage sie für mich."

Sie spürte sehr deutlich, was es ihm bedeutete, deshalb nickte sie und meinte: „Ich werde sie in Ehren halten, solange ich lebe! Das verspreche ich dir!"

Aber wie sollte sie den morgigen Tag bloß überstehen?

Die Dämmerung hatte kaum begonnen, als die Familie Richards zusammen mit Prinz Aviyan in den großen Bentley stieg, um zu dem Lokal zu fahren, hinter dem sich das Dimensionstor befinden musste, durch welches der Prinz die Welt der Menschen betreten hatte. Die Betreiber der Gaststätte befanden sich im Urlaub, sodass sie kaum Gefahr liefen, überrascht zu werden, weder durch diese selbst noch durch Gäste.

Aviyan war bereit, das Tor zu aktivieren, während Sandy es eine Zeit lang mit ihren Kräften offen halten sollte, falls er gezwungen sein würde, sofort zurückzukommen, denn er wusste ja nicht, was ihn auf der anderen Seite erwarten und ob ihn der Weg wirklich in das Reich der Elfen bringen würde. Ein Restrisiko, dass es gerade nicht so kommen könnte, bestand nämlich durchaus, ein Restrisiko, das der Prinz bereit war, einzugehen, denn er wollte, nein, er musste einfach wieder zurück in seine eigene Welt!

Der Inspektor hatte es sich nicht nehmen lassen, seine Familie persönlich zu begleiten. Außerdem wollte er mit eigenen Augen sehen, dass der Elfenprinz wieder in seine eigene Dimension zurückkehrte. Mit seiner Tochter stand er zwei Schritte hinter seiner Frau und Aviyan, während Letzterer magische Zeichen in die Luft malte, die außer ihm nur noch Sandy sehen konnte, da deren Elfenkräfte stark genug waren. Sie ergänzte hier und da ein paar Striche und Schnörkel, die für diese Seite des Tores wichtig waren, bis plötzlich das gesamte Muster für alle sichtbar hell aufleuchtete. Das Tor war aktiviert!

Aviyan drehte sich zu Kaïtara um, um sich zu verabschieden, als etwas geschah, womit keiner der Anwesenden gerechnet hatte oder auch nur hatte rechnen können. Vor dem Tor bildete sich ein enorm starker Materiewirbel aus, der einen solch kräftigen Sog entwickelte, dass nicht nur der Prinz, sondern auch die anderen drei Personen plötzlich davon ergriffen wurden. Keiner hatte diesen enormen Kräften, die da plötzlich wie aus dem Nichts auf sie einwirkten, irgendetwas entgegenzusetzen. Kaïtara schrie noch entsetzt auf, dann verlor sie auch schon den Boden unter den Füßen und wurde in den Materiewirbel hineingesaugt. Kurz noch erkannte sie, dass es den anderen genauso erging, dann verlor sie jegliche Orientierung, wusste nicht mehr, wo war oben, wo unten, was war Realität, was Einbildung. Das Zeitgefühl ging ihr gänzlich verloren. In ihrem Kopf schien es nur noch zu rauschen und zu brausen, bis sie als Spielball der magischen Kräfte von diesem Tunnel der Dimensionen wieder ausgespukt wurde, hart auf einem unebenen Boden landete und sich schmerzhaft die rechte Schulter stieß. Ihr war nicht bewusst, dass sie erneut einen Schrei ausstieß, dann wurde sie auch schon ohnmächtig. Nur noch Schwärze umgab sie, tiefe undurchdringliche und lautlose Schwärze.

Es kam Kaïtara so vor, als ob sie in einem dicken Brei schwimmen würde, der all ihre Bewegungen verlangsamte und jedes Wort bereits im Ansatz erstickte. Bis, ja, bis sie die Realität wieder erfasste. Irgendjemand rief ihren Namen, immer wieder, eindringlich, schon fast bittend. Warum? Man sollte sie in Ruhe lassen. Sie wollte einfach nur schlafen. Aber irgendjemand schien das nicht zu wollen und rüttelte sie an den Schultern. Sie gab ein unwilliges Brummen von sich, dann fühlte sie etwas Feuchtes in ihrem Gesicht und hob die Hand, um es wegzuwischen. Doch eine andere Hand packte die ihre und hielt sie fest.

„Kaïtara, komm zu dir!"

Wieder diese Stimme, die von ihr verlangte, aufzuwachen. Aber warum denn?

„Nein", knurrte sie mürrisch und wollte ihre Hand losreißen, als sie ganz plötzlich wieder richtig zu Bewusstsein kam und auch die Augen aufschlug.

„Na endlich! Ich dachte schon, du seist auf den Kopf gefallen und hättest dich verletzt."

Das war ihre Mutter, die da zu ihr sprach, und sie hielt auch das feuchte Tuch in der Hand, das ihr so unangenehm gewesen war. Aber wer hielt sie fest? Erst als sie es schaffte, etwas den Kopf zu drehen, begriff sie, dass sie in den Armen ihres Vaters lag, der mit ihr auf dem Boden saß. Und als sie aufschaute, erkannte sie Aviyans hochgewachsene Gestalt, die vor ihr stand, und mit Sorge im Gesicht auf sie herabsah.

„Was ist denn los?"

Ihre Stimme klang noch etwas schwach, und sie begriff noch nicht, was geschehen war.

„Ganz ruhig, mein Kind", sprach ihre Mutter auf sie ein. „Du hast mit uns zusammen eine Dimensionsreise gemacht, die du nicht besonders gut vertragen hast. Aber es ist dir nichts passiert."

„Eine Dimensionsreise? Aber wieso?"

Jetzt sah sich Sandy gezwungen, ihrer Tochter die ganze Wahrheit zu erzählen und begann mit den Worten: „Erinnerst du dich, dass wir für Prinz Aviyan das Dimensionstor zur Elfenwelt öffnen wollten?"

Kaïtara nickte leicht und setzte sich jetzt, gestützt von ihrem Vater, auf.

„Es war schon ein sehr großer Zufall, aber die Leute des Prinzen haben genau zum selben Zeitpunkt vom Reich der Elfen aus das Tor öffnen wollen. Es muss zu einer Überschneidung der Magien gekommen sein, die uns alle in einen Materiestrudel gerissen und in die Elfenwelt katapultiert hat. Leider war die Landung weniger angenehm, und du bist sogar ohnmächtig geworden."

„Oh."

Das war alles, was sie hervorbrachte. Etwas überrascht blickte Kaïtara jetzt auf die fünf Wachposten in Uniform, die sie entdeckt hatte und die etwas abseits standen. Es waren alles Elfen, wie sie deutlich an ihren spitzen Ohren erkennen konnte. Demnach schien es zu stimmen, was ihr ihre Mutter berichtet hatte.

„Wir sind wirklich in deinem Reich?", fragte sie verblüfft an Aviyan gewandt.

„Ja, das sind wir", stimmte er zu. „Und das Wichtigste ist jetzt, dass wir das Schloss erreichen, um in Sicherheit zu kommen. Die Leute meines Vetters Mindavis treiben sich laut Aussage meiner Leute hier in der Gegend herum. Ich hoffe nur, du kannst reiten."

Erst jetzt bemerkte sie, dass hinter den Wachen eine Gruppe Pferde stand, Autos gab es in dieser technikfreien Welt ja nicht, wie sie längst wusste.

„Ja, kann ich!", rief sie jetzt begeistert, da es etwas war, was sie wirklich gut beherrschte und womit sie Aviyan gegenüber glänzen konnte.

„Dann sollten wir keine Zeit mehr verlieren und sofort aufbrechen!", bestimmte der Prinz und gab seinen Leuten ein Zeichen, die Pferde näher zu bringen.

Da die Gruppe nur ein lediges Tier mit sich führte, den Hengst ihres Prinzen, der nach seinem Verschwinden allein zum Schloss zurückgekehrt war, mussten Sandy und Jamie jeweils zu einem der Posten mit aufsteigen, während Kaïtara zu Aviyan auf dessen Pferd gehoben wurde, der es sich nicht nehmen ließ, selbst für ihr Wohlergehen zu sorgen.

„Tut mir leid, dass das passiert ist", entschuldigte er sich während des Rittes bei ihr. „Ich konnte nicht wissen, dass meine Leute versuchen würden, das Tor zu öffnen und dann auch noch im selben Moment wie wir."

Da sie seitlich vor ihm auf dem Pferd saß, wandte sie ihm das Gesicht zu, lächelte und meinte: „Deshalb brauchst du dich doch nicht zu entschuldigen. Nicht einmal mein Vater würde dir deshalb einen Vorwurf machen. Schließlich konnte das doch keiner ahnen!"

Aufmerksam betrachtete er ihr Gesicht. Ob sie es ihm wirklich nicht übelnahm?

„Es ist nur ... weil ich dir und deinen Eltern schon genügend Unannehmlichkeiten bereitet habe, und jetzt wurdet ihr auch noch für unbestimmte Zeit aus eurem normalen Leben gerissen."

„Was heißt das denn, auf unbestimmte Zeit? Was meinst du damit?"

Aviyan runzelte die Stirn, fragend ruhten seine dunklen Augen auf ihren Zügen, als er mutmaßte: „Du kennst dich mit den Toren in andere Welten nicht aus, nehme ich an. Sonst würdest du das nicht fragen, nicht wahr?"

„Sorry", gab sie betreten zu, „aber ich weiß wirklich nicht, was du meinst."

„Ich muss dir leider mitteilen, Kaïtara", gab der Prinz zu, „dass das Dimensionstor durch den enormen Verbrauch an magischer Energie bei dieser Doppelöffnung so gut wie entladen worden ist. Das heißt, dass es für euch im Moment keinen Rückweg gibt, bis sich die Energie wieder regeneriert hat. Und niemand kann sagen, wie lange das dauern wird. Es könnte in der Tat Wochen dauern."

Schon fast entsetzt blickte sie ihn jetzt an, bis sich plötzlich ein leichtes Lächeln auf ihren Zügen bemerkbar machte, das ihn sogar freute, da er zu wissen glaubte, was es bedeutete.

„Diese Tatsache scheint dich nicht wirklich zu stören. Ich glaube, du freust dich sogar. Habe ich recht?"

„Ja, das tut es, denn es ermöglicht mir doch, vorerst hier bei … bei dir zu bleiben."

Dieses Geständnis ihrerseits entlockte ihm nun doch ein Lächeln, und er flüsterte ihr leise zu, sodass nur sie es hören konnte: „Das macht auch mich sehr glücklich."

Und obwohl er keine Sorge haben musste, dass sie bei diesem langsamen Tempo herunterfallen würde, legte er seinen rechten Arm um ihre Taille und bot ihr damit Halt, während er mit der Linken die Zügel hielt. Schon glaubte er, dass sie sich seiner Berührung entziehen würde, doch ganz im Gegenteil spürte er, dass sie sich ihm sogar etwas entgegendrückte, als wäre ihr der Kontakt zu ihm gerade angenehm. Sie blickte dabei zwar geradeaus auf den Weg, doch glaubte er fest daran, dass sie dabei lächelte.

Kaïtara wusste zwar nicht, was sie erwartet hatte, aber als die Gruppe ihre Pferde auf einer Anhöhe für kurze Zeit zügelte, da war sie bestimmt nicht auf diesen Anblick, der aus einer Märchenwelt zu entspringen schien, gefasst. Staunend betrachtete sie das hinter einer weiten Ebene auf einem weiteren Hügel liegende Schloss mit seinen vielen Türmen, auf denen Fahnen fröhlich im Wind flatterten. Die Mauern leuchteten hell in der Sonne, die sich mittlerweile schon bis zum Zenit vorgeschoben hatte. Dieser Hügel ragte aus einem See, an dessen anderer Seite sich dichte Bäume erhoben. Und der einzige Zugang zu diesem Schloss schien eine längere steinerne Brücke zu bilden, deren letztes Stück von einer Zugbrücke gebildet wurde und damit die Lücke nicht nur schloss, sondern auch eine Barriere gegen Angriffe jeder Art darstellte.

„Hier lebst du?", stieß Kaïtara hervor, und man merkte ihr die große Überraschung an.

„Ja, das ist der Palast meines Vaters."

Das junge Mädchen glaubte noch immer zu träumen. Etwas so Schönes hatte sie nun wirklich nicht erwartet.

„Warte nur, bis du ihn von innen gesehen hast. Wenn es dir recht ist, werde ich dir persönlich alles zeigen und dich herumführen."

Er sah das Lächeln auf ihrem Gesicht, als sie heftig nickte. Diese Vorstellung schien ihr zu gefallen. Aviyan ließ inzwischen die Zügel sinken und gab mit der nun freien Hand seinen Leuten ein Zeichen, worauf sofort einer der Wachen vorausritt, um die Zugbrücke heben zu lassen. Der Prinz brauchte wirklich keine Befehle zu erteilen, man verstand ihn auch so und las ihm wohl gewöhnlich jeden Wunsch von den Augen ab. Auch Sandy und ihr Mann waren von den Begleitern inzwischen informiert worden, sodass sie wussten, was für ein stolzes Gebäude sie da gleich erreichen würden.

Aviyan ließ seinen Hengst inzwischen langsam weitergehen und erfreute sich an den bewundernden Blicken seiner Begleiterin. Sein Reich schien ihr bereits jetzt zu gefallen. Die Hufe der Pferde klapperten über die Zugbrücke, die genau im richtigen Moment vor den Reitern mit dem Boden Kontakt bekam, ohne dass es die Pferde erschreckt hätte. So ritten sie in einer Reihe durch den steinernen Torbogen, der von innen zusätzlich noch mit einem Gitter, das man wohl schon zuvor heraufgezogen hatte, gesichert werden konnte. Kaïtara wurde sehr an die alte Ritterzeit erinnert, doch wenn man wusste, dass in dieser Welt Schusswaffen und technische Geräte nicht funktionierten, ja dass sie sogar zur Waffe gegen den Benutzer werden konnten, indem eine Pistole gewissermaßen nach hinten losging, weil sie in der Hand explodierte, dann war klar, warum man sich in diesem Reich in die Vergangenheit zurückversetzt fühlen musste.

Der Posten, der vorausgeritten war, hatte wohl schon alles arrangiert und Befehle weitergegeben, denn in dem sehr großen Innenhof, in dem sich auch ein Brunnen mit einer Pferdetränke befand, warteten bereits zahlreiche Diener und Knechte, die sofort die Pferde entgegennahmen und versorgten und auch Getränke für die Ankömmlinge bereithielten. So wurden dem Prinzen und seinen Gästen, kaum dass sie von den Pferden gestiegen waren, bereits mit Wein gefüllte Kelche als Willkommenstrunk angeboten.

Aviyan nahm den ihm gereichten Kelch an und prostete Jamie, Sandy und Kaïtara zu und sagte dann so laut, dass alle im Hof es hören konnten: „Ich heiße Euch im Palast meines Vaters, König Kelanar, herzlich willkommen! Er kann Euch zwar nicht selbst begrüßen, aber mein Wort gilt in diesem Fall so wie das seine. Wenn Ihr irgendetwas benötigt oder auch nur wünscht, so werden meine Leute für die Erfüllung sorgen!"

Damit hatte er vor allen klargestellt, dass seine Gäste dieselbe zuvorkommende Behandlung erfahren sollten, die er selbst genoss, dass man sie genauso zu beschützen und zu achten habe, wie man das bei seiner eigenen Person tat. Der Inspektor hatte während dieser Worte den Prinzen über den Rand seines Weinkelches nicht aus den Augen gelassen. Er musste schließlich an Frau und Tochter denken. Ihnen sollte auch in dieser gänzlich fremden Welt nichts zustoßen. Und wenn er die Probleme dieses Königshauses richtig beurteilte, dann befand sich das Reich ja wohl in einer Art Bürgerkrieg, der mehr subtil und im Verborgenen geführt wurde als in aller Öffentlichkeit. Er hätte seine Familie am liebsten auf der Stelle zurückgebracht, doch ihm war durchaus klar, dass das zunächst nicht möglich sein würde. Sandy hatte ihm die Sache mit den Dimensionstoren schließlich erklärt. Und auch wenn sie sich hier im Schloss wohl erst einmal sicher fühlen konnten, so bestand ja wohl doch die Gefahr eines Angriffs, und dieses Risiko erschien ihm einfach zu groß, was seinen unzufriedenen Gesichtsausdruck erklärte.

Auch Prinz Aviyan machte sich darüber sehr wohl seine Gedanken. Er hatte die Blicke des Inspektors, mit denen er alles gründlich beobachtet und registriert hatte, richtig gedeutet und konnte ihm seine offensichtliche Unzufriedenheit über diese ganze Situation auch nicht verübeln. Und da er ja über seinen Beruf informiert war, hatte er schon längst beschlossen, Kaïtaras Vater in die Planung zur Verteidigung des Schlosses mit einzubeziehen. Nur ließ er zunächst einmal seine Gäste ihre Zimmer aufsuchen, die wie seine eigenen Gemächer im ersten Stock lagen und den Blick auf den das Gebäude umgebenden See ermöglichten. Diener geleiteten die Familie nach oben, wo sie nebeneinander liegende Räumlichkeiten bezogen, während sich der Prinz zunächst von seinem Hauptmann von den Geschehnissen während seiner Abwesenheit unterrichten ließ.

Dafür hatte er den altgedienten Soldaten, der bereits seinem Vater treu ergeben gewesen war, in eine Art Arbeitszimmer gebeten, das eine Verbindung zu seinen privaten Räumen besaß. Denn noch widerstrebte es dem Prinzen, die Räume von König Kelanar zu benutzen, schließlich wollte er noch nicht an dessen Tod glauben, auch wenn die Nachrichten, die er in diesem Moment erhielt, nicht gerade dazu geeignet waren, neue Hoffnung zu schöpfen.

„Majestät, es tut mir leid, Euch mitteilen zu müssen, dass wir noch immer keine Spur unseres geliebten Königs gefunden haben. Außerdem waren wir damit beschäftigt, auch Euch selbst zu suchen und schließlich eine Möglichkeit zu finden, das Weltentor zu öffnen."

Der Hauptmann hatte sich tief vor seinem Prinzen verbeugt, und es war ihm sichtlich peinlich, keine besseren Nachrichten überbringen zu können. Aber Aviyan konnte ihm das ja gar nicht verübeln. Wenn man den König entführt hatte, dann würde man bestimmt auch ein sehr gutes Versteck für ihn gefunden haben, das ganz ohne Zweifel nur schwer aufzuspüren war.

Ihn jedoch interessierte im Augenblick etwas anderes, und so fragte er: „Wie habt Ihr überhaupt herausgefunden, was geschehen ist, Hauptmann? Und wie gelang es Euch, das Tor zu öffnen?"

„Mit Verlaub, Majestät, nachdem Ihr fliehen musstet und Euch irgendwo versteckt gehalten habt, war es meinen restlichen Begleitern und mir von Eurer Leibwache doch noch gelungen, die Angreifer in die Flucht zu schlagen. Wir haben uns sofort auf die Suche gemacht, Euch jedoch nicht gefunden. Erst vier Tage später ist Euer Pferd wieder vor dem Palast aufgetaucht. An seinem Sattel haben wir Blut gefunden, Euer Blut, wie wir annahmen. Deshalb haben wir die Spuren des Hengstes zurückverfolgt und einen Kampfplatz entdeckt, an dem noch immer die magische Energie zu spüren war. Deshalb nahmen wir an, dass Ihr durch eines der Tore verschwunden seid. Also stellten wir unsere Suche ein und ließen eine Magierin kommen, die uns das Tor öffnen sollte, um Euch zu folgen. Sie bereitete auch alles vor, doch dem Tor fehlte anscheinend Energie, deshalb kamen wir auch hier nicht weiter. Doch die Zauberin hinterließ uns eine Art Schlüssel in Form eines magischen Zettels, den wir zu gegebener Zeit am Ort des Tores verbrennen sollten, um es zu öffnen. Und das ist uns dann auch gelungen. Wir konnten ja nicht ahnen, dass Ihr dasselbe von der anderen Seite zu genau demselben Zeitpunkt versuchen würdet."

„Aha, so war das also", murmelte Aviyan, der die Treue seiner Leute durchaus zu schätzen wusste.

„Wir konnten es doch nicht riskieren, dass auch Ihr verschwunden bleiben würdet, Majestät!", versuchte der Hauptmann seine Entscheidungen zu rechtfertigen.

„Nein, das sicher nicht", musste der Prinz zugeben.

Schwerer für ihn wog jedoch die Tatsache, dass man in der ganzen Zwischenzeit keine Spur des Königs gefunden hatte, und so hakte er nach: „Gab es inzwischen irgendwelche Forderungen von Mindavis? Hat er sich endlich zu den feigen Überfällen und die etwaige Entführung des Königs geäußert?"

„Nein, Majestät, das hat er nicht. Aber er hat zwei Dörfer unserer Untertanen an der Grenze zu seinem Gebiet unter Kriegsrecht stellen lassen. Die Bewohner können sie weder verlassen, noch können unsere Leute dorthin."

„Und habt Ihr Hinweise, Hauptmann, dass ein Angriff auf den Palast geplant sein könnte?"

„Auf den Palast?" Der Wachmann war sichtlich überrascht, als er sagte: „Aber Ihr glaubt doch nicht etwa, dass Euer Vetter so weit gehen würde, mein Prinz?"

„Oh, doch, ich traue ihm mittlerweile so einiges zu! Der Angriff auf meine Person mit dem vergifteten Pfeil hat mir nur zu deutlich bewiesen, dass unsere Differenzen nicht mehr beizulegen sind! Lasst die Wachen verdoppeln! Haltet das Tor geschlossen! Und sorgt dafür, dass ich nach dem Dinner eine Konferenz mit Euch, Eurem Stellvertreter und meinem menschlichen Gast, dem Polizeiinspektor Richards, abhalten kann!"

„Mit dem Menschen? Aber …"

„Ja, ich wünsche, dass er zugegen ist. In seiner Welt kennt er sich bestens mit Situationen wie dieser aus."

„Wie Ihr wünscht, Majestät."

Mit einer tiefen Verbeugung als Ehrerbietung vor seinem Herrscher zog sich der Hauptmann wieder zurück. Er würde die Befehle ausführen, auch wenn er sie noch nicht verstehen konnte. Sein junger Gebieter würde schon seine Gründe dafür haben!

So kam es, dass Kaïtara und ihre Eltern in den ihnen angewiesenen Räumlichkeiten, die wirklich keine Wünsche offen ließen, auch schon bald von Dienern mit neuer Kleidung und der Einladung des Prinzen zum Dinner überrascht wurden. Und zumindest die beiden Frauen konnten kaum glauben, welch wunderschöne Gewänder man ihnen brachte. Kleider, die sie selbst zu Prinzessinnen zu machen schienen. Für den Inspektor wurde eine Uniform bereitgestellt, was wohl aus Rücksicht auf seinen Rang bei der Polizei geschah.

„Prinz Aviyan möchte, dass sich seine Gäste wohlfühlen, solange sie gezwungen sind, in seinem Reich auszuharren", war der einzige Kommentar, zu dem sich einer der Diener, anscheinend der Majordomus, hinreißen ließ.

Jamie konnte nichts anderes tun, als die Gefälligkeiten annehmen und sich auch im Namen seiner Damen zu bedanken. Der Bedienstete deutete eine höfliche Verbeugung an und verschwand wieder. Noch etwas ratlos blickten die drei auf die Kleidungsstücke, denn Kaïtara hatte durch eine Verbindungstür das Zimmer ihrer Eltern betreten und alles mit bekommen. Doch dann überwog ihre Neugierde und sie griff nach dem einen Kleid, das der Größe nach augenscheinlich für sie bestimmt war.

„Meine Güte, ist das schön!", stieß sie hervor und strich dabei über den seidigen, in verschiedenen Farben schillernden Stoff. „So etwas habe ich noch nie gesehen. Was ist das bloß für ein Material?"

„Das ist schon Seide, wie wir sie kennen, aber mit Elfenkunst gesponnen, mein Kind", antwortete Sandy, die auch nicht widerstehen konnte und das andere Kleid in etwas dunkleren Farbtönen in die Hände nahm. „Meine Großmutter sprach in solchen Fällen von Elfenhaar, aber für eine normale Elfe ist auch das nicht zu bekommen. Das gibt es wohl nur bei Hofe."

„Dann ist es also sehr wertvoll?"

„Oh ja, das ist es auch nach Elfenmaßstäben", seufzte sie auf, da sie vor ihrer Heirat ja auch einmal in eher ärmlichen Verhältnissen gelebt hatte.

Jamies Uniform hingegen zeigte dieselben Epauletten und Rangabzeichen wie die des Hauptmannes der Wache. Anscheinend beabsichtigte der Prinz damit klarzustellen, dass er ihn als gleichwertiges Mitglied achten wollte. Aber tat er das nun seiner Überzeugung wegen oder aufgrund seiner Zuneigung zu Kaïtara, die natürlich auch dem Inspektor nicht ganz entgangen war. Allein wie fürsorglich er sich ihr gegenüber bei dem Ritt hierher verhalten hatte, war ihrem Vater schon aufgefallen.

„Aber können wir das denn annehmen?", wollte das Mädchen jetzt trotzdem zaghaft wissen.

„Warum nicht", meinte ihr Vater, dem durchaus klar war, dass sie auf das Wohlwollen des Prinzen angewiesen waren. „Nach dem langen Ritt und da wir gezwungen sind, erst einmal hierzubleiben, sollten wir uns ruhig umziehen und mit dem Elfenprinzen speisen. Wir müssen einfach versuchen, das Beste aus dieser Situation zu machen."

Damit ging er nach nebenan, um sich ebenfalls umzukleiden. Doch im selben Moment, da Sandys Hände sacht über den edlen Stoff strichen, blieb sie plötzlich wie erstarrt stehen. Ihre Augen schienen durch ihre Tochter hindurchzugehen, sie gar nicht zu fokussieren. Wie eine Statue stand sie vor dem Bett in leicht gebückter Haltung, die Hand lag noch immer auf dem Kleid, doch rührte sie sich nicht.

„Mom?", fragte Kaïtara leise. „Stimmt etwas nicht?"

Doch das Mädchen erhielt keine Antwort. Aber erst als sie den abwesenden Blick ihrer Mutter bemerkte, ahnte sie, was mit ihr los war.

„Dad!", rief sie eilig ins Nebenzimmer. „Schnell komm her! Mom hat wieder eine Vision!"

Der Inspektor, der auch noch nicht dazu gekommen war, sich umzuziehen, eilte zurück und kam gerade noch zurecht, um seine Frau aufzufangen, deren Körper plötzlich ganz schlaff wurde und in sich zusammensackte. Auch er kannte diese Anzeichen bei Sandy, sodass er sie einfach nur aufs Bett legte und seine Tochter um etwas Wasser und ein feuchtes Tuch bat. Neben ihr sitzend, tupfte er ihr damit die Stirn und strich ihr sanft über die blassen Wangen. Kaïtara hatte ganz recht, wenn ihre Mutter so reagierte, dann hatte sie eine plötzliche Vision, die genauso heftig sein konnte wie ihre geistigen Kontakte.

„Sandy, hörst du mich, Darling? Komm, mach die Augen auf. Du kannst es!"

Leise redete er auf seine Frau ein, damit sie wieder in die Gegenwart zurückkehrte. Ihr Zustand war weder mit einer Ohnmacht noch mit einer Bewusstlosigkeit zu vergleichen, ihr Geist ging einfach in anderen Sphären auf Wanderschaft, auch wenn sie das gar nicht wollte. Dabei konnten die verschiedensten Dinge diesen Zustand auslösen.

Deshalb blickte er jetzt zu seiner Tochter auf und wollte wissen: „Was hat sie gerade gemacht, als das passiert ist?"

„Sie hat sich dieses Kleid hier genauer angesehen, das wohl für sie bestimmt ist."

„Hat sie es auch berührt?"

„Ja, sie hat den Stoff glatt gestrichen."

„Hm, dann muss das wohl der auslösende Faktor gewesen sein", überlegte er laut, „wenn ich auch nicht weiß wieso."

Er hatte nur wenige Sekunden von seiner Frau weg und zu Kaïtara gesehen, als sich Sandy plötzlich zu regen begann. Schwerfällig hob sie die Augenlider und blinzelte in die Umgebung. Dabei konnte sie sich nicht erklären, wieso sie auf dem Bett lag.

„Was ist denn passiert?"

Erst jetzt wandte ihr Jamie wieder seine volle Aufmerksamkeit zu und versuchte sogar, ihr ein Lächeln zu schenken, auch wenn ihm gar nicht danach zumute war.

„Anscheinend hattest du wieder eine deiner Visionen, Darling. Du bist einfach umgekippt. Wie fühlst du dich denn jetzt? Geht es dir besser?"

Leicht verwirrt sah sie ihn an und ließ sich von ihm in eine sitzende Position aufhelfen. Sie horchte in sich hinein, dann schüttelte sie den Kopf. Es geschah nur selten, dass sie sich nicht erinnern konnte, doch diesmal war es der Fall. Das heißt, wenn sie ehrlich zu sich selbst sein wollte, dann war da schon etwas, doch all die Bruchstücke verwirrten sie noch. Sie musste sie erst wieder zusammensetzen, um ein ganzes Bild zu erhalten, deshalb blieb sie vorerst bei ihrer Verneinung.

„Glaubst du denn, es geht jetzt wieder? Du hast uns einen ganz schönen Schrecken eingejagt. Ich habe dich gerade noch auffangen können, bevor du neben das Bett gefallen wärst."

Seine Stimme war eindeutig von der Besorgnis um seine Frau geprägt, was Sandy nicht unbemerkt blieb, sodass sie schnell wieder versuchte, sich zusammenzureißen.

„Aber natürlich, Darling. Mach dir bitte keine Gedanken um mich. Du weißt doch, dass mir das hin und wieder passieren kann."

„Aber dann kannst du dich gewöhnlich an deine Visionen erinnern."

„Das werde ich schon noch. Ganz bestimmt. Manchmal dauert es nur etwas länger. Kaïtara soll mir beim Umziehen helfen und bei mir bleiben, dann brauchst du dir auch keine Sorgen zu machen."

„Also gut."

Jamie küsste seine Frau noch schnell und zog sich wieder in das angrenzende Ankleidezimmer zurück, wohin der Diener seine Uniform gebracht hatte. Deshalb bemerkte er auch nicht ihren sorgenvollen Gesichtsausdruck, denn sie vermochte sich sehr wohl an ihre Vision zu erinnern, nur die Deutung dessen fiel ihr noch schwer, da sie dergleichen noch nie gesehen hatte. Aber eines wusste sie ganz sicher: Ihr Jamie befand sich in irgendeiner Gefahr!

„Mom! Geht es dir wieder gut? Willst du dich jetzt umziehen?"

Fast erschrocken schaute Sandy zur Seite, wo ihre Tochter stand und sie noch immer besorgt ansah, sodass sie schnell antwortete:

„Ja, mein Kind. Lass uns schnell aus unseren Sachen schlüpfen und die wundervollen Kleider probieren."

Und so kam es, dass der Inspektor zwei Stunden später in Begleitung seiner beiden Damen von einem Diener abgeholt und zum Speisesaal geleitet wurde, dessen hohe Türen weitere Diener für sie öffneten. Kaïtara riss erstaunt die Augen auf, als sie den prachtvollen Raum betrat, der von einem riesigen Kristallüster, der mit unzähligen Kerzen bestückt war, erleuchtet wurde. Auch an den Seiten des Raumes standen hohe Kerzenständer. Die Wände waren mit Spiegeln in kunstvoll verzierten Rahmen und mit Gemälden verziert, wie es sie wohl nur im Elfenreich geben konnte. Der Boden glänzte und spiegelte, sodass er zum Tanzen einlud, doch dominierte wurde der Raum von einem mindestens zehn Yards langen Tisch, der an seinem einen Ende zu einer festlichen Tafel gedeckt war.

„Wow, ist das aber eine Pracht", flüsterte Sandy leise, sodass nur ihr Mann sie verstehen konnte, der sie an seinem Arm zum Ende des Tisches führte.

Dort öffnete sich zum selben Zeitpunkt eine weitere Doppeltür in der Wand, und Prinz Aviyan, ebenfalls sauber gekleidet in einer wahrhaft königlichen, fast ganz in cremefarben gehaltenen Uniform, betrat den Raum. Lächelnd blieb er am Kopfende des Tisches stehen und erwartete seine Gäste. Kaïtara konnte kaum den Blick von ihm wenden, solch einen starken Eindruck machte er auf sie. Doch während der Diener dem Ehepaar die beiden Plätze zur Rechten des Prinzen anbot, geleitete er das junge Mädchen, das jetzt selbst wie eine Prinzessin aussah und sich auch so vorkam, zu seiner linken Seite und ließ sie auf dem hochlehnigen Stuhl aus reich verschnörkeltem hellen Holz Platz nehmen, sodass sie ihren Eltern gegenübersaß. Weitere Gäste schienen nicht vorgesehen zu sein, wie Jamie anhand der Gedecke feststellte. Ein Diener füllte inzwischen Wein in Kristallgläser und Aviyan begrüßte nochmals seine Gäste, indem er ihnen zuprostete.

„Willkommen im Schloss von König Kelanar! Bitte, fühlt Euch wie zu Hause. Ich will hoffen, dass alles Euren Erwartungen und Wünschen gemäß ausgeführt wurde."

Dabei sprach er vor allem zu dem Inspektor, der ja schließlich das Familienoberhaupt war, doch seine verstohlenen Blicke zu seinem jüngsten Gast fielen trotzdem auf.

„Ich kann Ihnen versichern, Prinz Aviyan, dass meine Familie und ich uns keine bessere Unterbringung und Aufnahme wünschen könnten, wie sie uns hier geboten wird", erwidert Jamie höflich.

Da er sich mit der altmodischen Anrede Ihr und Euch sehr schwertat, blieb er einfach beim Sie, was Aviyan ihm aber nicht verübelte, schließlich stammte er aus einer anderen Welt mit anderen Regeln und Vorschriften. Nur Sandy fiel da die Anpassung etwas leichter, da sie bereits als Kind auch diese Sitten und Gebräuche erlernt hatte. Und Kaïtara war ohnehin nicht gewillt, von dem persönlicheren Du abzuweichen, da sie es von der ersten Sekunde ihrer Bekanntschaft so gehalten hatte.

„Das freut mich zu hören, Inspektor, und wie ich sehe, scheint auch die Garderobenauswahl Euren Geschmack getroffen zu haben."

„Das hat sie ganz sicher, Majestät", fiel Sandy rasch ein. „Vielen Dank für Eure Großzügigkeit."

„Nun, so kann ich doch wenigstens etwas von dem wieder zurückgeben, was Ihr mir an Hilfe und Güte habt angedeihen lassen, als ich dringend der Unterstützung bedurfte. Aber jetzt möchte ich Euch bitten, zuzugreifen und es Euch schmecken zu lassen. Nach dem langen Ritt hierher werdet Ihr der Stärkung bedürfen."

Damit hatte er so ganz nebenbei nicht nur seinen Dank für seine Rettung ausgesprochen, sondern auch gleich die Tafel eröffnet. Das gezierte höfische Reden ging Kaïtara zwar etwas gegen den Strich, doch sie wusste ja, dass sich Aviyan auch ganz normal benehmen konnte. Aber hier waren sie ja nicht unter sich, weil überall Bedienstete standen, um jeden Wunsch sofort zu erfüllen, da musste er wohl ein anderes Gebaren an den Tag legen, das konnte sie ihm ja wohl nicht verübeln. Und dann wurde sie auch schon von den wirklich leckeren Speisen abgelenkt, die so herrlich dufteten, dass ihr sofort das Wasser im Mund zusammenlief. Erst jetzt bemerkte sie, wie hungrig sie doch eigentlich war. Jamie und Sandy erging es da nicht anders, und so ließen sie es sich in der Tat schmecken.

Auch wenn Kaïtara sich kaum am Tischgespräch beteiligte, weil sie viel mehr damit beschäftigt war, Aviyan zu beobachten, ohne dass es gleich jeder bemerkte, denn er gefiel ihr in seiner Paradeuniform noch mal so gut, so bemühte sie sich doch darum, dass ihr kein Wort entging und sie immer richtig antwortete, wenn eine Frage an sie gerichtet wurde. Doch nachdem die Diener die leeren Teller und das Besteck, das samt und sonders aus Silber bestand, weggeräumt hatten, richtete der Prinz das Wort direkt an den Inspektor.

„Mr. Richards, mir ist natürlich aufgefallen, dass Ihr Euch Sorgen um die Sicherheit Eurer Familie macht. Und Ihr könnt mir glauben, dass diese auch mir sehr am Herzen liegt", begann er das Gespräch in eine andere Richtung zu lenken, wobei sein Blick wie nebenbei wieder zu seinem Lieblingsgast wanderte. „Deshalb möchte ich Euch bitten, an der Besprechung mit meinem Wachpersonal und Ratgebern, das nun folgen wird, teilzunehmen. Ihr habt in Eurer Welt sehr viel Erfahrung mit Gefahrensituationen, weshalb ich gerne auch Eure Meinung und Euren Rat hören möchte."

Der Inspektor war nicht gerade wenig überrascht, als er diese Bitte hörte, das sah man seinen Gesichtszügen, die er eine Sekunde nicht ganz unter Kontrolle hatte, deutlich an. Er musste sich denn auch erst räuspern und anscheinend einen Kloß herunterschlucken, bevor er sich mit einem schnellen Seitenblick auf seine Frau zu einer Antwort bequemte.

„Majestät, es wäre mir eine Ehre, Ihnen helfen zu können und Ihnen mein Wissen zur Verfügung zu stellen!"

Sandy musste insgeheim lächeln, denn jetzt hatte ihr Mann doch auch hier eine Aufgabe, die seinen Fähigkeiten entsprach. Sie hoffte nur, dass Aviyan seinen Rat auch annehmen würde, denn im Beurteilen von Gefahrensituationen hatte ihr Jamie sich zumindest in London und Umgebung bereits einen Namen gemacht. Und da er sich schon von den Zimmern aus einen Überblick über die Umgebung verschafft hatte, war sie sich sehr sicher, dass er für die kommende Besprechung gut gerüstet war.

„Gut, dann möchte ich die Damen bitten, uns zu entschuldigen", sprach Aviyan weiter. „Vielleicht möchtet Ihr Euch noch bei Feenwein und Elfengebäck mit ein paar Hofdamen zusammensetzen, damit Euch die Zeit nicht lang wird. Ihr, Mrs. Richards, werdet doch sicher gerne erfahren, wie es mittlerweile im Elfenreich zugeht, nicht wahr?"

„Sogar sehr gerne, Majestät", nickte Sandy.

„Dann darf ich Euch bitten, Linuma nach nebenan zu folgen. Ihr Name weist bereits auf ihre Tätigkeit hin, denn sie ist so etwas wie eine Braut des Lichts. Sie kann Euch viel zu magischen Lichterscheinungen, die Elfen erzeugen und beeinflussen können, berichten."

Ein kurzer Wink mit seiner Hand genügte, und aus dem Hintergrund trat eine Elfe näher, die dort bereits gewartet haben musste. Sie nickte dem Prinzen würdevoll zu, da sie wohl schon älter war und sich eine gewisse Stellung am Hofe erarbeitet hatte. Die Äußerung des Thronfolgers machte Sandy sofort neugierig. Äußerst interessiert folgte sie der Frau zunächst mit den Augen, denn sie hielt auf ihrer rechten Hand eine Flamme vor sich, die in allen Regenbogenfarben schillerte, obwohl sie anscheinend jedes brennbaren Materials entbehrte. Es musste eine rein magische Flamme sein, ein Phänomen, dem Sandy natürlich auf den Grund gehen wollte. Schließlich erhoffte sie doch, auf diese Weise noch etwas mehr über die Elfenfähigkeiten zu erlernen, schließlich wollte auch sie das Beste aus der Situation, hier erst einmal festzusitzen, machen und forderte Kaïtara auf, gleich mitzukommen. Doch ihre Tochter musste sie erst noch ein zweites Mal ansprechen, da sie anscheinend gar nicht zugehört hatte. Erschrocken sah das junge Mädchen auf, da sie ganz und gar in der Betrachtung des Prinzen versunken gewesen war und ihre Mutter gar nicht gehört hatte.

„Ja, natürlich, Mom."

Allerdings wusste sie gar nicht, worum es eigentlich ging. Ihr Blick wirkte noch immer etwas abwesend.

„Dann komm mit", forderte Sandy sie lächelnd auf, um sie abzulenken, denn sie hatte sehr wohl bemerkt, dass ihre Tochter ganz und gar nicht bei der Sache war und glaubte auch den Grund dafür zu kennen.

Als Jamie hinter Aviyan einen etwas kleineren und nicht so prunkvoll eingerichteten Raum betrat, sah er direkt auf ein fast lebensgroßes Gemälde an der gegenüberliegenden Wand, das anscheinend König Kelanar darstellte. Er trug zwar keine Krone oder dergleichen, dafür aber denselben edlen Umhang, der jetzt über einem gepolsterten Stuhl hinter einer Art Schreibtisch hing. Außerdem fiel die Ähnlichkeit zu Aviyan sofort ins Auge, dieselben gut geschnittenen Gesichtszüge, dieselben dunklen Augen und dasselbe pechschwarze Haar.

Trotzdem wagte Jamie die Frage zu stellen: „Ist das der König?"

„Ja", nickte Aviyan. „Es ist das Arbeitszimmer meines Vaters. Hier können wir ungestört reden."

Doch der Prinz nahm nicht etwa hinter dem Schreibtisch Platz, vielmehr führte er den Inspektor zu einem großen runden Tisch, der von mehreren Stühlen umstanden war. Dort hatten bereits zwei Männer gesessen, die sich beim Eintritt des Prinzen sofort erhoben hatten und sich jetzt huldvoll verbeugten. In einem erkannte Jamie den Hauptmann der Wache wieder, der andere war ihm unbekannt.

„Mr. Richards, darf ich Euch Thalion, den Hauptmann der Wache und seinen Stellvertreter Nivânus vorstellen? Sie sind für die Sicherheit des Schlosses und seiner Bewohner und damit auch für die Eurer Familie für die Dauer Eures Aufenthaltes zuständig."

Der Inspektor nickte den beiden uniformierten Elfensoldaten freundlich zu. Sie schienen nach dem König und dessen Sohn hier das Sagen zu haben, deshalb musste er wohl vorsichtig sein, die beiden nicht zu verärgern, obwohl ihm bereits ein paar Sicherheitsmängel aufgefallen waren, da er die Sache nun mal mit menschlichen Augen betrachtete. Erst als Prinz Aviyan Platz genommen hatte, setzten sich auch die anderen an den Tisch, auf dem bereits vier gefüllte Weinkelche standen. Die hohen Türen waren hinter ihnen bereits geschlossen worden, denn aus diesem Raum sollte wohl kein Wort nach außen dringen.

Der Prinz eröffnete die Besprechung denn auch sogleich mit den Worten: „Auch wenn es Euch seltsam erscheinen mag, dass Mr. Richards hier anwesend ist, so muss ich ausdrücklich betonen, dass dies mein persönlicher Wunsch ist. In seiner Welt bekleidet er ein hohes Amt im Sicherheitsdienst, weshalb ich sehr großen Wert auch auf seine Meinung lege. Und nun lasst uns beginnen, indem Ihr uns darüber informiert, wie die Bewachung des Palastes zurzeit geregelt ist, Hauptmann Thalion."

Obwohl diese Aufforderung, das Wort zu ergreifen, eigentlich einem Befehl gleichkam, hörte sie sich keineswegs so an. Aviyan schien eine Begabung zu haben, seine Stimme so zu modulieren, dass er immer erreichte, was er beabsichtigte. Dies war Jamie schon zuvor aufgefallen und ließ seine gute Meinung, die er von dem Elfenprinzen gewonnen hatte, nur noch mehr steigen, denn er schien seine Leute auf keinen Fall verärgern zu wollen, was allein durch seine Anwesenheit bei dieser Besprechung ja schon der Fall sein könnte. Deshalb nahm er sich vor, in der Wahl seiner Worte ebenfalls sehr vorsichtig zu sein.

„Majestät", begann Thalion, „der Eingang an der Zugbrücke wird von vier Mann bewacht. Das innere Gitter ist geschlossen. Auf den Türmen steht die doppelte Anzahl an Posten, um die Gegend zu beobachten, sodass es nahezu unmöglich ist, in die Nähe dieser schützenden Mauern zu gelangen."

„Und im Falle eines offenen Angriffs stehen uns hier im Palast zweihundert Soldaten zur Verfügung, von denen jeder bereit wäre, sein Leben für Euch zu geben, Majestät!", setzte Nivânus hinzu, der sich seine Aufgaben anscheinend mit Thalion teilte, wie Jamie durch diese Worte vermutete.

Doch dieser Soldat machte auf Jamie einen nicht gerade sympathischen Eindruck. Dabei konnte er nicht einmal sagen, woran das liegen mochte. Vielleicht waren es ja seine etwas zu eng beisammenstehenden Augen, die in einem intensiven, aber kalten Blau leuchteten und den Gast des Prinzen nicht aus dem Blick ließen, sodass sich der Inspektor regelrecht beobachtet vorkam. Diesem Mann gegenüber musste er wohl sehr vorsichtig sein.

Aviyan ließ sich nicht anmerken, ob er diese Aufstellung für richtig hielt oder nicht, er wandte sich erst einmal seinem Gast zu und fragte ihn: „Nun, Mr. Richards, was haltet Ihr von dieser Verteidigungsaufstellung? Habt Ihr etwas hinzuzufügen?"

Die Gesichter der beiden altgedienten Hauptmänner wurden sofort etwas länger, da ihr Prinz es wagte, in ihren Entscheidungen Fehler zu vermuten. Besonders Nivânus schien sich dadurch bereits getroffen und seine Stellung untergraben zu sehen, wie sich an seinem Blick, der nicht gerade freundlich auf dem menschlichen Gast lag, erkennen ließ. Jamie war sofort klar, dass er sich hier mit einer falschen Äußerung zwei schlimme Feinde schaffen konnte. Also entschied er sich dafür, seine Kritik erst dann anzubringen, wenn er ihnen gewissermaßen Honig ums Maul geschmiert hatte, wie man so schön sagt.

„Für mich hört sich das alles sehr gut und vernünftig an, Majestät. Strategisch ist diesen Anweisungen wohl nichts hinzuzufügen, doch sollte man die Situation auch von geheimdienstlicher Seite betrachten. Und da müsste leider noch etwas getan werden."

Hatte sich zuvor noch ein Lächeln auf den beiden Gesichtern der Hauptmänner im Ansatz abgezeichnet, so blickte Thalion jetzt leicht entsetzt. Nivânus aber wollte sogar aufbrausen, doch der Prinz hatte bereits damit gerechnet, da er ja das Wesen seines Untergebenen schon lange genug kannte, und hob beschwichtigend die Hand, kaum dass der Elfensoldat den Mund geöffnet hatte.

„Bitte, Mr. Richards, ich möchte Ihre Einschätzung der Lage hören. Wie sagtet Ihr doch? Von geheimdienstlicher Seite betrachtet? Erklärt das, bitte!"

Auch diesmal klang die Aufforderung eher nach einer Bitte, nicht nach einem Befehl, obwohl Jamie den feinen Unterschied sehr wohl bemerkte.

„Auch ich halte einen offenen Angriff für sehr unwahrscheinlich, weil er nicht Erfolg versprechend wäre. Aber ich habe mir die Umgebung vom Fenster aus ein bisschen angesehen und würde vorschlagen, unter den Bäumen am jenseitigen Seeufer eine größere Anzahl Wachposten aufzustellen. Dort ist das Gelände nicht gerade übersichtlich, sodass bei Dunkelheit durchaus feindliche Truppen ins Wasser und an die Schlossmauern gelangen können."

„Und was sollen sie dort?", fragte Thalion verächtlich. „Die ersten Fenster liegen mindestens fünf Manneslängen über dem Wasserspiegel. Und einen Eingang gibt es nicht!"

„Sind Sie da ganz sicher, Sir? Wann haben Sie die Mauern zum letzten Mal kontrolliert? Und befindet sich ein Mann erst einmal direkt an der Mauer, ist er von oben kaum noch zu erkennen wegen des schlechten Blickwinkels", konterte Jamie auf immer noch höfliche Weise.

„Die Mauern zum letzten Mal kontrolliert?", nahm Thalion die Worte auf. „Was meint Ihr damit?"

„Ihr habt es also noch nie getan, schließe ich aus dieser Nachfrage. Also könnte ein Feind des Königshauses schon längst unbemerkt für einen Eingang gesorgt haben, zum Beispiel in den Kellergewölben. Ich hätte es zumindest getan, wenn ich ein ansonsten uneinnehmbares Ziel vor mir hätte!"

Bei dieser Erklärung hatte die Stimme des Inspektors doch etwas vorwurfsvoll geklungen, doch es war sein voller Ernst. Im Stillen bewunderte Aviyan den Mut des Inspektors den beiden Soldaten die Stirn zu bieten, außerdem fand er diese Idee durchaus plausibel. Aber trotzdem stärkte er zunächst seinen eigenen Leuten den Rücken.

„Mr. Richards, Eure Idee ist sicher bemerkenswert, und es gibt tatsächlich aus längst vergangener Zeit noch alte Tunnel, die sich in die Kellergewölbe des Schlosses hineinziehen, doch könnt Ihr nicht wissen, dass all diese Zugänge von meinem Vater schon vor langer Zeit unbrauchbar gemacht worden sind. Es gibt keinen Weg hinein und keinen hinaus. Das könnt Ihr mir ruhig glauben!"

Aber Jamie blieb hartnäckig, indem er sagte: „Solch einen Eingang kann man schaffen! Und da hier die Uhren quasi langsamer gehen, da Elfen ja keine Zeit zu fürchten haben, kann dies in mühevoller Kleinarbeit längst geschehen sein. Ein einziger Verräter in diesen Mauern kann die Vorarbeit bereits geleistet haben, sodass nur noch der Stoß von außen erfolgen muss! Bitte bedenkt das einmal, Prinz!"

Während die Gesichter der beiden Soldaten noch immer eindeutige Wut signalisierten, bedachte der Prinz den Inspektor mit einem abschätzenden Blick.

„An einen Verräter in den eigenen Reihen kann ich nicht glauben, Inspektor Richards. Ich kenne meine Leute genau und würde es keinem zutrauen."

Jetzt spielte Jamie seinen Trumpf aus, indem er so ruhig wie nur möglich erklärte: „Aber es würde erklären, wieso der König so plötzlich und anscheinend unauffindbar verschwinden konnte!"

Diese Bemerkung hatte gesessen. Der Inspektor sah es Aviyan deutlich an, obwohl dieser sich eisern im Griff hatte, was man von Nivânus ganz und gar nicht sagen konnte. Die Wut über die Dreistigkeit des Menschen stand ihm deutlich ins Gesicht geschrieben, und er war es auch, der jetzt aufsprang und dabei den Weinkelch, der vor ihm stand, umstieß. Jamie vermutete sogar, dass Nivânus ihm den Inhalt eigentlich ins Gesicht hatte kippen wollen, durch seine Wut aber zu stürmisch vorgegangen war.

„Stopp!", brüllte der Prinz sofort und sprang jetzt ebenfalls auf. „Das reicht!"

Wahrscheinlich hatte er die Absicht des Hauptmannes ebenfalls bemerkt und wollte seinen Gast vor weiteren Attacken schützen. Nivânus verharrte auch augenblicklich, als sei er in der Sekunde erstarrt, da ihn der Befehl ereilte. Thalions Gesicht hingegen zeigte nur Unglauben und Überraschung. Er blickte von einem zum anderen, als könne er das Verhalten seines im Rang gleichgestellten Wachmannes nicht fassen, was auch der Prinz sehr wohl registrierte.

„Hauptmann Thalion, Ihr begleitet Hauptmann Nivânus in sein Quartier. Er soll seinen Hitzkopf erst einmal etwas abkühlen! Ich lasse Euch dann zu einer weiteren Besprechung wieder holen!"

Aviyans Stimme war augenblicklich in einen harten Befehlston umgeschlagen, der keine Widerrede zuließ, was Jamie bewies, dass er seine Leute tatsächlich im Griff hatte, obwohl er ja nicht einmal der König war. Als beide den Raum verließen, wollte sich der Inspektor ebenfalls zurückziehen, doch der Prinz hielt ihn auf.

„Nein, Inspektor Richards, bitte bleibt noch einen Moment. Ich hätte da noch ein paar Fragen und Überlegungen, zu denen ich ebenfalls gerne Eure Meinung gehört hätte."

Dabei wies er erneut auf den Tisch, auf dem noch ihre Weinkelche standen, und da eine Zurückweisung sehr unhöflich gewesen wäre, nickte Jamie zustimmend und setzte sich, kaum dass der Prinz Platz genommen hatte, wieder auf seinen vorherigen Stuhl. Auch Nivânus musste diese Worte noch gehört haben, denn sein Gesicht verdunkelte sich vor Wut noch mehr, bevor er den Raum verließ.

„Ich muss mich für das Verhalten meiner Leute Euch gegenüber entschuldigen, Mr. Richards. Es tut mir wirklich leid, was da gerade passiert ist. Und ich muss auch zugeben, dass ich selbst nicht daran glaube, dass es einen Verräter unter meinen Leuten gibt." Jamie wollte schon einen Einwand bringen, doch der Prinz sprach bereits weiter: „Die Baumgruppe am gegenüberliegenden Ufer zu bewachen, erscheint mir allerdings wirklich vernünftig. Ich werde Hauptmann Thalion einen entsprechenden Befehl erteilen. Aber wie kommt Ihr darauf, man könne einen Eingang ins Schloss geschaffen haben? Wie soll das möglich gewesen sein?"

Der Inspektor erlaubte sich zunächst einen Schluck von dem Elfenwein, der ihm ausgezeichnet schmeckte, dann blickte er den Prinzen offen an.

„Majestät, wie Sie wissen, beschäftige ich mich in meiner Welt nicht nur mit der Aufklärung von Straftaten, sondern vor allem mit deren Vermeidung. Deshalb ist für mich die Sicherung von Gebäuden, die wertvolle Dinge beinhalten, wie zum Beispiel Museen und Banken, sehr wichtig. Fast immer, wenn in solchen Fällen doch ein Einbruch beziehungsweise ein Diebstahl erfolgte, konnte man dabei entweder von Verrat ausgehen, oder aber die Täter hatten eine Möglichkeit gefunden, auf einem Weg hineinzukommen, an den die Polizei zuvor nicht gedacht hatte."

„Und Ihr seht in diesem Schloss ein solches Gebäude?"

„Ja, das tue ich. Und Sie und Ihren Vater, den verschwundenen König, möchte ich mal als den wertvollen Inhalt bezeichnen. Bitte, versteht mich jetzt nicht falsch, Majestät, aber um irgendein wertvolles Gut wie Edelmetall oder Juwelen scheint es hier ja nicht zu gehen."

Aviyan sah ihn grübelnd an. Wenn es stimmte, dass der König tatsächlich aus seinem eigenen Palast entführt worden war, waren auch er selbst und seine menschlichen Gäste in Gefahr. Auch wenn er noch immer nicht an diese Möglichkeit glauben wollte, so durfte er sie nicht einfach mit einem Kopfschütteln abtun. Mit ernstem Blick sah er den Inspektor an. Die Verantwortung, die jetzt auf seinen Schultern lag, belastete ihn schwer. Schließlich ergriff er seinen Weinkelch, prostete seinem Gast zu und leerte ihn mit einem Zug.

„Inspektor Richards, ich werde meine Leute morgen das ganze Schloss auf den Kopf stellen lassen, um diesen Eingang zu finden, von dem Ihr so überzeugt seid!"

Damit war auch für ihn diese Sitzung beendet, doch in seinem Kopf spukten noch etliche Gedanken, die ihn einfach nicht loslassen wollten und wohl auch die ganze Nacht über gefangen halten würden.

So, wie er es versprochen hatte, ließ Prinz Aviyan an nächsten Morgen sämtliche Wachen ausschwärmen und das Palastgebäude, vor allem aber seine Grundmauern und die Kellergewölbe nach einem möglichen geheimen Eingang absuchen. Eine Gruppe von drei Soldaten ließ er unter den Bäumen am anderen Seeufer Stellung beziehen, und Hauptmann Thalion erhielt den Oberbefehl, weil Hauptmann Nivânus noch einmal versucht hatte, bei ihm gegen den menschlichen Gast zu intervenieren, sodass Aviyan schließlich doch der Geduldsfaden gerissen war und er den stellvertretenden Hauptmann kurzerhand unter Hausarrest gestellt hatte.

Somit war Nivânus zunächst gezwungen, in seinem Quartier zu bleiben, doch würde es ihn nicht daran hindern, seine eigentlichen Pläne zu verfolgen. Vor allem ging es ihm darum, endlich den verhassten und dienstälteren anderen Hauptmann auszuschalten, der ihm sonst keine Chance ließ, im Rang aufzusteigen. Und dies war eine Tatsache, die ihn bereits zu einigen Handlungen getrieben hatte, die man wohl nur mit dem Begriff „Verrat" titulieren konnte. Die Schmach, die ihm der Prinz mit dem Hausarrest angetan hatte, konnte er einfach nicht auf sich sitzen lassen, schon wegen der anderen untergebenen Soldaten ging das nicht. Jetzt musste er seine Pläne beschleunigen, seine Tarnung bereits in den nächsten Tagen, wenn nicht sogar Stunden, aufgeben und sich zu dem Herrscher bekennen, der sein wahrer Auftraggeber war. Und der hieß tatsächlich Mindavis!

Diese Tatsache war allerdings auch zwei Männern aus der Gruppe seiner Untergebenen nicht bekannt, die er nacheinander zu sich rufen ließ, um ihnen weitere Befehle zu geben. Denn auch wenn er sein Quartier nicht verlassen durfte, so hinderte ihn diese Tatsache doch nicht daran, weitere hinterhältige Pläne zu schmieden, die sich jetzt hauptsächlich darum drehten, den menschlichen Polizisten loszuwerden, der ihm ein allzu gutes Auge für Fallen zu haben schien. Er traute diesem Mann durchaus zu, seine sorgsam gehüteten und ausgetüftelten Pläne aufzudecken und zunichte zu machen.

Doch als ihn seine Leute wieder verließen, war er sicher, alles getan zu haben, um den Inspektor aus dem Weg zu räumen, und Thalion würde dafür die Schuld treffen, da er jetzt da draußen die alleinige Befehlsgewalt besaß und offensichtlich versagen würde. Vergnügt und mit einem hinterhältigen Grinsen auf dem Gesicht rieb sich Nivânus schadenfroh die Hände. Er hatte dem Menschen eine geschickte Falle gestellt, in deren Fallstricken sich auch Thalion verfangen würde.

Der Hauptmann hatte inzwischen zusammen mit Inspektor Richards die Kellergewölbe in Augenschein genommen und alle zugeschütteten und zugemauerten Zugänge noch in tadellosem Zustand vorgefunden. Prinz Aviyan hatte recht behalten, hier konnte tatsächlich niemand von außen unbemerkt eindringen.

„Und trotzdem bleibe ich dabei", äußerte sich Jamie, „irgendwie könnte es über das Wasser des Sees eine Möglichkeit geben, eine die uns bisher noch verborgen ist, weil vielleicht noch kein Durchbruch ins Schloss erfolgt ist. Dann können wir innen lange suchen, ohne einen Hinweis zu finden."

Thalion sah ihn zweifelnd von der Seite an, während sie bereits wieder eine lange schmale Treppe nach oben schritten, die immer nur einer Person das Vorangehen erlaubte, so schmal war sie. Alle in die Tiefen des Palastes führenden Stufen waren so angelegt, damit man sie leicht verteidigen konnte. Außerdem stand oben an jeder Treppe ein Wachposten, um im Notfall Alarm zu schlagen. Daran war nun wirklich nichts auszusetzen. Aber trotzdem beharrte Jamie auf seiner Meinung, von der er sich absolut nicht abbringen lassen wollte. Er ließ sich da von seinem Gefühl leiten.

„Kommen Sie, Hauptmann Thalion, nach all dem Staub da unten gönnen wir uns jetzt erst einmal einen Spaziergang um den See herum zum Luftschnappen, damit ich mir von außen ein Bild machen kann."

„Wie Ihr wünscht, Inspektor, aber ich bin mir sicher, Ihr werdet auch von außen keine Schwachstelle in der Verteidigung des Palastes entdecken. Der König hat sehr viel Wert darauf gelegt, sein Heim zu schützen. Aber seiner Frau, der Königin, hat dies auch nichts genützt."

„Was ist mit ihr geschehen?"

„Nun, sie kam bei einem tragischen Kutschenunfall ums Leben. Ich konnte zwar nie herausfinden, wieso es dazu gekommen ist, aber seit damals hat sich der König sehr zurückgezogen. Es gab keine Feierlichkeiten mehr am Hofe, und er hatte an nichts mehr Freude."

Die beiden hatten gerade den Schlosshof betreten, und Jamie atmete befreit die frische Luft ein, als er Thalion fragend ansah und seine Überlegungen aussprach: „Wollt Ihr damit andeuten, dass das Verschwinden des Königs auch ein Selbstmord gewesen sein könnte, Hauptmann?"

„Oh nein, Inspektor! Nie und nimmer! Der alte König hätte weder seinen Sohn noch sein Volk so einfach im Stich gelassen. Da bin ich mir ganz sicher! Er ist niemals feige gewesen!"

„Hm", machte Jamie, „was wolltet Ihr dann mit Eurer Bemerkung sagen?"

„Eigentlich nur, dass es seit dem Tod der Königin keinen Ball mehr gegeben hat und keine wirkliche Freude am Hofe. Erst seitdem Ihr und Eure Familie hier zu Gast seid, habe ich Prinz Aviyan wieder einmal von Herzen lachen sehen. Ich würde es ihm so sehr wünschen, dass wir seinen Vater, den König, doch noch auffinden."

„Sicher, das wäre nicht schlecht, obwohl ich mir vorstellen kann, dass der Prinz ein sehr guter König werden würde."

„Oh, das steht außer Frage, Inspektor!", gab Thalion zu. „Außerdem mag ihn das Elfenvolk sehr."

Während dieses Gespräches waren Jamie und der Hauptmann bereits einen großen Teil um den das Schloss umgebenden See herumgewandert und kamen nun in die Nähe der Baumgruppe am gegenüberliegenden Ufer, wo sie auf die drei Soldaten trafen, die seit Neuestem hier Wache schieben mussten.

„Keine besonderen Vorkommnisse, Sir!", salutierte der erste Soldat sofort vor seinem Hauptmann, worauf sich die beiden anderen anschlossen.

Thalion erwiderte den Gruß, bedankte sich kurz und folgte dem Inspektor, der inzwischen unter den Bäumen bis dicht an das Seeufer herangetreten war und seine Blicke über die recht dunkle Oberfläche Richtung Schlossmauer schweifen ließ.

„Wie tief ist der See hier?", wollte er von Thalion wissen.

„Genau kann ich es nicht sagen, Sir, aber schätzungsweise etwa sechs Yards."

„Und genauso tief stehen die Grundmauern des Schlosses im Wasser, nehme ich an?"

„Ja, genau. Aber wieso fragt Ihr? Stimmt etwas nicht?"

„Nein, nein, alles in Ordnung, Hauptmann. Ich werde nur das Gefühl nicht los, dass es unterhalb der Wasseroberfläche einen geheimen Eingang geben könnte."

„Aber wir haben doch die Fundamente von innen abgesucht, Sir", wendete Thalion sofort ein.

„Ja, keinen offensichtlichen Eingang", gab Jamie zu, „aber es besteht noch immer die Möglichkeit, dass ein solcher Eingang erst durchstoßen werden soll. Deshalb habe ich nach der Wassertiefe und damit nach dem Druck gefragt, dem ein Taucher dort unten ausgesetzt wäre."

„Dann müsste der Taucher aber sehr lange die Luft anhalten können, Inspektor", gab Thalion zu bedenken.

Erst jetzt dachte Jamie daran, dass es hier im Elfenland ja keine technische Tauchausrüstung gab, und somit hatte der Mann sicher recht, dass eine Arbeit unter Wasser kaum möglich sein dürfte, es sei denn, einer der alten Tunnel war doch übersehen und nicht zugeschüttet worden. Diese Arbeiten hatte er ja nur vom Schloss aus überprüfen können.

„Ihr könnt mir glauben, Inspektor", versuchte der Hauptmann ihn nochmals zu überzeugen, „es wurde alles getan, um das Schloss uneinnehmbar zu machen."

Jamie konnte ihm denn auch nur zustimmen und in seiner Begleitung den großen See, der das Schloss umgab, weiter zu Fuß umrunden, weil er sich von allen Seiten außerhalb des beeindruckenden Baus ein Bild machen wollte. Er und der Hauptmann achteten einander inzwischen wie Kollegen, schließlich strebten sie dasselbe Ziel an: die größtmögliche Sicherheit für das Schloss und seine Bewohner! Erst nachdem sie drei Stunden später wieder den Schlosshof über die Zugbrücke erreichten, trennten sich die beiden, und jeder ging seiner eigenen Wege.

Der Prinz hingegen hatte sich indessen in sein Arbeitszimmer zurückgezogen, da sich während seiner Abwesenheit in der Welt der Menschen doch einiges angesammelt hatte, was es zu erledigen galt. Da erging es ihm nicht anders als einem menschlichen Regenten. Doch er hatte sich bereits vorgenommen, zumindest den Nachmittag seinen weiblichen Gästen, speziell Kaïtara zu widmen. Er wollte unbedingt auch weiterhin mit ihr Zeit verbringen. Kopfzerbrechen bereitete ihm allerdings das Verhalten von Nivânus, seinem zweiten Hauptmann, dem er solch ein Handeln gar nicht zugetraut hätte. Was mochte nur in ihn gefahren sein? Oder sollte er den Mann doch falsch eingeschätzt haben? Hatte er etwas mit dem Verschwinden des Königs zu tun?

Dann verwarf er den Gedanken aber sehr schnell wieder. Das konnte doch gar nicht sein! Nivânus hatte sich doch früher nie etwas zuschulden kommen lassen. Oder hatte ihm sein Vater, der König, den einen oder anderen Vorfall – aus welchem Grund auch immer – vielleicht verschwiegen? Gab es da etwas, was er eigentlich hätte wissen müssen? Etwas, was diesen Vorfall erklären könnte? Oder hatte er sich einfach zurückgesetzt gefühlt, weil ein Mensch an dieser Besprechung teilgenommen und auch noch Entscheidungen des Hauptmannes kritisiert hatte?

Es wäre eine mögliche Erklärung, doch so ganz wollte er das nicht glauben. Schließlich stand Thalion im Rang auch noch über ihm. Trotzdem würde er dem Mann noch eine Woche Hausarrest auferlegen, schließlich musste sein Verhalten geahndet werden, doch dann würde er ihm ein anderes Kommando geben, vielleicht einen Außenposten. In der königlichen Wachmannschaft hatte er jedenfalls nichts mehr verloren!

Wie er es sich vorgenommen hatte, führte der Prinz mittags Kaïtara und ihre Mutter Sandy zu Tisch. Auf Jamies Gesellschaft mussten sie allerdings verzichten, er ließ sich durch einen der Wachmänner entschuldigen, da er noch zu beschäftigt sei. Tatsächlich hatte er sich noch einmal allein und abseits des üblichen Weges darangemacht, den See zu umrunden. Sein Gefühl sagte ihm einfach, dass es da noch irgendein Risiko geben musste, wenn er auch nicht zu sagen wusste, welches das sein konnte. Schließlich brachte man auch den Wachen unter den Bäumen am Ufer etwas zu essen, doch der Inspektor hatte auch diesmal abgelehnt. Allerdings hätten sich alle im Nachhinein doch gewünscht, er hätte eine Pause eingelegt, denn am frühen Nachmittag stürmte einer der Posten in den Palast und verlangte den Prinzen zu sprechen. Etwas verwundert entschuldigte sich Aviyan bei seinen Gästen und ließ den Elfensoldaten in sein Arbeitszimmer bringen, wo er ihn erwarten sollte.

„Nun, was bringt Ihr? Was ist so wichtig?", wollte Aviyan sofort wissen, nachdem der Mann eine huldvolle Verbeugung vor ihm gemacht hatte.

„Majestät, wir können es uns nicht erklären, aber Euer Gast, der Inspektor, er … er ist unauffindbar!"

Die Gesichtszüge des Prinzen schienen augenblicklich zu entgleisen, trotzdem polterte er nicht los oder schüchterte den Überbringer dieser schlechten Nachricht ein. Er benötigte nur ein paar Sekunden, um sich zu fassen.

„Erklärt mir, wie das zu verstehen ist!", war alles, was er in einem recht ruhigen Tonfall und nach einem tiefen Atemzug hervorbrachte, der aber durchaus erkennen ließ, dass ihm diese Nachricht doch sehr zu schaffen machte.

Mit langsamen Schritten ging er in dem Raum auf und ab, während der Posten seinen Bericht gab: „Der Inspektor hat sich gerade am Ufer umgesehen, als wir eine Pause zum Essen eingelegt haben. Als wir uns alle wieder auf den Weg machen wollten, konnten wir ihn nicht mehr finden. Die anderen durchforsten im Moment die ganze Gegend nach ihm, aber er ist einfach verschwunden."

Der Posten, der kaum älter als der Prinz selber sein konnte, blickte ihm schon fast ängstlich entgegen, obwohl er ja nur einen Auftrag ausgeführt hatte. Aber er hatte von Aviyan nichts zu befürchten. Auch wenn bisher sein Vater hier die Befehle gegeben hatte, so wollte er auf keinen Fall durch Angst und Schrecken regieren. Außerdem hoffte er noch immer, dass der König trotz allem wieder auftauchen würde, selbst wenn es nur ein Lebenszeichen aus irgendeiner Gefangenschaft heraus wäre. Trotzdem lief er noch eine Weile auf und ab, bevor er sich des Postens wieder zu entsinnen schien.

„Habt Dank für die Nachricht", brachte er schließlich doch etwas gequält hervor. „Geht zurück auf Euren Posten und bringt mir sogleich Nachricht, wenn irgendein Hinweis auf den Verbleib des Inspektors gefunden wird!"

Damit war der Posten entlassen, der sich noch einmal verbeugte und dabei deutlich aufatmete, um gleich darauf den Raum und das Schloss zu verlassen, während Aviyan einen nicht ganz so leichten Weg und schon gar keine leichte Aufgabe vor sich hatte, denn er wollte die Nachricht, so schlimm sie auch sein mochte, weder Kaïtara noch ihrer Mutter vorenthalten. Er musste es ihnen einfach sagen und versuchte, auf dem Rückweg die passenden Worte zu finden, was ihm alles andere als leichtfiel.

Kaum dass er den Speisesaal erneut betrat, in dem seine weiblichen Gäste gewartet hatten, wandten ihre Blicke sich ihm fragend zu, während er ihnen andeutete, doch bitte sitzen zu bleiben und nicht etwa aufzustehen, wie es die Etikette verlangt hätte. Schweigend ließ er sich erneut auf den Stuhl am Kopfende der Tafel sinken und gab den beiden Dienern mit einem Wink zu verstehen, dass sie ihn mit seinen Gästen allein lassen sollten. Sandy fühlte regelrecht seine Anspannung und dass er ihnen etwas zu sagen hatte, von dem er nicht recht wusste, wie er es anstellen sollte.

Als er weiterhin schwieg, durchbrach auch Sandy die Förmlichkeit und stellte die Frage, die sicher auch ihre Tochter quälte: „Was ist geschehen, Majestät? Ihr habt anscheinend eine schlechte Nachricht erhalten. Wollt Ihr sie nicht mit uns teilen? Oder … könnt Ihr es nicht?"

Sandy dachte dabei in erster Linie an den König, den Vater des Prinzen, vielleicht hatte man ihn gefunden, möglicherweise tot. Doch der Schmerz, der jetzt aus seinen Augen sprach, mit denen er sie scharf ansah, beinhaltete keine Trauer, wie er sie in einem solchen Fall empfinden musste. Nein, es war Leid und Mitgefühl ihr gegenüber. Schon wollte Sandy einfach versuchen, in seinen Gedanken zu lesen, wenn er sich nicht bald erklären würde, doch Aviyan räusperte sich und brach das Schweigen schließlich von sich aus.

„Es tut mir leid, Mrs. Richards, Euch das sagen zu müssen, aber jetzt wird nicht nur der König, sondern auch Euer Gatte vermisst."

Obwohl er diese Tatsache sehr ruhig und gefasst von sich gab, wurde Sandy mit einem Schlag bleich wie die Wand. Kaïtara sprang ganz undamenhaft auf und eilte zu ihr, umarmte sie tröstend, obwohl sie jetzt selbst Trost benötigt hätte.

„Mom, Dad ist bestimmt nichts passiert! Zum Abendessen ist er garantiert wieder da!"

Doch Sandy wehrte ihre Tochter leicht ab, blickte dem Prinzen fest entgegen und fragte: „Was ist geschehen?"

„Euer Gatte hat zusammen mit meinen Leuten das Seeufer abgesucht. Nach der Mittagspause war er plötzlich verschwunden. Ich habe Anweisung gegeben, jedes kleine Stück der Umgebung nach ihm abzusuchen und sofort Meldung zu machen, wenn auch nur der kleinste Hinweis auf seinen Verbleib gefunden wird."

Es war ihm deutlich anzumerken, wie schwer es ihm fiel, diese Nachricht weiterzugeben, und er schlug über das Unvermögen seiner Leute, seinem Gast den nötigen Schutz zukommen zu lassen, beschämt die Augen nieder. Doch Sandy reagierte viel ruhiger, als er das erwartet hatte. Denn sie war sich sicher, wenn ihr Jamie verletzt oder gar tot wäre, hätte sie das gefühlt. Schließlich war es immer so gewesen. So glaubte sie ganz sicher daran, dass man ihn nur gefangen hielt.

Mit gefasster Stimme erklärte sie: „Majestät, danke, dass Ihr so ehrlich gewesen seid, mir die Wahrheit zu sagen. Ich würde mich jetzt gerne zurückziehen, um in aller Ruhe Kontakt zu meinem Mann aufnehmen zu können. Wenn ich Informationen bekommen kann, werden Eure Leute ihn sicher schneller finden."

Aviyan sah sie einen Moment zweifelnd an, er wusste ja nicht, wie weit ihre Elfenkräfte erhalten geblieben waren, doch würde er ihr den Wunsch garantiert nicht verwehren.

„Sicher doch, Mrs. Richards, gleich hier nebenan befindet sich ein Ruhezimmer, das Ihr gerne nutzen könnt. Benötigt Ihr sonst noch etwas?"

„Ein bisschen süßes Elfenbrot wäre nicht schlecht", gab Sandy zu.

„Besorgt aus der Küche süßes Elfenbrot!", gab er den Auftrag sofort an einen Diener, den er hereingerufen hatte, weiter. „Und bringt es nach nebenan."

Dann geleitete er Kaïtara und ihre Mutter durch eine Verbindungstür in einen angrenzenden und im Vergleich zu den anderen Gemächern wirklich kleinen Raum. Aber in ihm stand ein Kanapee, auf dem sich Kaïtaras Mutter niederlegen konnte. Noch zwei weitere Sitzgelegenheiten und ein offener Kamin befanden sich ebenfalls darin. Sandy wies ihre Tochter an, die Vorhänge zuzuziehen und auf einem der gepolsterten Stühle Platz zu nehmen, während sie sich auf das Möbel legte.

Kaum dass ein Diener das gewünschte Gebäck gebracht hatte, bat Prinz Aviyan: „Würdet Ihr mir erlauben, hierzubleiben, wenn Ihr Euch in Trance versetzt?"

„Natürlich, Majestät, das ist kein Problem."

Ihm brauchte sie ja kaum zu sagen, wie er sich verhalten sollte, um die Kontaktaufnahme nicht zu stören, und Kaïtara wusste ohnehin Bescheid. So setzte sich Aviyan auf den anderen Stuhl und warf dem jungen Mädchen, das schon längst einen Platz in seinem Herzen erobert hatte, einen aufmunternden Blick zu. Und sie lächelte scheu zurück. Dann konzentrierten sie sich beide auf Sandy, die mit geschlossenen Augen ihre Gedanken auf ihr Ziel richtete und alles andere um sich herum, auszuschalten versuchte.

Minuten des tiefen Schweigens vergingen, in denen sich nur Aviyan und Kaïtara immer wieder Blicke zuwarfen, die von dem unsichtbaren Band sprachen, das sich längst zwischen ihnen geknüpft hatte. Gerne hätte er sie jetzt aufgemuntert und tröstend in den Arm genommen, doch er durfte Sandys Konzentration durch nichts stören. Deren Augenlider begannen gerade zu zucken, als bekäme sie geistigen Kontakt. Ihre rechte Hand strich in einer nervösen Geste über ihr Kleid, sie wandte den Kopf hin und her und begann plötzlich am ganzen Körper zu zittern.

Kaïtara wollte ihre Mutter bereits aus der Trance aufwecken, doch Aviyan, der ihre Reaktion richtig deutete, griff schnell nach ihrer Hand auf der Stuhllehne, legte seine viel größere beruhigend auf ihre schmale und hinderte sie am Aufstehen. Wortlos schüttelte er den Kopf. Er wusste nur zu gut, wie heftig solche Kontakte auf geistiger Basis ausfallen konnten. Und er zweifelte nicht daran, dass sich Sandy zuvor dieser Tatsache bewusst gewesen war.

Kaïtara musste diese Ungewissheit, die sie innerlich quälte, auch nicht mehr lange ertragen. Nur noch ein paar Minuten dauerte es, in denen der Prinz weiterhin tröstend ihre Hand hielt, was ihm alles andere als unangenehm war, bis Sandy endlich wieder erwachte und erschrocken die Augen aufschlug.

„Jamie?"

Aus ihrer Stimme sprach deutlich die Angst, die sie noch immer empfinden musste. Jetzt konnte ihre Tochter nicht mehr anders, entzog dem Prinzen ihre Hand und setzte sich zu ihrer Mutter, die sie auch sofort erkannte.

„Alles okay, Mom", flüsterte sie beruhigend. „Ich bin hier."

„Mein Kind ... ich fühl mich so ... so schwach. Ich ..."

„Hier, Mom, iss das!"

Eilig reichte sie ihr von dem süßen Gebäck, damit sie ihre Energiespeicher schnell wieder auffüllen konnte. Zu Hause benutze sie dafür immer Schokoriegel, doch das mit Honig gesüßte Elfenbrot würde wohl genauso gut wirken.

Sandy biss herzhaft hinein und ließ das süße, lockere Gebäck geradezu auf der Zunge zergehen. Nur eine Minute später bekamen ihre Wangen wieder etwas Farbe, und ihr Atem hatte sich beruhigt. Mit klarem Blick sah sie ihre Tochter und den Prinzen an, der ebenfalls aufgestanden war. Dann richtete sie sich, gestützt von den beiden, in eine sitzende Position auf.

„Und Mom", wollte Kaïtara wissen, „hattest du Kontakt zu Dad?"

Die Angst und die Sorge, die dabei aus ihrer Stimme sprachen, waren nicht zu überhören. Trotzdem musste Sandy ihre Tochter in gewisser Weise enttäuschen.

„Nicht direkt, mein Kind", musste sie zugeben. „Ich konnte nicht mit ihm sprechen, obwohl er da gewesen ist, das habe ich deutlich gespürt."

„Das verstehe ich nicht, Mom."

„Ihr konntet ihn spüren, aber nicht hören? Verstehe ich das richtig?"

Aviyan hatte sehr wohl begriffen, was sie mit ihren Worten ausdrücken wollte, und es gefiel ihm ganz und gar nicht.

„Ja, Majestät", meinte sie traurig. „Mein Geist hat Jamie gefunden. Ich habe seine Nähe und seine Schwäche gespürt. Ich fühlte diese Kälte, die ihn umgab, so wie er, aber geantwortet hat er mir nicht, obwohl ich seinen Herzschlag fühlen konnte. Er lebt, ganz sicher! Seltsamerweise fühlte ich auch kaltes Wasser und Dunkelheit um uns herum, eben eine große Leere."

„Dass er nicht geantwortet hat, kann nur bedeuten, dass er bewusstlos ist, Mrs. Richards, sonst hätte er sich bestimmt gemeldet."

„Ja, das denke ich auch."

„Aber jetzt wissen wir noch immer nicht, wo er sich befindet."

„Ja, leider. Ich hatte gehofft, er könne es mir sagen."

Sandy war so niedergeschlagen, weil sie nicht noch mehr erfahren konnte, dass Kaïtara rasch einen Arm um sie legte und sie fest an sich drückte.

„Mom, Dad lebt! Das ist das Wichtigste!"

Aviyan versetzte es einen Stich, als er mit ansah, wie sehr auch Kaïtara unter dem Verschwinden ihres Vaters litt. Aber ihm ging es ja nicht anders, auch er vermisste seinen Vater, den König, doch hatte er länger Zeit gehabt, sich damit abzufinden. Schließlich waren schon Wochen seit seinem Verschwinden vergangen.

Sandy hatte sich kaum wieder einigermaßen erholt und seelisch gefangen, als es an die hohe Tür klopfte.

„Ich wollte doch nicht gestört werden", murmelte Aviyan ungehalten. Dann rief er aber trotzdem: „Herein!"

Als der Hauptmann der Wache, Thalion, mit raschen Schritten den Salon betrat und kurz vor Aviyan seine Verbeugung machte, spürten sowohl Sandy als auch Kaïtara, dass der Mann keine guten Nachrichten brachte. Hatte man Jamie gefunden? War ihm doch etwas zugestoßen?

Noch wagte er nicht zu sprechen und warf erst einen scheuen Blick auf die beiden Frauen, doch der Prinz forderte ihn auf: „Redet nur! Was habt Ihr zu vermelden?"

„Majestät, wir haben am anderen Ufer des Sees unter den Bäumen Spuren entdeckt, die ins Wasser führen. Sie könnten von Eurem Gast stammen, aber es führen keine Spuren zurück."

Sandy starrte den Mann bei diesen Worten mit vor Schreck geweiteten Augen an. Sollte sich ihre Vision bestätigen? War Jamie bei seiner Suche nach möglichen Schwachstellen in der Verteidigung des Palastes tatsächlich auf Feinde des Königshauses gestoßen? Hatte man ihn gefangen genommen und verschleppt? Doch dann wurde ihr die Bedeutung der Worte klar, die der Posten verwendet hatte: Es führen keine Spuren zurück!

Ihr Mann konnte doch nicht ertrunken sein! Sie hatte doch gespürt, dass er am Leben war! In ihrer Vision hatte sie ihn von Wasser umgeben gesehen. Jetzt begriff sie langsam, dass es sich dabei um den das Schloss umgebenden See gehandelt haben musste.

Ihr Blick traf sich mit dem ihrer Tochter, der das Entsetzen ebenfalls ins Gesicht geschrieben stand. Auch sie hatte begriffen, was der Hauptmann damit sagen wollte. Tief einatmend griff sie nach der Hand ihrer Mutter, die auf der Lehne ruhte, und drückte sie fest.

„Dad ist ein guter Schwimmer, Mom", flüsterte sie mit tonloser Stimme. „Ihm ist bestimmt nichts passiert."

Sandy musste schwer schlucken, aber sie blieb bemerkenswert ruhig, wurde auch nicht hysterisch, sondern verlangte mit ruhigen Worten: „Ich will die Stelle sehen, Hauptmann! Führt mich hin!"

Obwohl Aviyan das letzte Wort der Entscheidung hätte haben müssen, wartete sie seine Meinung nicht erst ab und stand bereits auf, fest dazu entschlossen, ihren Willen durchzusetzen. Und der Prinz war klug genug, ihr in dieser Situation ihren Wunsch nicht abzuschlagen.

„Wir gehen alle!", befahl er mit fester Stimme. „Hauptmann, Ihr führt uns!"

Obwohl er sich am liebsten um Kaïtara gekümmert hätte, bot er höflich Sandy seinen Arm an. So konnte er sie wenigstens stützen, wenn es nötig sein sollte, denn sie war bei dieser Nachricht doch wieder sehr blass geworden. Und so kam es, dass die kleine Gruppe in Begleitung des Hauptmanns und zweier weiterer Wachen, die sich ihnen auf einen Wink des Prinzen am Tor angeschlossen hatten, am Ufer des Sees bis zur gegenüberliegenden Seite zu den tief herabhängenden Bäumen schritten, die der Inspektor bereits vor fast zwei Tagen als möglichen Gefahrenpunkt erkannt hatte. War er wegen dieses Verdachtes hierhergekommen und tatsächlich in eine Falle geraten?

„Hier haben wir die Spuren gefunden, Majestät!"

Der Hauptmann der Wache hob die tief hängenden Zweige eines am Ufer stehenden Baumes an und deutete auf die Fußabdrücke im weichen Schlamm, die eindeutig von den Schuhen mit runden Kappen, wie sie ein Mensch tragen würde, stammten, nicht von den flachen Stiefeln mit den nach oben gerichteten Spitzen eines Elfen.

Sandy löste sich von dem sie stützenden Arm und ging in die Hocke. Dann hielt sie ihre Handfläche direkt über einen der Abdrücke, schloss die Augen und verfiel fast augenblicklich wieder in Trance. Keiner der Anwesenden wagte es, sie jetzt zu stören, schließlich war ihnen klar, dass sie versuchte, Kontakt zu ihrem Mann zu bekommen. Minutenlang verharrte sie in dieser Position, bis sie plötzlich aufstöhnte, zu zittern begann und fast umgekippt wäre, wenn nicht sofort Aviyans Halt gebende Hände da gewesen wären.

Erschrocken riss sie die Augen auf und schien ins Leere zu starren, doch ihre Tochter wusste es besser. Sie kannte diesen Zustand bereits von anderen Begebenheiten her und reichte ihr schnell noch ein Stück von dem Elfenbrot, das sie zum Glück mitgenommen hatte, während der Prinz die Frau einfach auf seine Arme hob, um sie abseits des schlammigen Ufers ins Gras zu betten. Kaïtara schob ihrer Mutter die Süßigkeit zwischen die Lippen, damit der Zucker sie wieder etwas beleben konnte, denn den benötigte sie jetzt dringend. Ihre Zunge begann über die Süßigkeit zu tasten, dann schien sie zu begreifen, was es war und biss hinein. Ihr Blick wurde zunehmend klarer, und schließlich reagierte sie auch auf ihre Tochter, die neben ihr kniete und ihre Hand hielt.

„Geht es dir besser, Mom?"

Der Stimme des Mädchens war deutlich die Angst um ihre Mutter anzumerken, die sich jetzt aber wieder aufrichtete und schon fast schuldbewusst auf die sie umstehenden Personen blickte.

„Was hast du gesehen, Mom?", wollte Kaïtara wissen, da ihr sofort klar war, dass sie wohl geistigen Kontakt gehabt hatte.

„Dein Dad lebt", brachte sie leise über die Lippen, aber er kann sich nicht selbst befreien." Dann blickte sie zu dem Prinzen auf, der ihnen jetzt helfen musste, und begann zu berichten: „Jamie hatte recht, dass man durch den See das Schloss erreichen kann. Es muss unter Wasser einen Zugang geben, den er wohl gefunden hat, als ihn die Feinde überraschten. Ich habe es soeben deutlich mit seinen Augen sehen können. Er muss wohl gerade aufgewacht sein, und er hat auch kurz gedanklich zu mir gesprochen."

„Dann hält man ihn gefangen?", fragte Aviyan nach. „Wo? Wisst Ihr wo?"

„Jamie sagte, es sei eine Art Höhle oder Verließ, wahrscheinlich sogar im Schloss selbst. Er ist gefesselt und kann sich nicht selbst befreien."

„Und wo hat man ihn überrascht?", schaltete sich in diesem Moment ungefragt der Hauptmann ein, da er seine Fehleinschätzung der Lage wohl wiedergutmachen wollte und nach einer Möglichkeit suchte, sich einzubringen.

„Direkt an der Schlossmauer", antwortete ihm Sandy, noch immer sichtlich erschöpft. „Er ist hinübergeschwommen, weil er glaubte, dort etwas Verdächtiges bemerkt zu haben."

Jetzt zeigte es sich, dass Aviyan sehr wohl in Abwesenheit seines Vaters Entscheidungen treffen konnte, denn es dauerte nur eine Sekunde, bis er befahl: „Hauptmann, Ihr besorgt ein Ruderboot und folgt mir an die Schlossmauer! Ich schwimme schon einmal vor. Eure Leute bleiben hier als Wache für die Damen!"

„Aber, Majestät, Ihr könnt doch nicht …"

Weiter kam er gar nicht mehr, da der Prinz bereits seine Jacke und das Hemd auszog, um sich dann auch seiner Stiefel zu entledigen.

„Na, los!", fauchte er den Posten an. „Das ist ein Befehl!"

Erst jetzt machte sich der Mann augenblicklich auf den Weg zurück. Dabei gefiel es ihm ganz und gar nicht, dass sich der Prinz in eine solche Gefahr begeben wollte. Aber er musste nun mal gehorchen und rannte den Weg zurück. Aviyan hingegen stieg bereits ins Wasser, das seinen Körper sogleich kalt umspülte. Nur einen einzigen Blick hatte er noch zu Kaïtara geworfen, die sich zwar nicht geäußert, ihn aber mit angstserfüllten Augen angesehen hatte, mit einem Blick, der weitaus mehr als die Sorge um ihren Vater beinhaltet hatte. Sie hatte eindeutig auch Angst um ihn. Sie schien tatsächlich etwas für ihn zu empfinden, das spürte er genau. Und gerade deshalb musste er versuchen, ihr ihren Vater lebend wiederzugeben. Er wusste ja nur zu gut, was ein solcher Verlust bedeuten konnte, da er ja ganz ähnlich empfunden hatte, als der König so einfach verschwunden war.

Kaïtara stand neben ihrer Mutter am Ufer und blickte mit Tränen in den Augen dem jungen Prinzen nach, der mit kräftigen Schwimmstößen durch das kalte Wasser pflügte. Dabei war wahrscheinlich nicht einmal ihr selbst klar, ob sie um ihren Vater oder um Aviyan weinte, der sich in Gefahr begab. Da Seerosen auf dem Gewässer blühten, war es nicht gerade angebracht, dort zu schwimmen. Nur zu leicht konnte man in den langen Stielen, die im schlammigen Grund verwurzelt waren, hängen bleiben, sich gnadenlos verheddern und dabei ertrinken. Zwei Minuten später hatte Aviyan die Schlossmauer erreicht, holte tief Luft und tauchte unter. Es war der Moment, da das Mädchen sich fest an ihre Mutter drückte, die ihr tröstend über das Haar strich. Sie selbst war ja vorerst etwas beruhigt, da sie ein Lebenszeichen ihres Gatten erhalten hatte, doch Kaïtara musste jetzt nicht nur um den Vater, sondern auch um den Prinzen bangen. Ihre Reaktionen hatten Sandy nur noch darin bestätigt, dass ihre Tochter für den jungen Mann schwärmte. Gerne hätte sie gewusst, ob der Prinz genauso empfand, und deshalb würde sie ein ernstes Wort mit ihr reden müssen, wenn das alles hier erst einmal ausgestanden war.

Kaïtara, die noch immer das Gesicht an die Schulter ihrer Mutter drückte, die sie mit den Armen umfangen hielt, fragte schließlich schniefend: „Ist er schon wieder aufgetaucht?"

„Ja, mein Kind, schon zweimal."

Sie versuchte, so ruhig wie nur möglich zu bleiben, doch sie war es absolut nicht. In ihrem Inneren tobte ein Sturm der Gefühle. Würde der Prinz ihren Mann finden? Konnte er ihn retten?

Sie wusste nicht, wie viel Zeit vergangen war, bis sie endlich vom rechten Seeufer aus ein Ruderboot auf die Schlossmauer zuhalten sah. Der Hauptmann und ein weiterer Wachposten schienen darin zu sitzen, wobei Letzterer nicht ruderte, sondern sich seiner Kleidung entledigte, da er anscheinend auch ins Wasser steigen sollte. Leider war die Entfernung zu dem Boot zu groß, als dass sich Sandy rufend mit den Männern hätte verständigen können. Denn nun machte ihr die Tatsache, dass auch der Prinz nicht wieder aufgetaucht war, immense Sorgen, doch das sagte sie ihrer Tochter natürlich nicht.

„Das Boot ist jetzt da, mein Kind", raunte sie ihr zu. „Die Männer werden ihn gewiss finden."

Doch auch wenn sie sich sehr sicher gab, so trug sie diese Sicherheit nur nach außen zur Schau. Der zweite Mann aus dem Boot war noch nicht ins Wasser gestiegen, als sich die Situation plötzlich änderte. Das Boot hüpfte auf und ab und konnte kaum ruhig gehalten werden. Wasserberge und Blasen, die von unten aufstiegen, brachten alles in Aufruhr. Man hörte den entsetzten Schrei des Elfen, der sich gerade noch im Boot halten konnte, als in einer Wasserfontäne, die nahe der Schlossmauer nach oben drückte, anscheinend auch ein menschlicher Körper durch den Druck erst in die Luft geworfen wurde und dann wieder ins Wasser platschte.

Obwohl Sandy es nicht genau sehen konnte, so war sie sich doch sicher, um wen es sich da handelte und hauchte mit erstickter Stimme: „Jamie!"

Jetzt erst sprang der Soldat aus dem Boot und schwamm auf den im Wasser treibenden Körper zu, packte ihn und hielt dessen Kopf über die Oberfläche, während der Hauptmann rasch heranruderte und mit zupackte. Der Soldat wurde noch einmal unsanft unter Wasser gedrückt, dann hatten sie es geschafft und der schwere Körper rollte über die Wandung ins Boot. Kaum war auch der Elf wieder hineingeklettert, ruderte der Hauptmann bereits in Richtung Ufer, wo er die Frauen und seine anderen Männer wusste.

„Oh bitte, ihr Ahnen, lasst es wirklich Jamie sein!", stieß Sandy ein Stoßgebet aus, während sich das Boot für ihren Geschmack viel zu langsam näherte.

Dann nahmen ihr die beiden Wachposten die Sicht, die eilig hinzutraten und das Boot ein Stück aufs Ufer hinaufzogen. Doch als sie den Mann darin heraushievten und am Ufer ablegten, zeigte ihr Gesicht die pure Erleichterung. Es war Jamie! Und er lebte! Er sah sie sogar an und versuchte ein Lächeln, das ihm aber gänzlich misslang, da er noch immer um Atem rang. Sandy war neben ihm auf die Knie gesunken und strich über seine Wangen, streifte die nassen Haare zurück und sah ihn einfach nur erleichtert an. Er griff nach ihrer Hand, und dieses Mal gelang ihm das Lächeln. Auch Kaïtara hockte sich auf die andere Seite neben ihren Vater. Doch sie musste jetzt einfach eine Frage loswerden.

„Dad, wo ist Aviyan?"

„Ja, wo ist der Prinz?", fragte jetzt auch der Hauptmann.

Doch diese Frage war für den Inspektor alles andere als leicht zu beantworten. Das glückliche Lächeln auf seinen Zügen, da er wieder bei seiner Familie war, erstarb sofort, und ein dunkler Schatten legte sich auf sein Gesicht.

„Hilf mir mal … auf", bat er seine Frau, die ihn in eine sitzende Haltung brachte, worauf ihm einer der Posten sogleich seine Jacke um den nackten Oberkörper legte, denn das Wasser war sehr kalt gewesen, sodass Jamie noch immer am ganzen Körper zitterte. Dann begann er stockend zu berichten: „Der Prinz … er hat mich in dem unterirdischen Verließ … gefunden und … und meine Fesseln durchtrennt."

Dabei hob er seine Hände an, wo sich an seinen Gelenken deutlich die roten Striemen von Stricken abzeichneten, die tief in die Haut eingeschnitten und diese auch aufgerieben hatten.

„Dann wollten wir auf … auf demselben Weg zurück, auf dem er gekommen war, das heißt durch einen Gang unter … dem Wasser, den ich schon zuvor als Zugang zum … zum Schloss identifiziert hatte. Ich tauchte voraus, als … als ich plötzlich merkte, dass … etwas nicht stimmte. Prinz Aviyan folgte mir nicht … nicht mehr. Er war mit seinem … Gürtel an irgendetwas hängen … hängen geblieben und konnte sich nicht be… befreien. Ich wollte umkehren, als sich durch seine heftigen Bewegungen ein Stück aus der Wand löste und … und sofort die Decke des Tunnels ebenfalls … nachgab und einstürzte. Eine Druckwelle folgte, die mich das letzte … das letzte Stück durch den Gang und in den See beförderte, wo ich plötzlich … wieder atmen konnte. Es …", er machte eine längere Pause, während er nur in betretene Gesichter sah, und meinte dann weiter, „es tut mir leid, aber ich befürchte …"

Obwohl er den Rest des Satzes unausgesprochen ließ, war allen klar, was er sagen wollte. Prinz Aviyan war tot!

Kaïtara starrte auf die jetzt wieder ruhige Fläche des Sees, der ein so schreckliches Opfer gefordert hatte. Was hatte ihre Mutter gesagt? Elfen sind unsterblich, wenn man nicht … Er war erstickt! Er hatte dort unten in Dunkelheit, Kälte und Nässe sein Grab gefunden, bevor sie ihm ihre Liebe eingestehen konnte. Ihr Blick blieb leer und ausdruckslos, bis sie plötzlich losrannte, zurück zum Schloss und in das Zimmer, das sie bewohnte. Die Diener sahen ihr kopfschüttelnd nach, denn sie wussten ja noch nicht, was geschehen war. Kaïtara warf sich auf das Bett und ließ ihren Tränen freien Lauf.

Nie wieder würde sie ihn küssen, nie wieder seine Nähe spüren, seine zärtlichen Berührungen, mit denen er ihr doch längst zu verstehen gegeben hatte, dass er sie liebte. Warum hatte sie ihm ihre eigenen Gefühle denn nur nicht offenbart? Jetzt war es zu spät, dabei hatte sie doch geglaubt, noch so viel Zeit zu haben. Sie vermochte sich nicht einmal über die Rettung ihres Vaters wirklich zu freuen, obwohl ihr das doch am wichtigsten hätte sein müssen. Aber sie konnte nur daran denken, was sie verloren hatte, und das ließ keinen Raum für irgendeinen glücklichen Gedanken. Ihre Tränen wollten einfach nicht versiegen, sodass sie an diesem Abend auch dem gemeinsamen Essen fernblieb.

Sandy Richards brachte ihrer Tochter zwar noch die gute Nachricht, dass ihr Vater, wenn auch erschöpft, aber ansonsten wohlauf sei, doch konnte sie sie auch nicht trösten und ließ sie schließlich in ihrem großen Kummer allein. Irgendwann würde sie schon darüber hinwegkommen. Als die Nacht hereinbrach, lag Kaïtara noch immer in ihren Kleidern auf dem Bett. Sie war wahrscheinlich vor Erschöpfung und seelischem Kummer einfach eingeschlafen.

An diesem Abend jedoch geschah das, was ihre Mutter ihr bereits vor Jahren vorhergesagt hatte: Das junge Mädchen entdeckte im Unterbewusstsein ihre Elfenkräfte! Ganz schwach nur zunächst, sodass sie die ersten Empfindungen für einen Traum hielt, denn sie sah auch das Geschehen vom Vortag vor sich, so wie ihr Vater das Unglück geschildert hatte. Oder nein! Das entsprach nicht seiner Erzählung, denn dann hätte sie es ja mit seinen Augen sehen müssen, doch ihr kam es vor, als sähe sie alles aus einer anderen Perspektive, nämlich mit den Augen von Prinz Aviyan!

Kaïtara sah im Halbdunkel ihren Vater vor sich durch den wassergefüllten Tunnel tauchen und folgte ihm. Sie fühlte die Kälte, die sie umgab, und dann spürte sie plötzlich einen Ruck an ihrer Taille, wurde zurückgerissen und begriff, dass sie festhing.

Verzweifelt zerrte sie an ihrem Gürtel, als ein Gesteinsbrocken sich aus der Wandung löste und damit eine Katastrophe auslöste. Sie fühlte sich plötzlich herumgerissen, wusste nicht mehr, wo oben und unten war, spürte, wie Felsbrocken aus der Wand herausbrachen und schmerzhaft ihren Körper trafen. Sie rang nach Luft, wollte schreien und konnte es nicht. Sie musste atmen und riss den Mund auf, als plötzlich tatsächlich Luft in ihre Lungen drang, kein Wasser!

Sie hätte jubeln können, aber dafür fehlte ihr noch immer der nötige Atem, denn sie keuchte und atmete nur unter Qualen, bekam aber schließlich einen festen Halt zu fassen und zog sich über eine Kante. Jetzt lag sie auf hartem, kaltem Fels und spürte zahlreiche Verletzungen, aber sie lebte! Doch die Schwäche, die jetzt von ihr Besitz ergriff, war so groß, dass sie das Bewusstsein verlor.

Erschrocken fuhr Kaïtara in dem Bett auf und starrte in die Dunkelheit, die sie umgab, und die nur vom Licht der Sterne, das durchs Fenster fiel, ganz schwach erhellt wurde. Sie fragte sich, was geschehen war? Hatte sie geträumt? So real, dass sie sogar Schmerz empfunden hatte, wirklichen Schmerz? Nein, das konnte nicht sein!

Erst jetzt bemerkte sie, dass sie schweißgebadet war und noch ihre Kleider trug. Die Erinnerung an das schreckliche Unglück, an Aviyans Tod stand sofort wieder vor ihrem geistigen Auge. Sie ließ sich wieder auf das Bett fallen, spürte ihren rasenden Herzschlag und versuchte zu begreifen, was geschehen war. Sie fühlte sich so matt und ausgelaugt wie nach einem langen Sporttraining in der Schule. Und noch immer stand dieser real wirkende Traum vor ihrem geistigen Auge, als hätte sich das Ganze gerade erst ereignet.

Ganz langsam nur kam ihr die Erkenntnis, dass sie eine dieser Visionen gehabt haben könnte, wie sie es von ihrer Mutter her kannte. Sie fühlte sich doch auch immer so schwach und brauchte dringend etwas Zuckerhaltiges, um wieder zu Kräften zu kommen. Auf dem Tisch in ihrem Zimmer hatte ihre Mutter ihr die Süßspeise vom Dinner hingestellt, da sie ja nichts mehr gegessen hatte. Jetzt kam ihr die Schale wie die reinste Versuchung vor. Eilig stand sie auf, schwankte zum Tisch und stopfte sich zwei Löffel süßen Pudding in den Mund. Fast augenblicklich fühlte sie die belebende Wirkung, merkte, dass sie wieder ruhiger wurde und alles überlegter betrachten konnte. Und damit begriff sie auch, was dieser Traum bedeutete!

Aviyan musste ihn ihr geschickt haben. Er wollte sie vermutlich wissen lassen, was passiert war und dass er noch lebte! Ja, so musste es sein! Ihre Mutter schaffte es doch auch, mit ihrem Vater gedanklich zu sprechen, und sie wusste, dass sie auch schon mit seinen Augen gesehen hatte, mit seinen Händen gefühlt. Vielleicht hatte sie zu Aviyan eine ähnlich starke Bindung, und er hatte auf diese Weise Kontakt zu ihr aufgenommen.

Eilig stopfte sie den Rest des Nachtischs in sich hinein und stürmte dann aus dem Zimmer und auf den Gang, wo sie ein überraschter Wachposten erstaunt ansah. Eine Tür weiter wusste sie das Zimmer ihrer Eltern, die sie zwar nur ungern störte, aber sie musste jetzt einfach mit ihrer Mutter sprechen, musste wissen, was sie von dem Traum hielt und ob es überhaupt einer gewesen war.

Heftig klopfte sie gegen die hohe Tür, pochte mit der Faust gegen das helle Holz und rief: „Mom, Dad? Ich bin es, Kaïtara!"

Dass ihre Tochter aufgeregt war und sie nicht ohne Grund störte, war Sandy sogleich klar, sodass sie sofort rief: „Komm rein!"

Als ihre Tochter in den Raum schlüpfte und die Tür wieder ins Schloss drückte, schwang sich Sandy bereits aus dem Bett und warf sich den spitzenbesetzten Morgenmantel über, den ihr eine Zofe bei ihrer Ankunft gebracht hatte. Jamie rieb sich verschlafen die Augen. Er hatte nach der Erschöpfung vom Vortag tief und fest geschlafen, begriff jedoch, dass irgendetwas geschehen sein musste, wenn ihre Tochter sie so unsanft störte.

Sandy zog sie bereits in ihre Arme und drückte sie an sich, da sie ihren aufgelösten Gefühlszustand sehr wohl erkannte, und fragte ganz ruhig: „Was ist denn geschehen? Kannst du nicht schlafen?"

„Er lebt!", stieß sie hervor und vermochte ihre Erregung kaum zu bändigen. „Aviyan lebt!"

Sandy runzelte fragend die Stirn und blickte ihr fest in die schönen Augen, die jetzt so unnatürlich leuchteten, dass sie selbst jetzt noch den Hauch von Magie spüren konnte, der dem Mädchen anhaftete.

Sofort kombinierte sie richtig und hakte nach: „Du hattest Kontakt zu dem Prinzen?"

„Ja, Mom, ja! Und er lebt! Er hat den Einsturz überlebt!"

Sandy drückte sie erst einmal in einen Sessel, um ihre Aufregung etwas zu bremsen. Auch Jamie war jetzt auf die andere Bettseite herübergerutscht und hatte sich aufgesetzt.

„Wie kommst du darauf? Ich kann mir nicht vorstellen, wie jemand das Chaos da unten überlebt hat. Ich habe es ja auch nur geschafft, weil mich die Druckwelle herausgeschleudert hat."

„Weil …", sie stockte einen Moment, „weil ich Kontakt zu Aviyan hatte."

Sandy sah sie überrascht an: „Deine Elfenkräfte sind erwacht?"

Kaïtara nickte: „Ich denke schon. Sonst hast ja nur du es geschafft, mit mir telepathisch zu sprechen, aber Aviyan hat mir die Bilder geschickt, die er gesehen hat. Ich habe mit seinen Augen gesehen, Mom. Ich konnte sogar fühlen, was er gefühlt hat, und … und das war gar nicht angenehm."

Sandy hatte die Hand ihrer Tochter ergriffen, da sie spürte, dass sie jetzt Zuspruch und Trost benötigte. Sie wusste nur zu gut, wie heftig solche Erfahrungen sein konnten, bis man gelernt hatte, damit umzugehen.

„Bitte, erzähle uns alles, Kaïtara. Rede, das wird dir sicher helfen."

„Also gut", seufzte sie ergeben.

Und dann begann sie zu berichten, erklärte, was sie gesehen und gefühlt hatte, wie stark die Empfindungen gewesen waren und dass Aviyan ganz sicher noch lebte und dringend Hilfe brauchte.

Als sie geendet hatte, nahm ihre Mutter sie in den Arm, strich ihr über die Haare, als sei sie noch ein kleines Kind, und sagte leise: „Mein armes Mädchen, ich hätte dir gewünscht, dass deine ersten Erfahrungen mit deinen Elfenkräften etwas freundlicher gewesen wären. Doch glaube ich auch, dass du damit recht hast, dass der Prinz noch lebt. Er hat zu dir eine engere Bindung aufgebaut, deshalb hat er wohl versucht, mit dir in Kontakt zu treten, obwohl du noch keinerlei Erfahrung damit hast. Wahrscheinlich hat er zu wenig Kraft, um zu anderen Personen durchzudringen oder wird durch irgendetwas abgeschirmt."

„Dann glaubst du also auch, dass der Prinz verletzt ist?", wollte Jamie jetzt wissen, der bisher still zugehört hatte, da ihm dergleichen Empfindungen ja fremd waren.

Seine Frau konnte zwar mit ihm geistig in Kontakt treten, konnte durch ihn fühlen und sehen und hatte sich sogar schon seiner Motorik auf rein geistigem Wege bedient, doch das waren einseitige Geschichten gewesen, zu denen er nicht viel hatte beitragen können. Dass ihre gemeinsame Tochter jetzt auch solche Fähigkeiten zeigte, war zwar irgendwann zu vermuten gewesen, doch hätte er sich gewünscht, dass es nicht schon so bald der Fall sein würde.

„Ja", antwortete ihm seine Frau, „ich bin mir sogar sicher, dass er entweder verletzt ist und aus welchen Gründen auch immer Schwierigkeiten mit der Heilung hat, wie es schon einmal bei dem Giftpfeil der Fall gewesen ist, oder er befindet sich in einer Situation, aus der er sich nicht selbst befreien kann und durch die jeder Versuch zu einer erneuten Verletzung führt. Er braucht dringend Hilfe! Da bin ich mir ebenfalls sicher."

Kaïtara hatte ihrer Mutter mit angstvollem Blick zugehört und warf nun ein: „Aber wie sollen wir ihm denn helfen, wenn wir nicht wissen, wo er sich befindet?"

„Jetzt bist du gefragt, mein Kind", lautete ihre einfache, ruhige und doch so schwerwiegende Antwort. „Deine Kräfte sind endlich erwacht, du musst sie nur nutzen. Tritt mit ihm in Kontakt, lass dir sagen, wie wir ihm helfen können und wo wir ihn finden."

„Aber …"

„Du kannst es!", erstickte sie ihren Einwand sogleich. „Ich werde dir helfen, aber du musst dir selbst vertrauen."

„Und was soll ich tun?"

„Du legst dich jetzt hier ins Bett und versuchst, dich zu entspannen, ganz so, wie ich es dir immer gezeigt und erklärt habe. Mach deinen Geist frei und offen für deine Empfindungen. Am besten wäre es freilich, wenn du irgendetwas berühren könntest, was Aviyan gehört oder was ihm viel bedeutet. Ich werde den Wachposten danach fragen."

„Nein, Mom", wandte das Mädchen ein. „Ich habe etwas, was ihm gehört und wozu er eine starke Beziehung hat."

Fragend sahen ihre Eltern sie an, als Kaïtara bereits in den Ausschnitt ihres Kleides fasste und die Kette hervorzog, die Aviyan ihr geschenkt hatte. Sie zog sie über den Kopf und hielt das Schmuckstück mit dem leuchtenden grünen Stein auf der Handfläche.

„Das gehörte ihm", erklärte sie. „Aviyan hat mir diese Kette geschenkt, als er sich entschloss in sein Reich zurückzukehren. Ich sollte mich immer an ihn erinnern."

Sandy wagte es nicht, das Schmuckstück zu berühren, um nicht die magischen Wellen zu irritieren, die ihre Tochter über diese Kette mit Aviyan verbanden.

Sie schloss die Finger ihrer Tochter darum und erklärte ihr mit ruhiger Stimme und lächelnd: „Damit hast du freilich einen sehr starken Katalysator. Damit solltest du es schaffen!"

Kaïtara streckte sich bereits auf dem Bett ihrer Mutter aus, während Jamie einwarf: „Hältst du das wirklich für eine so gute Idee? Ich weiß doch, wie anstrengend so eine Trance sein kann und wie oft du dabei schon umgekippt bist!"

„Da würde ich mir keine Sorgen machen, Darling. Unsere Tochter ist alt genug. In ihrem Alter habe ich schon fleißig mit meinen Fähigkeiten geübt. Und wegen der Anstrengung, nun da habe ich noch etwas Elfenbrot hier, das ausreichen müsste, um sie wieder auf die Beine zu bringen. Wir sind schließlich bei ihr! Irgendwann musste es ja das erste Mal passieren. Ich habe vollstes Vertrauen zu ihr!"

Bei diesen Worten sah sie lächelnd in das Gesicht ihrer Tochter, deren Züge schon viel entspannter wirkten, und meinte: „So ist es recht, mein Kind. Atme ganz ruhig und versuche, dich von allem zu trennen, was dich stört."

Sandy sprach immer leiser und ruhiger, bis sie kaum noch zu verstehen war, und lauschte dabei auf die gleichmäßigen Atemzüge ihrer Tochter, die sich zwar langsam, aber dafür immer tiefer in Trance versetzte. Ihre Gesichtszüge wirkten völlig ruhig und entspannt, während sie mit geschlossenen Augen dalag und ihre rechte Hand die Kette umklammert hielt.

„Rufe Aviyan in deinen Gedanken", flüsterte Sandy. „Rufe ihn und lausche auf eine Antwort. Ich weiß, dass du es kannst!"

Dann lehnte sie sich zurück und verlegte sich nur noch aufs Beobachten, denn jetzt hatte ihre Tochter einen Punkt erreicht, an dem sie ohnehin keinen Einfluss mehr auf sie ausüben konnte. Jetzt hieß es nur noch warten.

Kaïtara befand sich in einer sehr tiefen Trance, die ihrer Gedanken- und Gefühlswelt entsprach. Sie spürte also in ihrem Unterbewusstsein all das überdeutlich, was ihr Angst gemacht hatte und sie auch jetzt noch bekümmerte. Sie schien durch einen völlig leeren Raum zu gleiten und verzweifelt nach einem festen Punkt oder nach einer Person zu suchen, die ihr Halt geben konnte. Aber da war nichts, absolut nichts außer grenzenloser Dunkelheit, Leere und Kälte. Und genau das machte ihr unsäglich Angst, eine Angst, die sie umklammert hielt gleich einem bösen, gefährlichen Feind. Die einzige Person, die ihr jetzt noch Halt geben konnte, war aber nicht zu finden.

„Aviyan! Wo bist du?"

Sie rief, tastete mit ihren Gedanken in das Nichts um sie hinein und sehnte sich nach einer Antwort, nach einem kleinen Zeichen, dass er da war. Doch so sehr sie sich auch bemühte, sie wurde enttäuscht. Es war ihr einfach nicht möglich, seine Schwingungen aufzunehmen und zu lokalisieren. Wo nichts war, konnte sie auch nichts finden. Um sie herum war nichts als Leere und eine schreckliche Einsamkeit. Aber Aufgeben kam für sie nicht infrage, schließlich hatte er mit ihr Kontakt aufgenommen, weil er Hilfe brauchte, da konnte sie ihn doch nicht im Stich lassen.

Verzweiflung wollte sie ergreifen, als sie plötzlich in ihren Gedanken dieses leise Stöhnen vernahm. Sofort intensivierte sie ihre geistige Suche noch einmal und erhielt diesmal eine schwache Antwort.

„Aviyan, wo bist du? Antworte mir!"

Hörte er denn nicht, welche Sorgen sie sich machte?

„Hier", hörte sie es dann plötzlich ganz leise in ihrem Kopf. „An der ... der Wand."

Dann erstarb die Stimme auch schon wieder. Aber durch ein kleines Loch in der Mauer, aus der vermutlich auch ein Stein herausgebrochen war, drang ein dünner, grauer Lichtschein, kaum heller als die Düsternis hier. Und dieser Schein zeigte ihr in einem diffusen Grau einen Schuttberg. War seine Stimme von dort gekommen? Es schien dicht am Wasser zu sein.

„Aviyan, gib mir ein Zeichen!", forderte sie verzweifelt.

Doch der Prinz blieb stumm, sie hörte weder ein Wort, noch verspürte sie einen seiner Gedanken. Dafür empfand sie sein stilles Leiden, ein Leiden, das bei ihr seelischen Schmerz verursachte. Er schien nicht richtig atmen zu können, und als sie sich den Schutthaufen genauer ansah, wurde ihr auch klar wieso. Durch die heruntergestürzten Felsbrocken wurde sein Brustkorb zusammengepresst, die Last erlaubte ihm kaum noch zu atmen.

„Oh nein, so wird er sterben!"

Dieser Gedanken zerriss Kaïtara fast das Herz. Es war ein so starker, ein nie gekannter Schmerz, der sie quälte, als sie ihn da liegen sah. Sie wusste nicht, dass sich zum selben Zeitpunkt, da ihr das klar wurde, unter den langen, dunklen Wimpern ihres menschlichen Körpers ein paar Tränen hervorstahlen, sodass ihr Vater verlangte, seine Frau solle sie aufwecken und wieder zurückholen. Doch das lehnte diese ab und meinte, das sei noch viel gefährlicher für das Seelenheil ihres Kindes.

Der große Gesteinsbrocken, der auf Aviyans Rücken lag, schien ihm auch keine eigene Bewegung zu gestatten. Nur seine rechte Hand lag nach vorne gestreckt, als wolle er sich hervorziehen, ohne jedoch auch nur einen Zoll voranzukommen. Sofort beugte sich Kaïtara nach vorn, konzentrierte sich auf ihre Kräfte und versuchte den Brocken allein durch ihre Willenskraft zu bewegen, denn als Geistwesen konnte sie ihn ja nicht berühren.

Doch so sehr sie sich auch bemühte, es gelang ihr nicht. Dafür hörte sie erneut sein gequältes Stöhnen, was ihr den Ernst der Lage bewies.

„Ich hole Hilfe, Liebster! Halte durch!"

Dass sie ihm damit ihre Liebe gestand, war ihr in diesem Moment nicht wirklich bewusst, aber sie konzentrierte sich darauf, wieder zurückzukehren und in ihren eigenen Körper einzutauchen, hoffte, dass es genauso problemlos gelingen würde, wie sie ihn verlassen hatte. Sie wusste, dass Aviyan lebte, wusste, wo er sich befand, jetzt konnte sie Hilfe holen!

Doch der Moment, da Kaïtaras Elfengeist wieder von ihrem Körper Besitz ergriff, war alles andere als angenehm für sie. Es war wie ein Schock, der sie aus dem Tiefschlaf riss. Mit einem Aufschrei riss sie die Augen auf, und ihr Oberkörper richtete sich ruckartig auf. Sofort versuchte Sandy ihre Tochter zu beruhigen, redete leise auf sie ein, ohne dass ihre Worte für das Mädchen einen Sinn ergeben hätten, Hauptsache, sie hörte die vertraute Stimme. Sie war noch viel zu verwirrt, hing jetzt schlaff im Arm ihrer Mutter, die ihr zumindest Geborgenheit gab, und kämpfte gegen eine immense Schwäche an. Jamie hatte bereits ein Stück Elfenbrot abgebrochen und reichte es ihr weiter, denn er kannte das ja schon von seiner Frau, die nicht selten nach solch einem Kontakt sogar ohnmächtig geworden war.

Und so nötigte Sandy ihre Tochter, in das süße Brot zu beißen, damit der Zucker wenigstens langsam in ihren Kreislauf übergehen und sie wieder etwas stärken konnte. Trotzdem stammelte sie zunächst nur unzusammenhängende Worte, aus denen ihre Eltern zuerst nicht schlau wurden.

„Aviyan … Stein … nicht atmen … Schmerzen …"

Mehr war erst einmal nicht aus ihr herauszubekommen. Doch als der Zucker langsam seine Wirkung tat, wurde der Blick ihrer angsterfüllten Augen etwas klarer, und sie konnte eine Erklärung abgeben.

„Schnell! Aviyan … verschüttet unter Geröll. Ein Felsbrocken drückt … ihm die Luft ab!"

„Wo?", wollte ihr Vater sofort wissen.

„Gleich hinter der Schloss…mauer, direkt über dem … dem See. Da muss ein … ein Loch in der Wand sein … wegen des Lichts …"

Den Rest konnte sich der Inspektor zusammenreimen. Angezogen hatte er sich schon, jetzt rief er seiner Frau nur noch zu, sie solle mit Kaïtara im Zimmer bleiben, dann eilte er schon auf den Flur, um die Wachen zu informieren. Zusammen mit Hauptmann Thalion und drei weiteren Soldaten ruderten sie selbst jetzt bei Dunkelheit, nur mit ein paar Fackeln ausgerüstet, auf den das Schloss umgebenden See immer an der alten Steinmauer entlang. Sie konnten die richtige Stelle nur erraten und suchten die Gesteinsquader im Licht der Fackeln nach einem Loch ab.

Doch leider war es ein zeitraubendes Verfahren, da das Spiel aus Licht und Schatten und den Reflexionen der dunklen Wasseroberfläche Bilder verwischte und auch Dinge vorgaukelte, die nicht da waren. Jamie saß am Bootsrand zusammen mit dem Hauptmann, während ein Soldat ganz langsam ruderte. Auch er hielt eine Fackel in der Hand und ließ seine Blicke genau über die Schlossmauer gleiten. Trotzdem hätte er das gerade mal kindskopfgroße Loch fast übersehen, weil es so dicht über dem Wasser lag, dass die Bugwelle des Bootes es fast verdeckte. Es war wohl eine gehörige Portion Glück dabei, dass er es entdeckte.

„Stopp! Hier ist etwas!", rief er überrascht und deutete mit der freien Hand auf die Wand.

Er selbst stieß das Boot etwas von der Mauer zurück, um besser sehen zu können. Der Schein der Fackel geisterte über die nassen Quadersteine, an denen sich braungrüne Algen angesetzt hatten, und zeigte tatsächlich ein etwa zwei Handbreit großes Loch. Der Stein musste wohl ins Wasser gefallen sein, als im Inneren ein Teil einer anderen Wand einstürzte und Aviyan unter sich begrub. Da seine Tochter gesagt hatte, der Prinz läge dicht an der Außenwand, musste der Inspektor jetzt sehr vorsichtig sein, als er die Fackel durch das Loch schob, um an seiner Hand vorbei ins Innere zu spähen. Zumindest einen größeren Geröllhaufen konnte er links von dem Loch ausmachen, wahrscheinlich der, der Aviyan begraben hatte.

Als er die Hand zurückzog, blickte er mit ernstem Gesicht zu dem Hauptmann und erklärte ihm die Situation: „Wir müssen das Loch vorsichtig vergrößern. Der Prinz liegt nur etwa einen Yard entfernt und könnte noch mehr verletzt werden, wenn die Steine nach innen fallen. Wir müssen sie vorsichtig lösen und zu uns herausziehen. Dabei sollten zwei Mann das Boot ruhig halten, während zwei andere die Mauer bearbeiten."

Der Hauptmann der Wache, der ja eigentlich hier das Sagen hatte, wiegte bedenklich den Kopf und wollte wissen: „Können wir das wirklich wagen?"

„Ich denke eher, dass wir es wagen *müssen*! Meine Tochter meinte, der Prinz könne nicht richtig atmen, also müssen wir ihn so schnell als möglich da herausholen!"

Er hatte sehr eindringlich gesprochen und ließ keinen Zweifel daran, wie ernst die Situation war. Und der Hauptmann war auch sofort bereit zu tun, was nötig war. Ohne weitere Diskussionen rief er das zweite Boot mit dem Werkzeug heran und teilte die Männer ein, wie der Inspektor es vorgeschlagen hatte. Ein weiterer Mann im zweiten Boot hielt Fackeln hoch, um zu leuchten, während sich Jamie Richards bereits an einem der Mauersteine zu schaffen machte, ihn lockerte und vorsichtig nach außen zog. Er ließ ihn einfach ins Wasser gleiten und versinken. Schon bald waren seine Hände aufgeschürft und von blutigen Kratzern gezeichnet, doch wollte er nicht aufgeben.

Als das Loch groß genug war, damit ein Mann hindurchkriechen konnte, schob er sich als Erster vom Boot aus in das dunkle Innere und ließ sich eine Fackel nachreichen. Deren Schein offenbarte ihm dann die schlimme Wahrheit. Seine Tochter hatte recht gehabt, denn der Prinz bekam kaum noch genügend Luft. Deutlich konnte er das schwache Röcheln hören. Wahrscheinlich hatte er sich ein paar Rippen gebrochen und das Geröll, allen voran ein ziemlich großer Felsbrocken, der seinen Rücken belastete, verhinderte dabei auch seine Heilung.

„Ich brauche hier drinnen Hilfe!", rief er sofort zurück und fühlte nach dem Puls des fast gänzlich Verschütteten.

Der Hauptmann selbst ließ es sich nicht nehmen, ebenfalls hereinzukriechen, um dem Thronfolger zu helfen. Auch ihn schockte der Anblick für einen Moment, dann war ihm klar, dass er zusammen mit dem Inspektor den Brocken möglichst gleichmäßig anheben und dann herunterhieven musste.

Er nickte Richards zu und erklärte: „Bei drei! – Eins, zwei, drei!"

Mit äußerster Anstrengung gelang es den beiden, den Felsen anzuheben und seitlich neben dem Verletzten auf den Boden fallen zu lassen. Es grenzte schon an ein Wunder, dass Aviyan nicht erschlagen worden war, doch jetzt, kaum dass die Last von seinem Rücken genommen worden war, vermochte er wieder besser zu atmen, und ein Stöhnen drang aus seinem Mund. Der Hauptmann leuchtete mit der Fackel in das staubige, mit blutigen Kratzern bedeckte Gesicht des Prinzen, dessen Augen aber noch geschlossen waren. „Majestät! Könnt Ihr mich hören?"

Der Hauptmann hatte ihn vorsichtig an der Schulter gerüttelt, doch der Prinz war und blieb bewusstlos. Vielleicht hatte er ja innere Verletzungen, die länger brauchen würden, um wieder in Ordnung zu kommen.

„Wir müssen ihn hier rausschaffen", nahm der Inspektor das Heft wieder in die Hand. „Geben Sie den Leuten draußen im Boot Bescheid, damit sie es möglichst ruhig halten und zufassen!"

Der Hauptmann nickte und streckte den Kopf nach draußen, wo Richards ihn undeutlich seine Befehle geben hörte, während er sich um Aviyan bemühte, um festzustellen, ob er sich vielleicht einen Knochenbruch zugezogen hatte, auf den sie Rücksicht nehmen mussten. Doch rein äußerlich schien das nicht der Fall zu sein. Trotzdem bestand das Risiko, dass sie ihm beim Transport nach draußen ungewollt noch mehr Schmerzen zufügten. Aber dieses Risiko mussten sie eingehen.

Und so wurde es noch einmal eine zeitraubende und anstrengende Arbeit, bis die Männer den Prinzen endlich durch das Mauerloch hindurch und ins Boot geschafft hatten. Zum Glück für Aviyan blieb er auch während dieser Zeit noch bewusstlos, erst als sie das Ufer erreichten und ihn auf eine Trage legten, begann er sich wieder zu regen. Dass er am ganzen Körper Schmerzen verspürte, war klar, trotzdem war schon jetzt zu erkennen, dass die vielen kleinen Wunden auf seinen Armen und Händen bereits zu heilen begannen, wie das eben bei Wesen aus einer magischen Dimension so üblich war. Als er etwas verwirrt in das Licht der Fackeln blinzelte, ließ der Hauptmann kurz innehalten, um ihm eine Erklärung zu geben.

„Bleibt ruhig liegen, Majestät! Ihr seid verletzt, aber wir bringen Euch ins Schloss, damit sich die Heilerin um Euch kümmern kann."

Auch wenn Aviyan im Moment nichts von dem, was um ihn herum geschah, verstand und begriff, so fühlte er doch, dass es ihm nicht gerade gut ging. Irgendetwas, woran er sich noch nicht zu erinnern vermochte, musste wohl geschehen sein. Und so fragte er auch gar nicht nach und ließ seine Leute einfach gewähren. Ein Posten war bereits vorausgeeilt, um die Heilerin zu holen, die fast gleichzeitig in den Gemächern des Thronfolgers eintraf. Da Jamie ihn jetzt in guten Händen wusste, lenkte er seine Schritte zu den Räumen, die man ihm und seiner Familie zugewiesen hatte. Außerdem fühlte er sich erschöpft und sehnte sich danach, sich den Staub und Dreck vom Körper zu waschen und frische Kleidung anzuziehen.

Doch als er das Zimmer betrat, das er mit seiner Frau hier im Palast bewohnte, musste er zunächst einmal Sandy und Kaïtara beruhigen und berichten, wie es dem Prinzen ging. Erleichtert seufzte das junge Mädchen auf, als sie erfuhr, dass es dem Verletzten wohl bald besser gehen würde und sich jetzt erst einmal eine Heilerin um ihn kümmerte. Trotzdem wäre Kaïtara am liebsten sofort zu ihm gestürzt, doch ein solches Verhalten durfte sie sich hier im Schloss nicht erlauben. Hier musste sie warten und ihre Ungeduld bezähmen, was ihr nicht gerade leichtfiel. Denn wenn sie eines in diesen schrecklichen Stunden der Ungewissheit begriffen hatte, so war es die Tatsache, dass sie Aviyan liebte. Sie hatte ihr Herz wohl schon in London an ihn verloren, und im Moment litt ihr liebendes Herz mit ihm.

Bis zum kommenden Morgen erfuhren die drei denn auch nichts Neues. Ein Diener begleitete sie, so wie die letzten Tage auch, in den Speisesaal, in dem sie diesmal aber alleine an der gedeckten Tafel Platz nahmen, denn Aviyans Platz am Kopfende war und blieb leer. Sosehr sich Kaïtara auch bemühte, von den Köstlichkeiten, die man ihr bot, etwas herunterzubekommen, sie schaffte es einfach nicht. Sie hatte absolut keinen Appetit. Solange sie nicht mit eigenen Augen sah, dass es Aviyan gut ging, würde sie keinen Bissen zu sich nehmen können.

Sie wollte schon jede Hoffnung aufgeben, dass dieses bedrückende Frühstück, bei dem kaum ein Wort gesprochen wurde, endlich enden würde, als plötzlich einer der Lakaien, in dem sie den persönlichen Diener des Prinzen wiedererkannte, den Speisesaal betrat, an die Tafel kam, sich verbeugte und sich für die Störung entschuldigte.

„Seine Majestät wünscht Euch zu sehen, Miss Richards", überbrachte er Kaïtara die Nachricht, auf die sie schon so sehnsüchtig gewartet hatte.

Fast wäre sie ruckartig aufgesprungen, um zu ihm zu eilen, beherrschte sich jedoch im letzten Moment. Wahrscheinlich bemerkte nur Sandy, was in ihrer Tochter vorging und sah das Leuchten in ihren Augen. Da sie rasch ihre Hand auf die von Kaïtara legte, bremste sie sie glücklicherweise ab.

„Ganz ruhig, mein Kind."

Sie klang völlig beherrscht, was auch auf ihre Tochter abfärbte, die sich jetzt langsam erhob und von einem Diener den Stuhl wegrücken ließ, um dann dem anderen Elfen ruhigen Schrittes zu folgen, auch wenn sie am liebsten losgerannt wäre. Nur mit äußerster Selbstbeherrschung schaffte sie es, ruhig zu bleiben und nicht schon den Diener mit Fragen zu überschütten, bis sie schließlich im ersten Stock die königlichen Gemächer erreichten, wo ihnen einer der Wachposten, die der Prinz seit dem Verschwinden des Königs aufstellen ließ, eine der hohen Türen öffnete. Ohne weitere Anmeldung durfte Kaïtara eintreten und fand sich in einem großen Wohnraum wieder, der wohl einen direkten Zugang zum Schlafzimmer des Prinzen besaß. Da man die Tür hinter ihr wieder geschlossen hatte, sah sie sich jetzt erst einmal scheu um.

„Da ist ja meine Retterin!"

Aviyans Stimme riss sie augenblicklich aus ihren Betrachtungen. Ihr Blick ging in die Richtung, aus der die Stimme gekommen war, und blieb an dem Elfenprinzen hängen, der auf einem Kanapee saß, wobei er die Beine hochgelegt und mit einer dünnen Decke zugedeckt hatte. Da er die rechte Hand nach ihr ausstreckte, trat sie eilig näher und war sogar bereit, einen Hofknicks zu machen, als er bereits ihre Hand ergriff und sie einfach neben sich auf das Sitzmöbel zog. Ihre Augen leuchteten hoffnungsvoll, da es ihm anscheinend besser ging.

Er ließ ihre Hand auch jetzt nicht los, betrachtete sie aufmerksam, als sehe er das Mädchen zum ersten Mal, und begann mit einer Entschuldigung seinerseits: „Es tut mir leid, dass ich vor dir sitzen bleiben muss, Kaïtara, aber meine Beine wollen mich noch nicht wieder tragen. Der Stein, der meinen Rücken getroffen hat, hat mich wohl doch so stark verletzt, dass es noch ein Weilchen dauert, bis ich wieder voll hergestellt bin."

Entsetzt sah sie ihn an: „Aber ... aber du bist doch nicht etwa gelähmt?"

Die Frage wollte kaum über ihre Lippen, doch er lächelte sie nur an.

„Nein, natürlich nicht. Du weißt doch, dass bei Elfen alles rasch wieder heilt. Sämtliche Kratzer und Schürfwunden sind bereits verschwunden. Und ich habe auch schon wieder Gefühl in meinen Beinen. Ich kann sie nur noch nicht belasten."

Ihr Aufatmen bei dieser Erklärung fiel so deutlich aus, dass er es gar nicht übersehen konnte. Und er nahm es als Zeichen dafür, dass ihr etwas an ihm lag, dass er ihr mehr bedeutete, als es ein einfacher Freund empfinden würde.

„Dass ich überhaupt noch lebe, habe ich nur dir zu verdanken, meine Teuerste. Wahrscheinlich wäre ich erstickt oder später zumindest verhungert. Aber du bist meinem geistigen Ruf gefolgt und hast mich gefunden."

Sie blickte ihn jetzt ganz offen an und erfasste jede Kleinigkeit in seinem männlich hübschen Gesicht, in dem die dunklen Augen sie so liebevoll ansahen.

„Du musst mir nicht danken, ich habe doch gar nichts getan", versuchte sie zu beschwichtigen, doch der Prinz war da anderer Meinung.

„Ich hatte da unten in der Dunkelheit kaum mehr die Kraft, Kontakt aufzunehmen, meine Liebe. Ich konnte nur zu jemandem vorstoßen, der mir nahe genug steht, und das warst du, Kaïtara. Nur du konntest es schaffen, meinem Ruf zu folgen, obwohl ich wusste, dass du deine Elfenkräfte noch nicht erlangt hattest. Umso höher ist es dir anzurechnen, dass du diesen Schritt gewagt und deinen Elfengeist auf die Suche geschickt hast. Das war sehr mutig von dir."

Beschämt ob dieses Lobes wollte sie ihren Blick senken, doch Aviyan hob rasch ihr Kinn an und sah ihr fest in die Augen.

„Kaïtara, hab keine Angst vor dem, was auf dich zukommt. Hast du mich nur gehört, oder konntest du auch sehen, was ich dir versucht habe zu übermitteln?"

„Das ... das war ja das Seltsame", stieß sie hervor. „Ich habe mit deinen Augen gesehen, Aviyan. Ich habe dich gehört, ich habe sogar gefühlt, was du gefühlt hast. Es war alles so verwirrend realistisch!"

Jetzt sah er sie mit seinen dunklen Augen schon fast entschuldigend an und meinte: „Es tut mir leid, ich wollte nicht, dass deine Sinne mit meinen Eindrücken überflutet werden oder dass du sogar Schmerz empfindest. Das sollte ganz gewiss nicht geschehen! Ich habe nicht geglaubt, dass du das bereits schaffen würdest! Sonst hätte ich meine Gefühle besser abgeschottet."

„Dafür brauchst du dich doch nicht zu entschuldigen", schüttelte sie leicht den Kopf. „Ich bin so froh, dass ich dir helfen konnte!"

„Du hast das alles wirklich wunderbar geschafft, und dass ich dich in dieser Situation der Schwäche gedanklich erreicht habe, zeigt mir nur zu deutlich, dass uns mehr verbindet, als ich bisher geglaubt habe."

Sie hörte seine Worte zwar, doch irgendwie fiel es ihr schwer, sie zu begreifen und zu verstehen, was sie bedeuteten. Aber da sich ihre Gesichter in diesem Moment sehr nahe waren, ließ er seinen Mund in einer flüchtigen Berührung ihre Lippen streifen.

Nein, das konnte man wohl kaum als Kuss bezeichnen, doch Kaïtara stieß ihn auch nicht weg. Sie schloss die Augen, als wolle sie dieser Berührung noch nachspüren, als müsse sie überlegen und prüfen, ob sie nicht doch mehr von ihm haben wollte. Und noch bevor sie zu einem Entschluss gekommen war, pressten sich seine Lippen fester und fordernder auf die ihren. Sein Arm umschlang ihre Schultern und zog ihren Oberkörper an den seinen. Sein Mund ergriff von ihrem Besitz, und ihre Lippen öffneten sich wie von selbst, um seiner Zunge Einlass zu gewähren.

Zum zweiten Mal küsste sie auf diese intensive Weise, und sie musste sich eingestehen, dass es ihr wirklich sehr gefiel. Sie bedauerte es sogar, als er sich jetzt wieder von ihr löste. Ihr Herz schien zu rasen, und es gefiel ihr, in seinen Armen zu liegen. Sie spürte die Wärme seines Körpers durch die Kleidung hindurch, schmiegte sich an ihn und wusste einfach, dass Aviyan ihr Schicksal war!

So verharrten sie wohl fünf Minuten völlig still und ruhig, genossen einfach nur, beisammen zu sein, bis es erneut an der Tür klopfte. Kaïtara sprang sofort auf, als habe sie etwas Ungehöriges getan, denn schließlich wollte sie nicht, dass man sie in inniger Umarmung mit dem Prinzen sah.

„Herein!"

Auf Aviyans Ruf hin öffnete sich die Tür und der Posten erschien im Türrahmen, um zu vermelden: „Majestät, der Hauptmann der Wache wünscht Euch zu sprechen."

„Soll reinkommen!"

Der Posten machte den Weg frei und ließ den Hauptmann eintreten, der zusammen mit dem Inspektor den Prinzen gesucht hatte. Er salutierte, blickte etwas überrascht auf Kaïtara und wartete, dass man ihn ansprach.

„Was bringt Ihr, Hauptmann?"

„Majestät, wir haben … ähm…"

Er stockte und sah auf das junge Mädchen, als wolle er in ihrer Gegenwart nicht weitersprechen, doch der Prinz sagte sofort: „Ihr könnt frei sprechen, Hauptmann."

Dieser räusperte sich zunächst und erklärte schließlich sichtlich gehemmt: „Ihr hattet recht, Majestät. Wir haben ihn gefunden. Er befand sich ebenfalls in dem Raum unter dem Schloss. Es tut mir leid, Euch diese Nachricht bringen zu müssen, aber er … er ist tot!"

Aviyan, der die Wahrheit ja bereits geahnt hatte, zeigte sich nicht sonderlich überrascht, er senkte nur einen Moment den Blick und schluckte hart, um dann zu fragen: „Wie ist er umgekommen?"

Wieder blickte der Hauptmann zunächst auf die Besucherin und schien vor ihr nicht mit der Wahrheit herausrücken zu wollen, doch Aviyan sah ihn so fest und herausfordernd an, dass er schließlich mit leiser Stimme verkündete: „Er wurde geköpft!"

Es war die sicherste Methode, einen Elfen zu töten, das wusste Kaïtara ja, doch so recht begreifen konnte sie noch nicht, wovon die beiden denn da überhaupt sprachen, auch wenn sie ahnte, worum es ging. Verwirrt blickte sie von einem zum anderen, bis der Prinz den Hauptmann wieder entließ.

„Es ist gut. Ihr könnt jetzt gehen, aber sorgt dafür, dass die Leiche geborgen wird, um sie mit allen Ehren zu bestatten!"

Der Hauptmann grüßte und wandte sich zur Tür. Kaum dass sie sich hinter ihm geschlossen hatte, sah Kaïtara mit entsetztem Blick auf Aviyan, der so ruhig geblieben war, und wollte wissen: „Von wem habt ihr beiden eben gesprochen? Ging es etwa um den König? Um … um deinen Vater?"

Ihre Stimme war nur noch ein Flüstern. Aviyans Hände hatten sich zu Fäusten geballt, doch da er sie jetzt wieder ansah und sie den Schmerz in seinen Augen zu erkennen glaubte, da riss er sich doch sehr zusammen.

„Ja, meine liebe Kaïtara, jetzt habe ich endlich Gewissheit. Man hat meinen Vater, den König, ermordet! Ich hatte es bereits geahnt, doch erst als ich deinen Vater dort unten in dem Gewölbe gefunden habe, kam mir die Vermutung, dass man auch den König dort gefangen halten könnte. Dass er ermordet worden sein könnte, wollte ich da aber noch nicht glauben. Ich dachte noch, man wolle ihn als Geisel festhalten und als Druckmittel gegen mich einsetzen."

„Oh, Aviyan, das ist ja so schrecklich! Es tut mir so leid für dich."

Sie schluchzte und fiel ihm kurzerhand um den Hals. Er hielt sich einfach großartig nach dieser schrecklichen Nachricht, und doch fühlte sie, dass es in ihm brodeln musste, dass der Hass auf seinen Vetter Mindavis ins Unermessliche gestiegen war. Er vermochte sich nur besonders gut zu beherrschen.

Langsam strich er mit der Hand über ihren Kopf, über ihr seidiges Haar, dessen Duft er einatmete, und sagte leise: „Danke für deine Anteilnahme. Ich glaube, mein Vater hätte dich sehr gemocht, meine Liebe. Schade, dass er dich nicht mehr kennengelernt hat."

Als sie sich jetzt wieder von ihm löste und aufrichtete, schimmerten ihre Augen feucht.

„Du weinst um einen Mann, den du gar nicht gekannt hast?"

Überrascht sah sie ihn an und erklärte: „Aber er war doch dein Vater! Ich weine über den Verlust, den du erlitten hast."

Erst jetzt begriff er so richtig, welch mitfühlendes Wesen sie besaß. Das hatte er schon vom ersten Augenblick an gespürt, da sie sich begegnet waren. Mitfühlend und trotzdem stark! Eigenschaften, die eine künftige Königin besitzen sollte, doch das sagte er ihr noch nicht. Er durfte jetzt nicht an sein eigenes Glück denken, sondern nur an sein Volk und sein Reich, ihnen gegenüber hatte er eine Verantwortung und eine Pflicht zu erfüllen.

Zunächst musste er den Mörder stellen und seiner gerechten Strafe zuführen. Es konnte keinen Zweifel daran geben, wer der rechtmäßige Thronfolger war, doch es bestand auch kein Zweifel daran, dass Mindavis ihn aus dem Weg räumen musste, wenn er sein Ziel erreichen wollte. Deshalb musste der Schutz des Schlosses, seiner Bewohner und seiner Gäste absoluten Vorrang haben, obwohl Aviyan nicht vorhatte, sich zu verstecken. Nein, ganz im Gegenteil, er wollte seinen Vetter reizen und herausfordern. Besser ein Kampf Mann gegen Mann als hinterhältige Anschläge, bei denen es nur Unschuldige treffen würde. In diesem Moment traf er gedanklich die erste Entscheidung als zukünftiger König. Und er wusste nur zu genau, dass sie weder Kaïtara noch seinem Hauptmann Thalion gefallen würde.

In den nächsten zwei Tagen ließ Prinz Aviyan unter der Aufsicht von Hauptmann Thalion und dem Inspektor, die mittlerweile sehr gut Hand in Hand arbeiteten, den unterirdischen Raum, der bisher durch den wassergefüllten Gang betreten werden konnte, noch weiter absuchen und dann jeglichen Zugang zumauern. Jamies Vermutungen hatten sich also von Anfang an bestätigt, doch war er nicht gerade stolz darauf, auch wenn ihn gerade Thalion deshalb mit besonderem Respekt behandelte, ganz davon zu schweigen, dass der Inspektor maßgeblich an der Rettung des Prinzen beteiligt gewesen war. Das würde ihm der Hauptmann nie vergessen, da er für seinen künftigen König fast wie für einen Sohn empfand.

Aviyan saß an diesem Tag jedoch an seinem großen schweren Schreibtisch aus Eichenholz, der neben dem runden noch in seinem Arbeitszimmer stand. Er verfasste auf einer Art Schriftrolle noch mit Feder und Tinte ein Schreiben an seinen Vetter Mindavis, in dem er ihn aufforderte, sich zu einem Kampf Mann gegen Mann zu stellen, damit sie ihre Differenzen ein für alle Mal beilegen konnten, ohne dass Unschuldige darunter zu leiden hätten. Es war eine unmissverständliche Kampfansage an seinen Feind aus der eigenen Familie, und er räumte dem Gegner damit eine Chance ein, um den Thron zu kämpfen, obwohl er ihm gar nicht zustand. Auch diese Tatsache stellte er in dem Schreiben klar, setzte seinen Titel und Namen darunter, versah die Schriftrolle mit seinem Siegel und ließ daraufhin Hauptmann Thalion zu sich kommen.

„Hauptmann", sagte er mit fester Stimme, die deutlich seine Entschlossenheit ausdrückte, „Ihr bringt dieses Schreiben zu meinem Vetter Prinz Mindavis! Überreicht es ihm persönlich und wartet auf die Antwort!"

Thalion sah seinen neuen Herrscher völlig verblüfft an. Was mochte dieser Befehl – und dass es einer war, daran konnte kein Zweifel bestehen – zu bedeuten haben? Sehr zögernd nahm er die Schriftrolle entgegen und ließ sich doch zu einer Frage hinreißen.

„Majestät, mit Verlaub, Prinz Mindavis ist Euer erklärter Feind. Wie könnt Ihr erwarten, von ihm eine Antwort zu erhalten?"

Ein wissendes Lächeln legte sich auf Aviyans Züge, als er seinen vertrauten Soldaten ansah und dann erklärte: „Auf dieses Schreiben wird er antworten, Hauptmann! Es bleibt ihm gar nichts anderes übrig, weil es ihn sonst seine Ehre kostet!"

Für Thalion wurde die Sache immer undurchschaubarer, bis er plötzlich zu verstehen glaubte, was diese Schriftrolle für eine Nachricht in sich barg.

Äußerst erregt wollte er wissen: „Aber Prinz, Ihr habt doch nicht etwa …? Ich meine …"

Weiter kam er nicht, während Aviyan mit ernstem Gesicht seine Vermutung bestätigte: „Doch, Hauptmann, genau das habe ich getan! Mit dieser Schriftrolle überbringt Ihr meine offizielle Herausforderung zum Zweikampf! Deshalb müsst Ihr sie ihm auch persönlich übergeben. Und ich will keine Ausflüchte hören, meine Entscheidung ist gefallen!"

Thalion hatte bereits zu einer Entgegnung angesetzt, schluckte die Worte, die ihm schon auf der Zunge lagen, aber wieder herunter. Er packte die Rolle fester, verbeugte sich zur Ehrerbietung und marschierte aus dem Raum, dessen Türen hinter ihm von zwei Dienern geschlossen wurden. Mit einem solch heiklen Auftrag hatte er nun wirklich nicht gerechnet, als er zum Thronfolger gerufen worden war. Noch konnte er die Beweggründe des jungen Herrschers nicht verstehen, hielt es einfach nur für falsch, so etwas zu tun, und doch war er verpflichtet, diesen Befehl auszuführen, während sich Aviyan bereits auf den Weg zum Speisesaal machte, um mit seinen Gästen aus der Welt der Menschen an diesem Abend gemeinsam zu essen.

Und die Tatsache, dass der Prinz ihnen beim Essen wieder Gesellschaft leistete, bereitete Kaïtara eine besondere Freude. Er musste zwar langsam gehen und tat es auch noch etwas ungelenk, aber er stand auf seinen eigenen Beinen. Anscheinend hatte er sich in nur zwei Tagen fast völlig von allen Verletzungen erholt. Mit einem strahlenden Lächeln sah sie ihm entgegen, als er an die Tafel trat und seinen Platz am Kopf des Tisches einnahm.

Mehr als einmal wanderte sein Blick während des Essens zu ihr, worauf sie aber meistens etwas beschämt die Augen senkte, damit ihre Eltern es nicht bemerkten. Mit Stolz trug sie jetzt auch die Kette mit dem grünen Stein, die er ihr geschenkt hatte, und verbarg sie nicht mehr unter dem Kleid. Doch kaum, dass sie beim Nachtisch angelangt waren, sollte die gute Stimmung des Abends plötzlich kippen, da Aviyan wahrheitsgemäß auf eine Frage des Inspektors antwortete.

„Was haben Sie jetzt vor, Prinz, ich meine in Beziehung auf Ihren Vetter Mindavis? In zwei Tagen ist die Beisetzung des Königs, da wird man Sie doch als seinen Nachfolger benennen. Nicht wahr?"

Aviyans Gesicht hatte sofort einen ernsten Ausdruck angenommen, doch er war auch nicht bereit zu lügen.

„Darüber habe ich mir selbstverständlich auch meine Gedanken gemacht, Inspektor, und ich bin zu dem Schluss gekommen, dass auf keinen Fall mein Volk unter der Frage der Nachfolge zu leiden haben soll. Denn ich befürchte, dass Mindavis sofort einen Krieg anzetteln wird."

„Und wie wollen Sie das verhindern, Majestät? Ich denke, das dürfte nicht so einfach sein."

„Nun", meinte Aviyan gedehnt, wobei er es vermied, Kaïtara direkt anzusehen. „Mir ist bereits eine Lösung des Problems eingefallen."

„Oh, da bin ich aber gespannt, was Sie tun wollen. Natürlich nur, wenn Sie mir das auch mitteilen wollen", schränkte Jamie ein.

Ihm war die Spannung, während er auf eine Antwort wartete, direkt anzumerken. Doch das, was der Prinz dann offenbarte, verschlug ihm zunächst die Sprache.

„Ich habe bereits einen Boten zu Mindavis geschickt, um ihm meine Herausforderung zu einem Zweikampf zu überbringen, den ich direkt nach der Beisetzung meines Vaters austragen will."

Nach dieser Eröffnung herrschte plötzlich eine Totenstille im Raum. Alle hatten aufgehört zu essen und blickten Aviyan mit offenem Mund an. Selbst die Diener, die sich im Raum befanden, standen wie erstarrt. Doch nur Jamie fand in diesem Moment den Mut, sich dazu zu äußern.

„Sie haben – was? Das … das ist doch geradezu, entschuldigen Sie bitte den Ausdruck, aber das ist doch archaisch! Das können Sie doch nicht tun!"

„In Ihrer Welt mag das so sein, Mr. Richards", antwortete ihm Aviyan völlig ruhig, „aber in meiner Welt kommt dergleichen durchaus vor, wenn ich mich auch nicht daran erinnern kann, dass jemals der Streit um den Thron in einem Zweikampf eskaliert wäre."

Die beiden Frauen saßen still da, blickten nur von einem zum anderen, während Kaïtara inzwischen begriff, was das für Ihren geliebten Aviyan bedeuten konnte. Womöglich ging er freiwillig in den Tod! Das durfte nicht geschehen! Nie und nimmer!

„Aber … aber Mindavis wird doch versuchen, dich zu töten!", brachte sie angstvoll hervor.

Erst jetzt sah der Prinz sie wieder direkt an und meinte sehr ruhig: „Das ist gewöhnlich der Sinn eines Zweikampfes, meine Liebe."

Jetzt stand nur noch blankes Entsetzen in ihrem Blick. Sie konnte es einfach nicht fassen!

„Aber … machen Sie es da Ihrem Vetter nicht etwas zu leicht?", hakte Jamie nach.

„Ganz und gar nicht, Mr. Richards, da ich als Geschädigter bei der ganzen Sache auf die Wahl der Waffen und des Kampfortes bestanden habe. Und ich kann mir nicht vorstellen, dass mein Vetter es inzwischen zu einer ausgefeilten Kampfkunst im Umgang mit Schwert und Dolch gebracht haben sollte, während es seit jeher meine Paradewaffen sind. Ihr sprecht vorhin davon, das sei archaisch, Inspektor. Ist es weniger archaisch, wenn sich ein Volk, Bruder gegen Bruder, bekämpft, nur weil sie zwei verschiedenen Herrschern ergeben sind? Das doch wohl kaum, nicht wahr? Dann sollen doch besser nur die beiden – wie sagt man bei Euch? – Streithähne ihr Leben riskieren!"

Bestürzt über diese Ausführungen, musste der Inspektor einsehen, dass der Prinz nicht ganz unrecht hatte. Aber musste es deshalb gleich einen Kampf auf Leben und Tod geben? Das bezweifelte er, aber er konnte sich doch auch nicht so einfach in eine alte Tradition einmischen, die bereits seit Jahrhunderten bestand, und das auch noch in einer völlig anderen Welt, die ganz anderen Gesetzen unterlag.

Aus diesen Gründen beendete Jamie die Diskussion von sich aus, indem er sagte: „Ich kann und will mich nicht in Ihre Gesetze und Entscheidungen einmischen, Prinz. Ich wollte nur meine Bedenken kundtun und Ihnen klarmachen, dass ich diesen Schritt von Ihnen nicht verstehen kann."

„Aber …!"

„Kaïtara, nicht!", fiel Sandy ihrer Tochter schnell ins Wort, als diese aufsprang, weil sie weder Aviyans Entscheidung noch den Rückzieher ihres Vaters verstehen konnte.

Kaïtara sah, hörte und sprach nur mit ihrem Herzen, das wusste ihre Mutter nur zu gut. Doch in diesem Fall durfte sie sich nicht einmischen, deshalb wies sie ihre Tochter so scharf zurecht.

„Aber, Mom …", versuchte sie es erneut.

„Nein!", fuhr ihr Sandy über den Mund, worauf ihre Tochter, die ja schon stand, völlig unbeherrscht und ungehörig aus dem Saal rannte.

Entsetzt über ihr Verhalten, sah sich Sandy zu einer Entschuldigung gezwungen und sagte: „Sorry, Majestät, aber ich muss mich für unsere Tochter entschuldigen. So kenne ich sie gar nicht. Ich weiß nicht, was in sie gefahren ist."

„Lasst sie nur, Mrs. Richards. Ich kann sie sehr wohl verstehen, und ich nehme ihr diesen kleinen Gefühlsausbruch auch nicht übel", versicherte der Prinz so gelassen, als wüsste er nicht, dass er in zwei Tagen möglicherweise sein Leben verlieren würde.

Es wird niemanden wundern, dass nach diesem unerfreulichen Gespräch die Tafel schon bald aufgehoben wurde und sich die Anwesenden in ihre Zimmer und Gemächer zurückzogen. Sandy versuchte zwar noch mit ihrer Tochter zu reden, doch diese verweigerte ihr den Zutritt, da sie rasch die Tür verschloss, sodass sich ihre Mutter unverrichteter Dinge wieder zurückziehen musste. Sie hörte nur noch Kaïtaras leises Weinen durch die Tür, das sie im Herzen schmerzte. Zu gerne hätte sie ihre Tochter über den ersten Liebeskummer hinweggetröstet, doch das war ihr so nicht möglich.

Aber auch Prinz Aviyan litt unter dieser Situation, schließlich hatte er schon längst sein Herz an dieses hübsche junge Mädchen verloren, und er wollte diese Situation auf keinen Fall auf sich beruhen lassen. Allerdings fürchtete er auch, dass sie seiner Aufforderung, zu ihm zu kommen, nicht Folge leisten würde. Deshalb entschloss er sich, noch am späten Abend selbst zu ihr zu gehen. Seine Dienerschaft und die Wachposten waren verschwiegen, das wusste er. Es würde keinen Tratsch und Klatsch deswegen im Schloss geben.

Da der Weg zu ihrem Zimmer jedoch ein ganzes Stück den Gang hinunter reichte, benutzte er einen geschnitzten Stock als Gehhilfe, da er seinen Beinen noch immer nicht voll vertrauen durfte, steckte zuvor noch eine Schachtel mit einem weiteren Schmuckstück ein, das einmal seiner eigenen Mutter gehört hatte, und machte sich dann auf den Weg die lange, breite Treppe hinauf in den ersten Stock und den Gang entlang, der ihn zu ihrem Zimmer führen musste. Die Posten sahen ihm überrascht entgegen, verbeugten sich und ließen kein Wort darüber verlauten, dass es doch recht ungewöhnlich wäre, dass sich seine Majestät selbst auf den Weg gemacht hatte. Schließlich brauchte er sonst doch nur zu befehlen, damit seine Wünsche erfüllt wurden. Schließlich würde es niemand wagen, sich seinem Befehl zu widersetzen!

Als Aviyan Kaïtaras Zimmer erreichte, schickte er mit einer Handbewegung den Posten den Gang hinunter, er musste ja nicht mit anhören, was sie vielleicht durch die Tür besprachen, dann klopfte er und rief: „Kaïtara, ich bin es! Aviyan! Machst du mir auf?"

Dass er ihr Zeit geben musste, war ihm klar, also stützte er sich auf den Stock und wartete. Gerade als er erneut klopfen und rufen wollte, drehte sich der Türknauf, und er erblickte durch den schmalen Spalt, den die Tür freigab, ihr verweintes und trotzdem hübsches Gesicht. Ihre braunen Augen erschienen ihm in dem Dämmerlicht auf dem Gang dunkler, als sie es in Wirklichkeit waren. Die langen Haare hingen ihr etwas wirr um den Kopf, da sie sich zum Teil aus dem Zopf, der ihr über den Rücken hing, gelöst hatten.

„Darf ich eintreten?"

Diese schlichte Frage wurde so leise gestellt, dass sie garantiert keiner der Posten hören konnte, die vor den anderen Türen standen, und Kaïtara zog den Spalt tatsächlich etwas weiter auf, sodass er ohne Probleme in ihr Zimmer schlüpfen konnte. Er blieb noch etwas unschlüssig ihm Halbdunkel, denn sie hatte keine Kerze angezündet, stehen und hörte, wie sie die Tür wieder ins Schloss drückte und dann auch den Schlüssel herumdrehte, sodass sie ungestört waren. Fragend sah sie zu ihm auf und wischte sich mit einem Tuch über die Augen und die Wangen.

Er wollte schon mit einer Erklärung für seinen Besuch ansetzen, da sagte sie, eben typisch Frau: „Ich muss schrecklich aussehen. Musst du gerade jetzt kommen?"

Im ersten Moment fühlte er sich überfahren von ihrer barschen Art, dann begriff er, dass es ihr wohl nur peinlich war, dass er sie so sah, und meinte: „Nein, Kaïtara, du siehst wie immer hinreißend aus!"

Bei diesem Kompliment streckte er die Hand nach ihrem Haar aus und steckte ihr eine der herausgelösten Strähnen hinter das Ohr.

„Du bist und bleibst das schönste Mädchen, das mir je begegnet ist, und deshalb bin ich auch hier."

„Du hältst mich für hübsch?"

„Natürlich. Hat dir das denn noch niemand gesagt? Du musst in deiner Welt doch zahllose Verehrer haben. Obwohl …"

Er brach ab, weil er sie nicht beleidigen wollte.

„Obwohl was?", hakte sie ungehalten nach.

„Verstehe mich jetzt bitte nicht falsch, aber ich hatte im Park hinter eurem Haus den Eindruck, dass du noch nie richtig geküsst worden bist."

Erschrocken wich sie einen Schritt vor ihm zurück und fragte schüchtern: „Das … das hast du bemerkt?"

„Ähm, ja", gab er zu, „aber ich würde es dir gerne beibringen, wenn du es mir erlaubst."

Jetzt war sie völlig verwirrt und wusste gar nicht mehr, was sie denken sollte, doch da packte er bereits ihre Hand und zog sie zu dem Kanapee, von denen auch in diesem Zimmer eines als Sitzmöbel stand.

„Du erlaubst mir doch, dass ich Platz nehme?"

Er fragte sie zwar der Höflichkeit wegen, doch wartete er erst gar keine Antwort ab, sackte auf das Polster nieder, ließ den Gehstock zu Boden fallen und zog sie einfach neben sich herunter, sodass sich ihre Gesichter ganz nahe waren. Und bevor sie sich noch anders entscheiden konnte, lag sie bereits in seinen Armen. Sie spürte seine Lippen so anschmiegsam auf den ihren, dass sie kaum glauben konnte, was da mit ihr geschah. Sie ließ ihn einfach gewähren, fühlte, wie sein Mund fordernder wurde, und sie konnte gar nichts dagegen tun, dass sich ihre Lippen plötzlich wie von selbst öffneten und seine Zunge dazwischenglitt. Sie erkundete ihre Mundhöhle, schlang sich um ihre eigene Zunge und zeigte ihr, was es bedeutete, wirklich zu küssen. Kaïtara ergab sich ihm und seiner Zärtlichkeit einfach, ließ ihn tun, wonach ihm verlangte, und als sein Mund weiter über ihre Wange wanderte und seine Zähne an ihrem Ohrläppchen knabberten, da ließ sie auch das geschehen. Erst als er wieder von ihr abließ, wagte sie es, mit ihrer rechten Hand über sein Haar zu streichen und nach den Spitzen seiner Elfenohren zu fühlen, tastete an ihnen entlang und kam zu dem Schluss, dass sie sich ihn ohne diese markanten Zeichen gar nicht vorstellen konnte. Sie gehörten einfach zu ihm.

„Du hast mich verzaubert, Kaïtara", flüsterte er ihr ins Ohr. „Seit dem Moment, da ich in deine Welt gekommen bin, habe ich gespürt, dass du etwas Besonderes für mich bist, dass du mein vorgezeichnetes Schicksal bist. Keiner anderen als dir möchte ich meine ganze Liebe schenken!"

Erneut küssten sie sich so innig, dass sie ihm im Stillen recht geben musste. So war sie noch nie zuvor geküsst worden, noch nie hatte sie so stark empfunden, wie das bei ihm der Fall war. Zwischen ihnen schien die Luft zu prickeln, als sei sie elektrisch aufgeladen. Und doch löste sie sich jetzt aus seiner Umarmung, richtete sich etwas auf und sah ihm forschend in die dunklen Augen, in denen sie fast zu versinken glaubte.

„Wenn du so viel für mich empfindest, Aviyan, wie kannst du dann diesen Kampf wollen? Wieso gehst du dann das Risiko ein, in zwei Tagen vielleicht zu sterben? Du kannst doch deine Unsterblichkeit nicht einfach so wegwerfen!"

„Oh, Kari", stöhnte er auf, „bei allem, was mir heilig ist und was ich liebe, an erster Stelle dich, bei all dem kommt trotzdem noch zuerst das Volk der Elfen, mein Volk! Von ihm muss ich Schaden, Leid und Trauer fernhalten! Ihm werde ich bei der Krönung meinen Eid schwören! Deshalb darf es zu keinem Krieg kommen! Und ich glaube ganz fest, dass nur dieser Zweikampf einen solchen noch verhindern kann. Immerhin hat Mindavis meinen Vater, den König, den das Volk sehr geliebt hat, umbringen lassen, dafür werden sie Rache einfordern. Doch diese Genugtuung steht in erster Linie mir als seinem Sohn zu. Und egal, ob ich nun siege oder untergehe, es wird mir damit gelingen, einen Krieg zu verhindern, in dem es viele unschuldige Opfer geben würde. Das musst du doch verstehen!"

Einen Moment lang schien sie zu überlegen, starrte vor sich auf ihre Hände, von denen eine den grünen Stein umklammert hielt, bis sie ihn plötzlich wieder ansah.

„Verstehen vielleicht", kam es leise über ihre Lippen, „aber ganz sicher nicht gutheißen. Was nützt du mir als Toter, dein Herz durchbohrt von einem Schwert? Ich möchte doch mein Leben mit dir teilen, dazu brauche ich dich! Lebend!"

„Und du wirst mich auch lebend bekommen, Kari, mein Liebling. Bis dahin muss dir die Erinnerung an unsere Küsse und das hier", er hielt plötzlich die kleine Schachtel in der Hand, die er zuvor eingesteckt hatte, „leider genügen."

Er nahm den Deckel ab, und ihr Blick fiel auf einen weiteren wunderschönen grünen Stein, gefasst in Gold, das im Sonnenlicht herrlich leuchten würde. Er nahm ihn heraus, machte sich an der Kette zu schaffen, die sie bereits um ihren Hals trug, und befestigte auch den zweiten Anhänger, der sich auf wunderbare Weise mit dem ersten zu einer Einheit zu verbinden schien. Sie schmiegten sich aneinander, als seien sie dafür gemacht.

„Trage diese Kette mir zuliebe. Sie steht für unsere Liebe zueinander und dafür, dass wir zueinander gehören, gerade so, wie es diese beiden Steine tun."

Verwundert blickte Kaïtara auf die grün funkelnden Edelsteine. Welcher wunderbare Zauber mochte dahinterstecken, dass diese Steine jetzt plötzlich eine Einheit bildeten?

„Du kannst die Steine auch wieder trennen", erklärte ihr der Elfenprinz, „doch es würde bedeuten, dass auch wir getrennt sind und damit unsere Liebe. Das solltest du bedenken! Mein Vater hat diese magischen Steine getrennt, als meine Mutter gestorben ist. Sie hat sie bis dahin getragen. Und nun sollen diese Steine für unsere Liebe zueinander stehen und dürfen erst wieder getrennt werden, wenn diese Liebe nicht mehr besteht. Willst du mir das versprechen?"

Tränen standen in Kaïtaras Augen. Konnte es eine schönere Liebeserklärung geben?

„Du … du darfst nicht gegen Mindavis kämpfen! Bitte, tu es nicht! Ich könnte es nicht ertragen, wenn er dich töten würde!"

Er strich zärtlich über ihre vor Erregung gerötete Wange und fragte: „So sehr liebst du mich? So viel Angst hast du um mich?"

Sie nickte stumm und senkte den Blick, denn sie kannte seine Antwort ja schon, als er sich jetzt aus ihrer Umarmung befreite und aufstand.

„Ich würde dir gerne jeden Wunsch erfüllen, meine Liebe, aber gerade diesen einen nicht, nein, es … geht nicht!"

Damit wandte er sich um, hob den Gehstock auf und ging zur Tür. Nicht einen einzigen Blick warf er mehr zurück, sosehr sie sich das nach seinem Liebesgeständnis auch gewünscht hätte. Sie konnte ja nicht ahnen, dass er es nur deshalb nicht tat, um nicht doch noch einen Rückzieher zu machen, ihr zuliebe, denn das durfte nicht sein. Auf keinen Fall!

Nicht nur Kaïtara fand in dieser Nacht keinen Schlaf, auch Prinz Aviyan warf sich hin und her und schaffte es kaum, seine Gefühle und Sehnsüchte zu unterdrücken. Beim Frühstück ließ sich das junge Mädchen entschuldigen, sie konnte ihm jetzt nicht in die Augen sehen, ohne in Tränen auszubrechen.

Jamie schob das seltsame Verhalten seiner Tochter und die Einsilbigkeit des Prinzen während der nächsten beiden Tage auf die Aufregung vor dem bevorstehenden Kampf, doch Sandy wusste es besser. Sie hatte all die verwirrenden Gefühle, die ihre Tochter beherrschten, bei einer einzigen Berührung bereits gespürt, sie wusste, was Kaïtara plagte und konnte sie verstehen. Auch Sandy wünschte sich, dass Aviyan den Zweikampf gewinnen mochte, doch ihr war auch bewusst, dass sie ihre Tochter dann verlieren würde. Und sosehr sie sich das große Glück für sie auch wünschte, so sah sie auch, wie jung das Mädchen noch war, und dass ihre Entscheidung vielleicht doch nur einer ersten Schwärmerei entsprang. Wie auch immer der Kampf ausgehen mochte, sie würde als Mutter wohl handeln müssen, wenn sie ihre Tochter nicht verlieren wollte, denn sie hielt es sogar für möglich, dass diese im Falle, dass der Prinz sterben würde, sogar bereit war, ihm in den Tod zu folgen! Und das konnte sie auf gar keinen Fall zulassen!

In den nächsten zwei Tagen schichteten die Wachsoldaten einen großen Scheiterhaufen auf dem freien Platz vor der Brücke auf, die zum Palast führte. Auf ihm sollten die sterblichen Überreste des alten Elfenkönigs Kelanar den Flammen übergeben werden, die die Elfe Linuma, die Lichterbraut, auf magischem Wege entzünden würde. Inzwischen waren auch schon viele Elfen aus dem Volk des Prinzen eingetroffen, um von ihrem alten König Abschied zu nehmen. Die Nachricht von seinem Tod hatte sich wie ein Lauffeuer im Elfenreich verbreitet. Und allen wurde gestattet, den Scheiterhaufen mit dem Körper des Toten im stillen Gedenken zu umrunden. Da auch Aviyans Gäste an der Zeremonie teilnehmen sollten, hatte man ihnen schwarze Kleider und eine schwarze Uniform gebracht, in denen sie hinter dem Prinzen durch das Tor und dann über die Zugbrücke schritten. Die Elfe Linuma erwartete den Prinzen bereits direkt am Scheiterhaufen, den auch er noch einmal zu Fuß umrundete, bis man ihm eine Fackel reichte, die jedoch noch nicht entzündet war, denn für die magischen Flammen musste die Lichterbraut sorgen, wie Sandy ihrer Familie erklärt hatte. Dazu würde sie die Strahlen der Sonne mit ihren bloßen Händen einfangen, bündeln und zu einer Flamme formen, ein Vorgang, den sich weder Kaïtara noch ihr Vater recht erklären konnte, denn er bestand nun einmal aus Magie.

Gespannt verfolgte Sandy jede Bewegung der Elfe, die jetzt knapp vor dem Prinzen stehen blieb, sich verbeugte und zwischen ihren Händen den Kopf der Fackel ergriff. Laut rief sie einige magische Worte, deren Bedeutung selbst Sandy nicht zu verstehen vermochte, einmal gen Himmel und einmal gen Erdboden. Und während Aviyan noch immer den Griff der Fackel hielt, zog sie ihre beiden Hände seitlich weg, zwischen denen jetzt plötzlich ein helles Leuchten erschien, ein Leuchten, das in ein Flackern überging, als die Flammen den Fackelkopf ergriffen und in Brand setzten. Sowohl Jamie als auch seine Tochter hatten durch Sandy schon viele seltsame, unerklärbare Dinge gesehen und erlebt, doch dieser Vorgang war etwas ganz Besonderes für sie. Die Flammen wurden anscheinend aus den Handflächen der Elfe gezogen, ohne ihr selbst zu schaden. Dann trat sie zurück, und der Prinz stieß die brennende Fackel tief in das trockene Holz des Scheiterhaufens, der sofort Feuer fing und von Flammen umhüllt wurde. Es war eine einfache und trotzdem würdevolle Zeremonie, mit der der alte König verabschiedet wurde.

Nicht weit vom Ort mit dem Scheiterhaufen entfernt, befand sich ein Talkessel mit flachem Boden, der ideale Platz für den bevorstehenden Zweikampf. Doch Prinz Aviyan verweilte so lange am letzten Ruheplatz seines Vaters, bis die Flammen heruntergebrannt und in sich zusammengefallen waren. Erst als nur noch glimmende Überreste vorhanden waren, erhob er sich von den einfachen Stühlen, die einige Diener zuvor ihm und seinen Gästen gebracht hatten.

Fast zeitgleich meldeten zwei Wachsoldaten die Ankunft von Mindavis und seinen Wachen, die direkt zum Platz des Zweikampfes ritten, um dort auf Aviyan, den Herausforderer zu warten. Dieser streifte bereits seine Uniformjacke ab und nahm von Hauptmann Thalion, der die Familie Richards erneut zu einer erhöht stehenden Gruppe von Stühlen geleiten sollte, auch seine Waffen entgegen, ein langes zweischneidiges Schwert, ein Eineinhalbhänder, das im Notfall auch mit beiden Händen geführt werden konnte, und einen langen Dolch, dessen Griff kunstvoll verziert war. Dieselben edlen Waffen überbrachte er auch dem Gegner des Prinzen, der sie mit ausdruckslosem Gesicht entgegennahm.

Mindavis trug offen seinen Hass auf das Familienmitglied zur Schau, dem in der Rangfolge um den Thron nun einmal der erste Platz zustand. In seinem kantigen Gesicht mit den vorstehenden Wangenknochen und der Hakennase standen die Augen etwas zu dicht beisammen. Sie funkelten seinem Gegner in einem kalten Eisblau entgegen, das kein Erbarmen erkennen ließ. Kaïtara war sich bei seinem Anblick sicher, dass er seinen Gegner bis zum letzten Atemzug bekämpfen und keine Gnade kennen würde. Sie hatte plötzlich den Eindruck, dass Mindavis kein guter König sein würde, wenn ihm denn das Glück beschieden sein sollte, aus diesem Kampf als Sieger hervorzugehen.

Erschrocken über ihre eigenen Gedanken, richtete sie ihren Blick auf Aviyan, der gerade den Hauptweg zwischen den zahlreichen Zuschauern hinunter zum Kampfplatz ging. Er trug nur noch wenig Kleidung, um sich besser bewegen zu können, doch für alle sichtbar steckte der Dolch mit der langen Klinge in seinem Gürtel, und er trug das Schwert seines Vaters vor sich in den Händen. Von der anderen Seite dieser Arena trat ihm Mindavis, der ihm an Körpergröße und Kraft wahrscheinlich gleichkam, entgegen. Beide Kontrahenten hatten auf jeglichen Schutz durch eine lederverstärkte Rüstung verzichtet, wer hier von seinem Gegner getroffen wurde, würde wohl kaum eine Chance mehr haben, dem tödlichen Stoß zu entgehen.

Als Kaïtara diese Tatsache erkannte, durchfuhr sie ein eisiger Schreck. War Aviyan denn lebensmüde? Das konnte doch nicht gut gehen! Aus dem Augenwinkel registrierte sie, dass Aviyans Soldaten die Begleiter von Mindavis quasi umzingelten, damit sie nicht unfairerweise in den Kampf eingreifen konnten, schließlich sollten beide Kämpfer die gleichen Chancen haben. Inzwischen saß Kaïtara zwischen ihren Eltern und knetete nervös ihre schmalen Hände. Sie spürte bereits jetzt, obwohl der Kampf noch gar nicht begonnen hatte, ihr Herz bis zum Hals schlagen, und eine unerklärliche Angst um Aviyan hatte sie ergriffen. War es denn möglich, dass sie ihn bereits so sehr liebte?

Eigentlich mochte Kaïtara diesen Kampf gar nicht mit ansehen, doch sie wollte den Prinzen durch ihre Anwesenheit auf jeden Fall unterstützen, wollte ihm Mut machen und ihm Kraft geben. Sie trug weithin sichtbar auf ihrem Kleid den doppelten grünen Stein an der Goldkette, den sie für keinen Preis der Welt abgelegt hätte. Jetzt, nachdem der Prinz seine Jacke ausgezogen hatte und kaum mehr als ein Trägerhemd trug, sah man erst so richtig deutlich, wie muskulös sein Oberkörper war, welche Kraft in ihm stecken musste, die er auch benötigen würde, um dieses große Schwert zu schwingen, dass so mancher kaum hätte heben können.

Doch auch Mindavis war sicher nicht zu unterschätzen. Er stand seinem Gegner, was den Körperbau betraf, wohl in nichts nach. Aber würde er auch genauso schnell und wendig sein? Aviyan glaubte ja, dass seine Technik nicht besonders ausgefeilt sei. Aber vielleicht hatte er das nur gesagt, um seine Gäste, in erster Linie sie selbst, nicht zu beunruhigen. Nun hatten beide den Talgrund erreicht und gingen aufeinander zu. Dort warteten bereits zwei Soldaten, die ihnen die großen schweren Schutzschilde überreichen würden.

Selbst jetzt wollte Prinz Aviyan seinem Gegner noch eine Chance geben, um den Kampf zu vermeiden, indem er ihm anbot: „Mindavis, ich bin bereit, alles zu vergessen, was zwischen uns steht, wenn du jetzt die Waffen niederlegst und gehst. Dann verlange ich nicht einmal eine Entschuldigung von dir!"

„Was du nicht sagst, Vetter! Aber nicht mit mir!"

Seine Worte drückten all den Hass aus, den er auf seinen Verwandten empfinden musste und noch bevor das letzte Wort ganz von seinen Lippen gekommen war, riss er das schwere Schwert nach oben, um den ersten Schlag zu führen. Doch Aviyan, der mit einer Hinterlist gerechnet hatte, parierte sofort. Die in der Sonne blitzenden Klingen krachten aufeinander, dass es einen weniger Geübten wohl zu Boden geschmettert hätte, doch nicht so Prinz Aviyan, der auch noch rasch seinen Schild zur Verteidigung hochgebracht hatte. Er benötigte nicht einmal eine Sekunde, dann ging er seinerseits zum Angriff über und ließ sein Schwert nach unten sausen. Mindavis duckte sich rasch, wobei er in derselben Bewegung seine Waffe nach oben brachte und den Schlag abwehrte. Fast schien es Aviyan, als habe sein Vetter mit einem Zweikampf und mit der Wahl dieser Waffen gerechnet. Er musste trainiert haben, anders konnte es nicht sein.

Aber der Prinz war mit seinem Können noch längst nicht am Ende. Er deckte seinen Gegner mit schnell aufeinander folgenden Schlägen und Hieben ein, die mit brutaler Macht auf Schwert und Schild seines Gegners krachten, ohne dass dieser überhaupt zu einem Gegenangriff kam. Es wurde dadurch sehr deutlich, dass er jetzt weder Gnade noch Rücksicht kennen würde. Dabei führte er sein Schwert weiterhin mit einer Hand und legte alle Kraft in seine Schläge, die ihm nur möglich war. Und tatsächlich schaffte er es, Mindavis am linken Oberarm zu verletzen, da er dessen Verteidigung mit dem Schild unterlief und es wegstoßen konnte. Plötzlich zeichnete sich auf dem Arm eine stark blutende Fleischwunde ab. Aber Aviyan wusste nur zu gut, dass er damit noch längst nicht gewonnen hatte, denn die Wunde würde noch im Verlauf des Kampfes zu heilen beginnen und seinen Vetter nur geringfügig in seinem Handeln behindern. So konnte er ihm nicht beikommen.

Und wenn dieser überhaupt Schmerz verspürte, so zeigte er ihn nicht. Die Sache hatte ihn hingegen nur noch wütender gemacht. Der Schmerz trieb ihn anscheinend an, er schien alle Vorsicht zu vergessen und schlug, mit nur einer Hand die Waffe führend, auf Prinz Aviyan ein. Jetzt war die Reihe, zurückzuweichen, an diesem, wenn er denn den Hieben noch entgehen wollte. Man merkte beiden Kontrahenten an, dass es sich hierbei um einen Kampf auf Leben und Tod handelte, keiner war mehr gewillt, den anderen zu schonen.

Kaïtara hatte ihr Gesicht schon längst in ihren Handflächen verborgen, denn diesem gnadenlosen Kampf konnte sie einfach nicht mit ansehen. Nur hin und wieder wagte sie einen Blick durch ihre Finger hindurch auf die Kämpfenden, als genau in einem solchen Moment Aviyan von einem mächtigen Schlag zu Boden gestreckt und unter seinem Schild fast begraben wurde. Ein Aufschrei ging durch die Menge der zuschauenden Elfen, und auch sie stieß einen entsetzten Schrei aus, als Mindavis über seinem am Boden liegenden Gegner triumphierte, sein Schwert hob und nach unten sausen ließ.

Keiner hätte in diesen Sekunden dem Thronfolger wohl noch eine Chance eingeräumt, der den jetzt störenden Schild einfach von sich warf und sich damit seiner eigenen Deckung beraubte. Das herabsausende Schwert musste einfach seine Brust und sein Herz durchbohren, doch Aviyan zeigte einmal mehr seine Schnelligkeit und Gewandtheit. Als der tödliche Stahl nach unten fuhr, traf die Spitze nur in den Boden, so schnell hatte er sich zur Seite gerollt und sprang jetzt keuchend auf. Er war vor Anstrengung in Schweiß gebadet, sodass der Staub des Bodens an seinem Körper klebte, aber er gab nicht auf, nie und nimmer! Erneut stellte er sich dem Kampf.

Und er hatte damit zumindest eines erreicht: Mindavis war wütend und unbeherrscht geworden! Er wollte diesen Kampf jetzt endgültig zu Ende bringen und wurde dadurch unvorsichtig. Viel zu wild und unbeherrscht griff er an, vernachlässigte seine Deckung und gab Aviyan damit die Möglichkeit, erneut zu punkten. Seine Schwertspitze ratschte über dessen Brust, schlitzte das Hemd auf und hinterließ eine rote Spur seines Blutes. Die Wunde war nicht schlimm, genau wie die zuvor, aber sie würde höllisch brennen, bis die Heilung einsetzte, dessen war sich Kaïtara sicher, die nun doch wieder zusah. Ihre rechte Hand umklammerte den grünen Doppelstein, als könne sie ihrem geliebten Aviyan damit aus der Ferne Kraft geben.

Dieser hatte sich jetzt wieder gefangen und griff an, hieb schnell und gezielt auf seinen Gegner ein, der sich nur noch verteidigen konnte, doch dann stolperte Aviyan, als er rückwärts ausweichen musste. Er stolperte und stürzte zu Boden, dass ein vielstimmiger Aufschrei durch die Menge der Elfenzuschauer ging. Mindavis ließ seine Schwertspitze nach unten sausen, wollte das Herz seines Gegners durchbohren, doch auch diesmal retteten diesen seine schnellen Reflexe. Er vermochte sich noch so weit zu drehen, dass die Waffe nicht seine linke, sondern nur die rechte Brustseite durchbohrte, doch kam diese Verletzung trotzdem einem Todesurteil gleich. Was sollte er in dieser Situation Mindavis noch entgegensetzen, wie ihm jetzt noch Paroli bieten?

Das erkannte natürlich auch sein Vetter, der sein Schwert zurückriss, seinen Schild zur Seite warf, um gleich noch einmal, diesmal jedoch gezielter, und mit beiden Händen das Schwert haltend, zuzustoßen. Ein Schmerzensschrei entrang sich bei dieser Aktion Aviyans Kehle, sein eigenes Schwert entfiel seiner plötzlich kraftlosen Hand, während Mindavis seine Waffe anhob und diese nun mit aller Wucht in die ungeschützte linke Brustseite und damit in das Herz seines Gegners bohren wollte.

Kaïtara war aufgesprungen, einen Schrei des Entsetzens ausstoßend, der in den vielstimmigen Schreien der von diesem Ausgang des Kampfes erschütterten Elfen jedoch unterging. Und dann geschah das, womit keiner mehr gerechnet hatte, denn Aviyan sah bereits den Tod in dem hassverzerrten Gesicht seines Vetters über sich, als er in wahrer Todesverachtung mit der rechten Hand seinen Dolch aus dem Gürtel riss und ihn in einer kaum zu verfolgenden, rasend schnellen Bewegung nach oben stieß. Dass er sich dabei selbst die linke Schulter an der Klinge des Schwertes verletzte, war nebensächlich, denn sein Dolch, ein Geschenk seines Vaters, bohrte sich in diesem Moment in die Brust und direkt ins Herz von Mindavis. Dieser taumelte mit einem Ausdruck grenzenlosen Erstaunens auf dem hassverzerrten Gesicht zurück, stolperte über seine eigenen Beine und stürzte rückwärts zu Boden. Das Schwert, das dem wahren Thronfolger außer einem Kratzer nichts mehr hatte anhaben können, fiel neben ihn. Er hauchte sein eigentlich unsterbliches Leben mit einem Fluch auf den Lippen aus, während sich sein Blut auf den Boden des Kampfplatzes ergoss.

Kaïtara hielt es nicht mehr auf ihrem Platz. Sie rannte, so schnell es nur ging, durch die letzten Reihen der Elfen und eilte auf den Kampfplatz. Neben Aviyan ließ sie sich einfach auf die Knie fallen, umfasste seinen Oberkörper und bettete seinen Kopf in ihrem Schoß. Auch wenn er nicht so einfach sterben konnte, so fühlte er doch den Schmerz, dessen war sie sich gewiss. Mit einem Tuch, das sie einfach aus dem Stoff des Kleides herausriss, versuchte sie die Blutung der Wunde zu stoppen, die das Schwert verursacht hatte. Sie strich ihm über das Haupthaar, über seine Wangen und wünschte sich nichts mehr, als dass er wieder zu Bewusstsein kommen möge. Deshalb tat sie etwas, was ihre Eltern und wahrscheinlich auch etliche Elfen sehr verwundern musste, denn sie beugte sich über ihn und drückte ihre Lippen auf die seinen, die jetzt so blass erschienen.

Es dauerte zwar noch ein paar Sekunden, aber das Wunder geschah. Ihr Kuss rief ihn in die Wirklichkeit zurück, und auch wenn er noch starke Schmerzen haben musste, wie sie selbst zu spüren glaubte, da er seine Gefühle nicht mehr gänzlich vor ihr abschotten konnte, so legte sich plötzlich ein schwaches Lächeln um seine Mundwinkel, da er sie erkannte. Und jetzt endlich vermochte auch sie, ihm ihre Liebe einzugestehen.

„Ich liebe dich … Aviyan. Ich … will nicht mehr ohne … ohne dich leben."

Waren es ihre Worte oder der fortschreitende Heilungsprozess, der ihn jetzt richtig lächeln ließ? Sie wusste es nicht, aber sie war sich plötzlich sicher, dass ihr ein Leben an seiner Seite vorherbestimmt war. Ihre Liebe zueinander würde stark genug sein, um alle Hindernisse zu überwinden!

Sie konnte sich darüber keine Gedanken mehr machen, da inzwischen Diener eintrafen, die den Prinzen auf eine Trage hoben, um ihn ins Schloss zu bringen, wo sich die Heilerin um ihn kümmern konnte. Und Kaïtara ließ sich auch nicht abwimmeln, als die schon ältere Elfe alle hinausschickte. Sie sah dem Mädchen nur einen Augenblick lang fest in die braunen Augen, dann nickte sie.

„Sie kann bleiben!"

Das war alles, was sie zu den Wachposten sagte, dann machte sie sich daran, Aviyans Wunden zu versorgen, wobei ihr Kaïtara zur Hand ging. Da er wieder bewusstlos geworden war, bekam er von all dem zum Glück nichts mit, denn es war sicher sehr schmerzhaft, bis die Heilerin saubere Tücher als Verband um die

Verletzungen schlingen konnte. Schließlich sprach die Frau noch einen Heilungszauber über den Prinzen aus und zog sich zurück. Ihre Arbeit war getan. Die Selbstheilungskräfte des Elfen würden für den Rest sorgen. Aber trotzdem war Aviyan sehr schwach. Nach all der Anstrengung hatte er doch auch sehr viel Blut verloren, und vor einer möglichen Infektion der Wunden war auch er nicht gefeit.

Kaïtara beschloss, bei ihm zu bleiben. Sie wollte ihn auf keinen Fall allein lassen, um für ihn da zu sein, wenn er wieder zu sich kam. Sie wollte die Erste sein, die er sah, sobald er das Bewusstsein wiedererlangte. Neben seinem Krankenlager sitzend, bewunderte sie im Stillen die Einrichtung und den guten Geschmack des Prinzen, denn auch ihr konnten dieses Zimmer und die Nebenräume gefallen. War es wirklich möglich, dass sie und Aviyan so viele Gemeinsamkeiten teilten? Wenn es wirklich so war, würde es sie natürlich freuen. Nachdenklich blickte sie in sein jetzt hager wirkendes Gesicht, während sie seine rechte Hand in ihren zarten Händen hielt und ihre Finger sanft über seinen Handrücken strichen.

Sie wusste nicht, wie lange sie schon so gesessen und vor sich hin geträumt hatte, als Aviyan sich schwach zu bewegen begann und anscheinend seine Hand zu sich ziehen wollte. Doch Kaïtara drückte sie leicht und hielt sie weiterhin fest, sodass er nun doch die Augen aufschlug und sie fragend ansah. Ihr Lächeln war ihm zunächst Antwort genug, denn da er sich noch an den Zweikampf erinnerte, wusste er nun, dass er gesiegt hatte. Das Reich der Elfen war von dem Tyrannen Mindavis verschont geblieben, und einen anderen Thronanwärter außer ihm selbst gab es zu diesem Zeitpunkt nicht. Außerdem hatte er den gewaltsamen Tod seines Vaters gerächt, jetzt konnte er endlich auch an sich und sein eigenes Glück denken. Und dieses Glück saß bereits neben ihm, so hoffte er zumindest.

„Kaïtara, hast du … hast du etwa die ganze … Zeit über hier gewartet?", wollte er mit noch schwacher Stimme wissen, denn die Erschöpfung und den Blutverlust hatte er noch längst nicht überwunden.

„Ja, ich bin bei dir gewesen. Ich hätte dich um keinen Preis der Welt allein gelassen! Aber du darfst nicht sprechen, das strengt dich viel zu sehr an."

Jetzt legte sich auch ein zaghaftes Lächeln auf sein Gesicht, obwohl er ihr widersprach: „Wie könnte es mich … mich zu sehr anstrengen, wenn … wenn ich mit der Frau spreche, die ich … die ich über alles lie … liebe."

Zum ersten Mal sprach er in aller Deutlichkeit von seiner Liebe zu ihr! Kaïtara konnte es kaum fassen. Er erwiderte ihre Gefühle für ihn. Mit strahlenden Augen sah sie ihn an und hätte ihn am liebsten auf der Stelle umarmt und bis zur Atemlosigkeit geküsst. Doch dann hätte sie ihm nur unnötige Schmerzen zugefügt, und das wollte sie nicht.

So flüsterte sie nur: „Ich liebe dich auch, Aviyan."

Als seien dies die beruhigenden Worte gewesen, die er gebraucht hatte, schlossen sich seine dunklen Augen wieder, und er schlief ein, schlief seiner Genesung entgegen, da seine Selbstheilungskräfte jetzt richtig arbeiten konnten, nachdem endlich ausgesprochen war, was sie beide sich zuvor nicht getraut hatten, offen zu sagen.

Kaïtara legte seine Hand vorsichtig, als sei sie zerbrechlich, auf das Laken, strich ihm sacht über die Wange und murmelte: „Schlaf gut, und erhole dich bald, Liebster."

Erst dann stand sie auf und drückte ihre Lippen zu einem letzten Kuss an diesem Abend auf seine Stirn und verließ sein Zimmer. Auch sie brauchte jetzt dringend Schlaf, Ruhe und Erholung, denn was sie an diesem Tag erlebt und mit angesehen hatte, war schon fast mehr, als ihre junge Seele verkraften konnte.

Am nächsten Morgen war Kaïtara kaum in das Zimmer des Prinzen geschlüpft, woran sie auch der Wachposten nicht hindern konnte, als dieser gerade wieder erwachte. Noch etwas verwundert blickte er ihr entgegen, weil er nicht fassen konnte, dass sie bei ihm war.

„Du bist hier?"

Seine verwunderte Stimme riss sie aus ihren Gedanken, und sofort strahlte ihr Gesicht, da er nicht nur besser aussah als am Abend zuvor, sondern auch seine Worte schon wieder viel fester klangen.

„Natürlich bin ich da", entgegnete sie und setzte sich sogleich wieder neben das Bett. „Ich werde dich doch jetzt nicht allein lassen, wo es dir schlecht geht."

„Ich fühle mich schon viel besser."

„Du hast auch wieder Farbe im Gesicht. Diese Heilerin wird sicher bald kommen, um nach deiner Wunde zu sehen. Dann schick mich bitte nicht weg."

„Das würde mir nie einfallen! Warst du nicht auch gestern dabei, als sie sich um mich gekümmert hat? Ich erinnere mich nicht mehr so deutlich."

„Ja, das ist richtig", stimmte ihm Kaïtara zu. „Ich bin ihr zur Hand gegangen, soweit mir das möglich gewesen ist."

Er streckte ihr in einer noch etwas hilflosen Geste seine Hand entgegen, die sie auch sofort ergriff.

„Ich muss meinem Schicksal und damit auch Mindavis dankbar sein. Hätten seine Leute mich nicht gejagt, sodass ich das Dimensionstor öffnen musste, dann hätte ich dich wahrscheinlich niemals kennengelernt."

Jetzt lächelte sie einfach und versuchte, das Kompliment, das diese Worte in sich bargen, festzuhalten. Doch sie kam nicht mehr dazu, es auch zu erwidern, da es an der Tür klopfte.

„Das wird Nivâra sein, die Heilerin", erklärte Aviyan. „Ruf sie bitte herein."

Seine Stimme klang noch viel zu schwach, als dass sie bis auf den Gang gereicht hätte, deshalb rief Kaïtara laut, dass sie eintreten solle. Es war auch tatsächlich die Heilerin, die die Gemächer des Prinzen betrat und sowohl ihm als auch seiner Besucherin einen guten Morgen wünschte. Sie trug eine Schachtel mit Heilkräutern bei sich, die sie neben dem Bett abstellte, um sich dann einen weiteren Stuhl heranzuziehen.

„Wie ich sehe, geht es Euch schon besser, Majestät. Trotzdem würde ich mir gerne die Schwertwunde ansehen und neue Heilkräuter auflegen, wenn Ihr erlaubt."

„Aber sicher doch, Nivâra", lautete Aviyans Antwort.

Doch noch bevor er sie bitten konnte Kaïtara nicht hinauszuschicken, sprach sie diese direkt an: „Wollt Ihr mir wieder assistieren? Ihr habt das gestern sehr gut gemacht."

Kaïtara war doch sehr überrascht, nahm aber gerne an: „Danke, Nivâra, das würde ich sehr gerne."

Gemeinsam halfen sie dem Prinzen, sich etwas aufzusetzen, und Kaïtara hielt seinen Oberkörper aufrecht, damit die Heilerin ihm den Verband entfernen und die tiefe Wunde begutachten konnte. Das Mädchen musste sich schon sehr zusammenreißen, um nicht den Blick abzuwenden, da ihr beim Anblick der Verletzung schlecht zu werden drohte, doch dann sah sie Aviyan schnell in die dunklen Augen und unterdrückte das Gefühl. Obwohl er sicher Schmerzen verspürte, versuchte er sie anzulächeln. Nur ein einziges Mal stöhnte er auf, als Nivâra die frischen Heilkräuter auf die Wunde drückte. Sie wusste sehr wohl, dass ihr Herrscher in diesem Moment durch die Hölle ging, obwohl er seine Gedanken und Gefühle erfolgreich abblockte, doch konnte sie ihm die Prozedur nicht ersparen, wenn er recht bald wieder auf den Beinen sein wollte. Nachdem sie erneut einen Verband angelegt hatte, ließ sie ihn mit Kaïtaras Hilfe wieder langsam in die Kissen sinken. Sofort suchte sein verklärter Blick die Frau, die er liebte, und lächelte ihr zu. Sie sollte sich nicht noch mehr Sorgen um ihn machen als unbedingt nötig.

Als die Heilerin ihre Sachen zusammenpackte, war es dann auch Kaïtara, die sagte: „Ich danke dir, Nivâra."

Die alte Elfe warf ihr einen forschenden Blick zu, und als sie, von dem Mädchen geleitet, zu der hohen Zimmertür ging, flüsterte sie ihr zu: „Du kannst den Prinzen glücklich machen, mein Kind, das spüre ich genau!"

Bevor Kaïtara ihr irgendetwas antworten konnte, öffnete sie aber schon die Tür und schlüpfte hinaus. Diese Elfe musste mentale Fähigkeiten besitzen, die über die ihrer Mutter Sandy weit hinausgingen, schließlich stand ihr ja nicht auf die Stirn geschrieben: „Ich liebe Prinz Aviyan." Aber genau das tat sie, das war ihr seit dem gestrigen Tag klar geworden. Und sie war bereit, um diese Liebe gegen alle Hindernisse, die sich ihr in den Weg stellen mochten, zu kämpfen.

Als sie an das Bett und zu Aviyan zurückkehrte, war er vor Erschöpfung und durch die starken Schmerzen, die ihn bei der Prozedur gequält hatten, bereits wieder eingeschlafen, sodass sie sich nur still neben ihn setzte und ihn einfach ansah. Was war es nur, was sie an ihm so faszinierte? Was war es, dass ihm ihr Herz zufliegen ließ?

Sicher, er sah in ihren Augen sehr gut aus. Er war in seinem Reich ein Prinz, den man bald zum König krönen würde. Er besaß ein gutes, gerechtes Herz. Er war einfach liebenswert. Aber würde das bereits reichen, damit sie alles aufgab, um hier mit ihm zu leben im Reich der Elfen? Fernab ihrer Heimat und ihrer bisherigen Freunde, ja sogar ohne ihre Familie, konnte sie das wirklich?

Kaïtara wusste es einfach nicht, und diese Gedanken erschreckten sie zutiefst. Sicher, mit ihrem Erbanteil hätten sie als Paar auch in der Welt der Menschen ein unbeschwertes Leben führen können, doch auch ohne Aviyan gefragt zu haben, spürte sie, dass er sein Volk nie verlassen würde, dass eine solche Lösung für ihn keinesfalls infrage kam.

Erst als ihr eine Träne über die Wange lief, merkte sie, wie sehr sie diese emotionalen Gedanken doch belasteten. Dabei wusste sie doch noch gar nicht, wie Aviyan dazu stand. Seine Worte: „Ich liebe dich!" waren schnell dahingesagt. Aber was bedeuteten sie ihm wirklich? Hatte er dabei an ein gemeinsames Leben gedacht? Sie war doch erst siebzehn Jahre alt und hatte keine Ahnung von der Liebe. Woher sollte sie wissen, dass ihr zu Hause in ihrer eigenen Welt nicht auch ein Mann begegnen würde, den sie lieben konnte? Vielleicht war Aviyan ja nichts anderes als eine erste Schwärmerei.

Diese Gedanken setzten ihr so sehr zu, dass sie gar nicht bemerkte, dass der Prinz längst wieder aufgewacht war und sie nachdenklich beobachtete. Er hatte auch ihre Tränen gesehen und war sich nicht sicher, warum sie weinte. Lag es an seinem Zustand? War es vielleicht, weil sie wusste, dass sie wieder gehen musste, sobald sich das Dimensionstor weit genug aufgeladen hatte? Er wusste schließlich, was es bedeutete, in ihrer Welt noch nicht volljährig zu sein. Sie konnte dort nicht einfach gehen und ihre Familie und ihr bisheriges Leben hinter sich lassen. Außerdem konnte er einen solchen Schritt doch auch gar nicht von ihr verlangen. Es wäre ein zu großes Opfer, das sie bringen müsste! Schließlich hatte sie dort ein gutes und erfülltes Leben. Sie wurde geliebt, hatte Freunde, war finanziell versorgt. Aber in seinen Augen war sie nun einmal das schönste Mädchen, das er je gesehen hatte! Keine Elfe konnte mit ihr mithalten! Aber ein Opfer musste gebracht werden, entweder von ihr oder von ihm.

„Kari", sprach er sie leise an, als es ihm nach einiger Zeit ungehörig vorkam, sie weiter zu beobachten, ohne dass sie es merkte. „Kari, du ... du weinst ja."

Als würde sie es erst jetzt merken, schreckte sie sichtlich zusammen, zog ein Taschentuch aus ihrem Kleid und wischte sich die feuchten Wangen ab. Sie fühlte sich ertappt.

„Was hast du denn? Es geht mir doch schon besser."

„Es ist nichts", wehrte sie ab. „Ich bin sehr glücklich, dass es dir besser geht. Ich hatte schreckliche Angst, als dein Vetter dich niedergestochen hat. Das werde ich nie vergessen!"

Sie zitterte richtig bei dem Gedanken, was geschehen war, doch Aviyan ergriff ihre Hand und meinte: „Das wird nie wieder geschehen, meine Liebste! Nie wieder! Und sobald ich wieder reiten kann, zeige ich dir mein Reich, das Reich der Elfen, zu dem auch du schon zu einem kleinen Teil gehörst. Dieses kleine Achtel Elfenblut muss doch fühlen, dass es hierher gehört, nicht wahr?"

Da war die Antwort auf ihre Frage, ob er wollte, dass sie bei ihm bleiben sollte, und obwohl es sie sehr freute, dass er so dachte, tat er ihr damit, ohne dass er es eigentlich wollte, auch weh. Diese wichtige Entscheidung würde bei ihr liegen, ganz allein bei ihr!

Ohne auf seine letzte Frage einzugehen, sagte sie: „Ja, ich freue mich darauf, alles zu sehen und deine Welt kennenzulernen. Ich möchte alles lernen und verstehen!"

„Das freut mich, Kari."

Und Prinz Aviyan hielt Wort. Kaum dass er zwei Tage später sein Krankenlager wieder verlassen konnte – seine Wunden waren wirklich in Rekordzeit geheilt, und er benutzte sicherheitshalber nur noch den Gehstock –, zeigte er ihr persönlich zunächst das Schloss. Nicht ein einziger Raum sollte vor ihr verschlossen bleiben, alle Türen taten sich vor ihr auf. Er zögerte nur einen Moment, als sie den Teil des Schlosses erreichten, den früher einmal seine Mutter, die letzte Elfenkönigin, bewohnt hatte. Doch als zwei Diener auf seinen Wink hin die hohe Doppeltür öffneten und Kaïtara einen Raum betrat, der ein typisch weibliches Flair ausstrahlte, begriff sie seine Zurückhaltung.

Jetzt zögerte sie, sich näher umzusehen, und fragte ihn zaghaft: „Die Räume deiner Mutter, nehme ich an. Soll ich wirklich …?"

Aber Aviyan lächelt ihr zu und erklärte: „Natürlich sollst du dich auch hier umsehen. Mein Vater hatte oft bis spät in die Nacht hinein mit Regierungsgeschäften zu tun. Deshalb hat meine Mutter auch einen eigenen Wohnbereich gehabt, den sie nach ihren Vorstellungen gestaltet hat."

Kaïtara konnte nur staunen, die Räumlichkeiten gefielen ihr ausgesprochen gut, vor allem das große Himmelbett mit den weißen und rosa Rüschen war einfach ein Traum. Sie konnte sich gar nicht genug daran sattsehen.

Und schließlich wagte sie auch die Frage, die ihr schon die ganze Zeit über auf der Seele brannte: „Würdest du mir sagen, wie deine Mutter gestorben ist und wann? Du musst es mir nicht sagen, wenn es alte Wunden aufreißt, ich hätte es nur gerne gewusst."

Aufmerksam beobachtete sie bei diesen Worten sein Mienenspiel. Würde es ihm etwas ausmachen, ihr die Wahrheit zu sagen? Würde er es überhaupt tun? Zunächst schwieg Aviyan noch, anscheinend machte ihm die Erinnerung noch immer zu schaffen, doch nach einiger Zeit wandte er sich ihr zu und begann zu erzählen.

„Meine Mutter war wohl das erste Opfer in diesem sinnlosen Kampf, den Mindavis geführt hat. Niemand weiß, warum die Pferde vor ihrer Kutsche gescheut haben und durchgingen. Sie rasten viel zu schnell in einen Flusslauf, sodass die Kutsche umkippte. Ich weiß, die Wachen haben alles getan, um sie zu retten, doch ein Baumstamm im Wasser verkeilte das Gefährt. Und bis man die Königin endlich befreit hatte, war es für sie bereits zu spät. Sie war ertrunken."

„Oh nein!"

Kaïtara schlug erschrocken die Hand vor den Mund. Der Prinz hatte beide Eltern auf schreckliche Weise verloren. Wie konnte er nur damit leben? Kein Wunder, dass er seinen Vetter so sehr gehasst hatte, dass er zu diesem Zweikampf bereit gewesen war.

„Das ist schlimm, und es tut mir sehr leid für dich. Aber wieso glaubst du, sie sei das erste Opfer gewesen?"

„… weil am selben Tag Mindavis Aufforderung zum Rücktritt vom Thron und zur Aufgabe meiner Ansprüche überbracht wurde. Er wollte wahrscheinlich meinen Vater und mich in eine Art Schockzustand versetzen, wobei mir nicht klar ist, ob der Tod meiner Mutter nur billigend in Kauf genommen wurde oder ob er geplant gewesen war. Ich halte beides für möglich, aber das ist ja jetzt nicht mehr von Belang. Ich würde es nur gerne sehen, wenn die zukünftige Königin diese Räume ebenfalls bewohnen und nach ihrem Geschmack gestalten würde."

Bei diesen Worten ruhte der Blick des Thronfolgers mit fragendem Ausdruck auf ihr. War das gerade ein Heiratsantrag? Kaïtara wusste es nicht, aber sie hätte jetzt auch nicht antworten können. Sie fühlte sich viel zu aufgewühlt und war sich ihrer Gefühle Aviyan gegenüber absolut nicht sicher. Plötzlich fühlte sie sich in diesen Räumen nicht mehr wohl. Sie hatte den Eindruck, hier nicht mehr atmen zu können.

„Du erzählst immer von deiner Mutter", platzte sie deshalb heraus. „Gibt es denn nicht auch ein Bild von ihr? Ich hätte gerne gewusst, wie sie ausgesehen hat."

Dabei setzte sie einen reinen Unschuldsblick auf, als hätte sie nicht begriffen, was er mit seiner Andeutung habe ausdrücken wollen. Doch Aviyan hatte sehr wohl verstanden, dass sie nicht näher auf dieses Thema eingehen wollte, räusperte sich kurz und wies dann auf die Tür.

„Im Arbeitszimmer meines Vaters hängt ein Gemälde, das du dir gerne ansehen kannst." Er wusste seine Enttäuschung, wenn er sie denn wirklich empfand, geschickt zu überspielen und ließ sie vorangehen, um ihr auf dem Flur wieder den Arm zu reichen, denn das Arbeitszimmer des toten Königs Kelanar befand sich im Erdgeschoss. Als sie zwei Minuten später vor der hohen verzierten Tür standen, musste er erst einen Schlüssel hervorholen und in das Schloss stecken. Hier stand auch kein Wächter vor der Tür, denn seit dem Verschwinden des Königs hatte Prinz Aviyan diesen Raum selbst nicht mehr betreten und ihn einfach verschlossen gehalten. Zusätzlich hatte er auch einen Bann an der Tür angebracht, der sicher nur sehr schwer zu lösen war, wenn man die entsprechenden Kreuzpunkte der magischen Linien nicht kannte. Er hatte nicht gewollt, dass dort drinnen irgendetwas verändert wurde. Somit bedeutete es auch für ihn eine gewisse Überwindung, die Tür jetzt zu öffnen und über die Schwelle zu treten. Trotzdem tat er es nach einem kurzen Zögern und bat sie ebenfalls herein.

Neugierig, wenn auch zögernd, folgte ihm Kaïtara und trat an seine Seite, um sich umzusehen. Es war ein großer, heller Raum mit einem wuchtigen Schreibtisch auf der linken Seite, wo sich auch das hohe Bogenfenster befand, damit der Arbeitsbereich immer erleuchtet wurde. Die schweren Samtvorhänge waren zurückgezogen, der durch Schnitzereien reich verzierte Stuhl schien noch so zu stehen, wie sein Besitzer ihn verlassen hatte. Auf der Tischplatte lagen die üblichen Schreibutensilien nebst Feder und Tintenfass, sowie ein paar Schriftrollen. Der Prinz hatte es noch nicht gewagt nachzusehen, womit sich sein Vater vor seinem Verschwinden befasst hatte, doch irgendwann würde er es tun müssen.

Auf den Möbelstücken und dem hellen Marmorboden hatte sich bereits eine Staubschicht gebildet. Aviyan fasste Kaïtara jetzt bei der Hand und zog sie auf die andere Seite des Zimmers, um ihr die Wand zu zeigen, auf die das Auge des Betrachters fallen musste, wenn man am Schreibtisch saß. Und das Mädchen bekam augenblicklich große Augen, denn dort hing ein überlebensgroßes Gemälde, das mit Sicherheit den König und seine Gemahlin zeigte.

Sie war beeindruckt von der Schönheit der Königin, die weiche, angenehme Gesichtszüge zeigte. Und obwohl Aviyan seinem Vater sehr ähnlich war, wies sein Gesicht die Weichheit und Anmut seiner Mutter auf. Auch die Augen musste er von ihr geerbt haben.

Auf dem Gemälde stand die Elfenkönigin leicht schräg hinter ihrem Gatten, der im Vordergrund auf einem Stuhl saß. Und auch wenn er in seinem Gesicht die Würde des Königs zu wahren versuchte, so war eindeutig der Stolz auf seine schöne Frau darin zu erkennen, zu der er aufblickte. Sie trug dabei ein bodenlanges mitternachtsblaues Kleid, auf dem Tausende von kleinen Tröpfchen zu funkeln schienen, wahrscheinlich ein Effekt des Elfenhaars, das auch hier im Stoff verwoben sein musste. Und ihr langes, wirklich sehr langes eigenes Haar trug sie kunstvoll mehrfach um den Kopf geschlungen, ohne dass ihre spitzen Elfenohren dabei ganz verdeckt worden wären, während um ihren Hals die Kette mit den grünen Steinen lag, die Aviyan mittlerweile ihr selbst geschenkt hatte. War es etwa ein Familienerbstück? Konnte sie die Kette unter diesen Umständen überhaupt behalten?

„Deine Mutter war wirklich eine sehr schöne Frau", brachte sie leise hervor. „Und du hast viel von ihr geerbt."

„Glaubst du wirklich? Man sagt, ich sehe meinem Vater ähnlich."

„Ja, im Grunde schon", gab sie zu, „aber ich glaube eher, es ist ihr Wesen, das du in dir trägst. Und es sind ihre Augen und ihr Mund. Sieh doch nur."

Er musste bei diesen Worten lächeln, während sie noch einen Schritt vortrat, wobei er noch immer ihre Hand hielt. Eigentlich wollte er sie an sich ziehen und küssen, doch das Schicksal wollte es anders, denn dieser eine Schritt bedeutete für Kaïtara fast das Verhängnis. Obwohl sich vor ihr der marmorne Boden erstreckte, trat sie ganz plötzlich ins Leere. Da war nichts mehr! Sie kippte nach vorne, verlor auch mit dem zweiten Fuß den Halt und stieß einen gellenden Schrei aus, da sie in eine gähnende schwarze Tiefe zu stürzen drohte, genau dort, wo sich gerade noch der Fußboden befunden hatte.

Alles ging furchtbar schnell und doch reagierte Aviyan im Bruchteil einer Sekunde. Seine Hand schloss sich gleich einer

Stahlklammer um die ihre, und obwohl ihn der kräftige Ruck durch ihr Gewicht zu Boden riss und er an der Kante dieses seltsamen Loches zu liegen kam, schaffte er es, nicht nur sich selbst dort, sondern auch sie festzuhalten.

„Hab keine Angst! Ich halte dich!", presste er vor Anstrengung zwischen den Zähnen hervor. „Nicht so zappeln!"

In ihrer Angst strampelte sie so stark mit den Beinen, dass sie es ihm fast unmöglich machte, sie zu halten und heraufzuziehen. Sie hielt auch augenblicklich still, starrte mit angsterfüllten Augen zu ihm herauf. Nur er konnte sie noch retten! Er keuchte vor Anstrengung und knirschte mit den Zähnen, während er sie jetzt langsam, aber trotzdem Stück für Stück nach oben zog. Dabei steigerte sich ihre Angst aber noch, da sie die Kälte spürte, die aus der undurchdringlichen Dunkelheit der Tiefe zu ihr heraufdrang und sich unter ihrem Kleid anzusammeln schien. Sie hörte Aviyans keuchenden Atem, wusste, dass er selbst Gefahr lief, auf dem glatten Marmor wegzurutschen und mit ihr in die Tiefe gerissen zu werden. Seine Zähne knirschten hörbar aufeinander, aber er war wirklich sehr stark und zog sie immer höher, bis sie plötzlich mit der anderen Hand die Kante des Loches zu fassen bekam und mithelfen konnte. Ein letzter Ruck an ihrem in Mitleidenschaft gezogenen Schultergelenk und der Prinz zog sie mit letzter Kraft gänzlich auf den festen Boden und zu sich hinauf.

Völlig erschöpft blieb er schwer atmend einfach auf dem Boden liegen, ohne die noch immer entsetzte Kaïtara loszulassen, als könne er sie auch jetzt noch verlieren. Doch er spürte ihren vor Erleichterung unter Tränen zuckenden und zitternden Körper neben sich und war beruhigt. Noch immer konnte er nicht fassen, was da eben geschehen war, doch kaum, dass er sich etwas erholt hatte, setzte er sich auf und zog das Mädchen in seine Arme, strich ihr tröstend über das Haar und wischte ihr mit einem Finger die Tränen weg. Ganz fest hielt er sie und war sich sicher, dass er sie liebte, wie er noch nie zuvor ein Mädchen oder eine andere Frau geliebt hatte. Kaïtara hatte sein Herz im Sturm erobert. Die Angst, sie in diesem schrecklichen Moment zu verlieren, hatte es ihm bewiesen. Doch noch wollte er sich diese Tatsache selbst nicht eingestehen, denn immerhin war sie keine Elfe, sie gehörte nicht zu seinem Volk!

Nach einiger Zeit wagte er es, sie anzusprechen, da er fühlte, dass sie sich wieder beruhigt hatte, indem er fragte: „Hast du dich verletzt? Geht es wieder, Kari?"

Mit ihren verweinten Augen sah sie ihn an und nickte heftig. In ihrem Blick lagen dabei das große Vertrauen und jetzt auch ihre Dankbarkeit, die sie ihm entgegenbrachte. Vorsichtig stand er auf und zog sie mit sich hoch, ohne der Stelle am Boden zu nahe zu kommen, wo sie beide fast das Verhängnis ereilt hätte. Doch jetzt sah der Marmorboden wieder genauso aus wie zuvor, nichts deutete mehr auf das schreckliche Geheimnis hin, das sich darunter verbarg. Da er bei dem Sturz auf den harten Boden nicht nur recht heftig auf die linke Hüfte gefallen war, sondern auch seinen Gehstock verloren hatte, der in das gefräßig wirkende Loch geschlittert war, stand er etwas unsicher auf seinen Beinen. Trotzdem drückte er ihren zitternden Körper an sich, da Kaïtara es kaum wagte, einen Fuß vor den anderen zu setzen. Zu groß war ihre Angst, dass sich erneut das Loch unter ihren Füßen auftun würde. Da er sie aber auch nicht stehen lassen wollte, packte er einfach zu und nahm sie auf seine Arme. Sofort schlang sie ihre Arme um seinen Hals und klammerte sich an ihn. Noch immer erbebte ihr Körper unter heftigem Schluchzen.

So trat er schließlich mit seiner süßen Last zwei Schritte zur Seite und wollte sie dort wieder auf den Boden stellen. Doch da er ihren erschrockenen Blick bemerkte, erklärte er rasch: „Ich glaube, ich weiß, was hier geschehen ist. Und es ist mir jetzt auch klar, wieso mein Vater so plötzlich verschwunden ist. Komm!"

„Nein! Nicht!"

Sie hatte eine panische Angst davor, noch einmal diesen Boden zu betreten.

„Vertraue mir", flüsterte er leise, „ich weiß, was ich tue."

Fest schlang sie ihre Arme um seinen Hals, während er die bewusste Stelle umrundete und sich dabei so weit wie nur möglich an der Wand hielt. Erst an dem wuchtigen Schreibtisch setzte er sie einfach auf einer freien Fläche wieder ab.

„Ich glaube, dass der Boden hier magisch verändert worden ist, um meinen Vater entführen zu können. Schau her!"

Er ergriff das Tintenfass und zielte auf die bewusste Stelle am Boden, doch Kaïtara wollte ihn daran hindern.

„Nicht doch, du wirst den ganzen schönen Marmor verschmieren. Das geht doch nicht mehr weg!"

„Lass mich nur!"

Dann warf er das Fässchen kraftvoll auf die veränderte Stelle, doch anstatt dort aufzuschlagen und seinen Inhalt über den Marmor zu ergießen, verschwand es einfach, schien von dem Boden einfach aufgesaugt zu werden. Entgeistert hatte sie den Vorgang verfolgt und sah ihn verständnislos an.

„Mein Vetter ist anscheinend noch niederträchtiger gewesen, als ich bisher geglaubt habe", erklärte er mit rauer Stimme. „Er wusste, dass mein Vater immer wieder gerne vor diesem Gemälde gestanden hat, um die Frau zu betrachten, die das Schicksal von seiner Seite gerissen hat. Er muss einen Magier beauftragt haben, der wahrscheinlich nur als Bittsteller gekommen ist und damit diesen Raum betreten konnte, um den Boden zu manipulieren. Und als mein Vater später vor das Bild trat, hat sich der Boden geöffnet und ihn in die Tiefe der alten Gewölbe gerissen. Deshalb haben wir ihn nicht finden können!

Und wenn ich recht vermute, hat man ihm, weil er bei dem Sturz nicht umgekommen ist, sondern nur verletzt wurde, deshalb auch noch geköpft, um das Ziel zu erreichen."

Nicht nur seiner Stimme war anzumerken, wie sehr ihn diese Erkenntnis auch jetzt noch mitnahm. Kaïtara sah es auch seinem Gesicht an. Selbst als man ihm die Nachricht vom Tod seines Vaters überbracht hatte, war er ihr nicht so niedergeschlagen und entsetzt vorgekommen, wie das in diesem Moment der Fall war.

„Dein Vater hat von Anfang an recht gehabt, als er mich davor gewarnt hat, dass die Feinde hier von innen zuschlagen könnten. Ich wollte es nicht wahrhaben und hätte doch besser auf ihn hören sollen. Aber ich habe es nicht getan, und beinahe wäre es auch für dich zu spät gewesen!"

Betrübt ließ er den Kopf hängen, sodass sie sich jetzt verpflichtet sah, ihm wieder Mut zu machen, die Hand hob und sacht seine Wange berührte. Überrascht wandte er ihr den Blick zu und konnte kaum begreifen, was sie dann zu ihm sagte.
„Du hast mich gerettet, Aviyan. Du warst da, als ich dich am nötigsten gebraucht habe. Nur das zählt im Hier und Jetzt! Mache dir bitte keine Vorwürfe. Du konntest weder etwas tun, um deine Mutter, noch um deinen Vater zu retten, aber du bist für mich da gewesen!"

Aviyan schaute in ihre ehrlich blickenden braunen Augen, die ihm vom ersten Moment an so gut gefallen hatten, und zog sie ganz fest in seine Arme. Er musste sie jetzt einfach küssen, und sie genoss es mit geschlossenen Augen, gab sich dabei ganz dem wundervollen Gefühl der Zuneigung zu ihm hin. Erst nach einer ganzen Zeit lösten sie sich wieder wortlos voneinander, er hob sie erneut hoch und trug sie vorsichtig an der Wand entlang. Erst auf dem Flur setzte er sie ab, verschloss sorgfältig die Tür und ließ später eine Wache davor Posten beziehen. Niemand sollte diesen Raum betreten und in Gefahr kommen können, bevor nicht dieser magische Zauber wieder aufgehoben worden war.

„Es tut mir sehr leid, Kaïtara, dass dieser Tag mit einem solch schlimmen Erlebnis für dich enden musste, aber du wirst sicher verstehen, dass ich jetzt erst einmal einige Dinge in die Wege leiten muss, nicht wahr? Aber ich werde dir nach dem Dinner gerne noch einen Wunsch erfüllen, sofern es in meiner Macht steht."

Natürlich verstand sie ihn, wandte sich ihm hastig zu und fragte: „Könntest du mir heute nicht noch die Ställe mit den Pferden zeigen? Ach bitte, bring mich doch dort hin!"

Der Prinz hätte ihr nie und nimmer einen Wunsch abschlagen können, außerdem hatte er es versprochen, sodass er auch sogleich lächelnd zustimmte: „Gut, nach dem Essen gehen wir in die Ställe."

Galant bot er ihr seinen Arm und geleitete sie zu ihrem Zimmer, wo er sich nur schweren Herzens von ihr verabschiedete.

Da Prinz Aviyan noch vor dem Dinner seine Wachen versammelte und sie über das, was vorgefallen war, unterrichtete, erschien er zum gemeinsamen Essen natürlich zu spät, sodass seine Gäste gezwungen waren, auf ihn zu warten. Er entschuldigte sich deswegen, weil ihn dringende Geschäfte aufgehalten hätten, doch nur Kaïtara hatte eine Ahnung davon, was er damit wohl meinte. Aber sie hatte bisher zu diesem Vorfall am Nachmittag geschwiegen und würde es auch weiterhin tun, solange er es wünschte, das erkannte sie deutlich in ihrem Blick, mit dem sie ihn bei dieser Erklärung bedachte.

Dafür hielt der Prinz ihr gegenüber sein Versprechen, ihr noch an diesem Abend die Ställe mit den Pferden zu zeigen. Und so führte er sie schließlich vom Speisesaal nach unten, durch das Portal und den Innenhof zu den Ställen. Auch hier öffneten Diener Tür und Tor, sodass sie ungehindert die Stallungen betreten konnten. Kaïtara staunte nicht schlecht, als sie alles blitzblank und sauber vorfand. Kaum ein Hälmchen Stroh lag auf dem Mittelgang, von dem rechts und links die Boxen für die einzelnen Pferde abzweigten. Sie würde sich den Saum ihres Kleides kaum beschmutzen.

Und schon der erste Blick auf die Pferde genügte ihr, um zu erkennen, dass es sich ausschließlich um sehr edle Tiere handelte. Da sie zu Hause in London zum Reitunterricht hinaus aufs Land gefahren war, wo ihr Vater ihr auf einem hochrangigen Gestüt die Reitstunden ermöglicht hatte, erkannte sie sofort, welch gutes Blut diese Pferde hier besaßen. Der Anblick ließ ihr Herz höher schlagen und ihre Augen strahlten.

„Du kannst dir jedes Pferd hier aussuchen, wenn du möchtest. Nur vor dem schwarzen Hengst dort hinten in der Einzelbox muss ich dich warnen. Er ist mein persönliches Reittier und auf mich geprägt, da ich ihn aufgezogen habe. Du solltest ihm besser nicht zu nahe kommen, wenn ich nicht in der Nähe bin."

„Und du würdest mit mir ausreiten?"

„Wenn das dein Wunsch ist? Gerne. Wir können uns das gleich für morgen in der Frühe vornehmen."

„Oh ja, bitte! Ich reite doch so gerne!"

Das erneute Leuchten in ihren Augen war dem Prinzen bei diesem Freudenausbruch nicht entgangen. Er wusste nur nicht, ob es daran lag, dass sie sich aufs Reiten freute oder auf das Alleinsein mit ihm. Er würde zumindest keine Wachen mitnehmen, die sie durch ihre Anwesenheit stören konnten.

Dafür ließ er Kaïtara durch eine Dienerin schon früh am Morgen Reitkleidung bringen, und diese half ihr auch dabei, sie anzulegen. Der weite Rock, der eigentlich eine Hose war, wie sie feststellte, stand ihr ausnehmend gut und betonte ihre schlanke Figur. Jetzt fragte sie sich nur plötzlich, ob Aviyan etwa mit einem Damensattel aufwarten würde, denn mit dem konnte sie nichts anfangen. Sie war es gewohnt im Herrensitz zu reiten und zu springen. Hoffentlich musste sie den Prinzen jetzt nicht enttäuschen, wo sie sich doch so sehr auf den Ausritt mit ihm freute.

Aber ihre Sorge war unbegründet, denn als sie sich von ihren Eltern verabschiedet hatte, die absolut nichts gegen ihr Beisammensein mit dem neuen Herrscher des Elfenreiches einzuwenden hatten, geleitete sie ein Diener in den Schlosshof, wo Aviyan bereits auf sie wartete und sie nach alter höfischer Sitte mit einem formvollendeten Handkuss empfing. Hinter ihm standen, von einem jungen Stallknecht gehalten, drei Pferde, sein schwarzer Hengst, dem man sein Feuer ansehen konnte, eine braune Stute mit Damensattel, wie sie schon befürchtet hatte und ein Wallach, ein Schimmel mit Herrensattel, der sich nur durch seine hochgezogenen Zwiesel vorn und hinten von den ihr bekannten Sätteln unterschied. Da sie auf dem Gestüt aber sehr oft einen Westernsattel benutzt hatte, würde ihr das wohl nichts ausmachen.

„Da ich nicht wusste, wie du gewohnt bist zu reiten, habe ich zwei Pferde satteln lassen", erklärte ihr Aviyan.

„Das war sehr umsichtig von dir, und in der Tat entscheide ich mich lieber für den Schimmel. Bei den Menschen reitet heute fast niemand mehr im Damensattel."

„Mir scheint, du kannst mir noch sehr viel beibringen, meine Liebe."

Aviyan überließ es auch nicht dem Diener oder dem Stalljungen, ihr in den Sattel zu helfen, da der Schimmel doch recht groß war, sondern übernahm diese Hilfestellung selbst. Hoch zu Ross fühlte sich Kaïtara ihm sofort ebenbürtig. Jetzt konnte sie zeigen, was sie gelernt hatte, und da das Tor bereits geöffnet und die Zugbrücke heruntergelassen worden war, trieb sie ihr Reittier sofort an und sauste übermütig davon. Eilig schwang sich auch Aviyan in den Sattel und galoppierte ihr hinterher. Die Hufe der Tiere donnerten über das Holz der Brücke, doch erst als er näher kam, hörte er auch ihr übermütiges Lachen, da sie ihn nicht nur überrascht, sondern auch glatt abgehängt hatte. Dieses Lachen gab seinem Herzen einen weiteren Stoß in die rechte Richtung. Eigentlich wusste er schon längst, was er tun musste, doch noch hielt ihn die Tatsache, dass sie ein Mensch war und kein Elfenwesen, davon ab, dies auch offen auszusprechen.

Aviyan ließ ihr den kleinen Vorsprung, bis sie ein Wäldchen erreichten und es zu gefährlich wurde, in diesem rasanten Tempo weiterzugaloppieren. Er brachte seinen Rappen auf gleiche Höhe und rief ihr zu, dass sie jetzt langsamer werden solle, war jedoch bereit, ihr in die Zügel zu greifen, wenn sie seiner Aufforderung nicht nachkommen sollte. Doch da brauchte er sich keine Sorgen zu machen, Kaïtara erkannte sehr wohl das Risiko, hier in diesem mörderischen Tempo zu reiten, und bremste ihren Schimmel langsam ab, bis sie auf gleicher Höhe im Schritt nebeneinander ritten.

Eine Strähne ihres langen Haares hatte sich bei dem rasanten Ritt gelöst und hing ihr jetzt in das erhitzte Gesicht. Aviyan strich sie ihr mit einer schnellen Bewegung hinter das Ohr, sah ihr Lächeln und ihre strahlenden Augen und wusste einfach, dass es ihr genauso viel Spaß gemacht hatte wie ihm. Kaïtara schienen dieselben Dinge zu gefallen wie ihm selbst. Seite an Seite ritten sie über das weite Land, das seine Heimat war, doch vermied er es, in die Nähe eines der Dörfer zu kommen, da er nicht wissen konnte, ob und wie viele von Mindavis Anhängern dort noch lebten. Er wollte in der Begleitung des Mädchens nicht in irgendwelche Kämpfe hineingezogen werden. Das Risiko, dass auch ihr etwas zustoßen könnte, war einfach zu groß. So zeigte er ihr lieber einen seiner Lieblingsplätze, eine steile Felswand, von der ein Wasserfall heruntedonnerte. Der Krach war so ohrenbetäubend, dass sie erst ein ganzes Stück weiter haltmachen und sich wieder unterhalten konnten.

„Das ist hier wirklich wunderschön, Aviyan. Dein Elfenreich gefällt mir sehr gut."

Diese Worte erfreuten ihn natürlich und entlockten ihm ein Schmunzeln, aber er war sich im Klaren, dass das noch längst nicht reichen würde, um sie hier zu halten und an sich zu binden. So einfach würde sie ihr bisheriges Leben nicht aufgeben, nie und nimmer. Er würde es ja auch nicht tun, selbst wenn er es könnte, doch dieser Weg war ihm als Thronfolger versperrt!

Zur Mittagszeit rasteten sie im Schatten hoher Bäume auf einer Lichtung, aßen von dem Proviant, den er mitgenommen hatte, und pflückten sich von den leckeren, süßen Beeren, die hier wuchsen. Eine Quelle mit sehr frischem und klarem Wasser löschte ihren Durst, und Kaïtara begriff so langsam, dass das Elfenreich alles bot, was sie sich in ihren Träumen immer ausgemalt hatte. Nicht ein Wort verlor Aviyan darüber, dass er sich wünschte, sie möge hierbleiben. Aber sie spürte deutlich, dass das eigentlich sein Wunsch war. Außerdem fühlte sie sich in seiner Nähe äußerst sicher, sodass sie irgendwann, erschöpft von dem langen Ritt, neben ihm im Gras liegend, sogar am liebsten eingeschlafen wäre, aber sie riss sich zusammen und stellte ihm hier inmitten der grünen Natur lieber eine Frage, die ihr schon länger auf der Seele brannte.

„Sag mal, Aviyan, wie kommt es eigentlich, dass ich im ganzen Schloss nicht ein einziges Kind gesehen habe? Dürfen sie etwa nicht im Palast wohnen? Müssen sie in den Dörfern bleiben?"

Er warf ihr einen überraschten Seitenblick zu und erklärte: „Deine Frage beweist mir, dass du wirklich nicht sehr viel über das Volk der Elfen weißt, meine Liebe." Da sich ihre Stirn missmutig in Falten legte, setzte er noch schnell erklärend hinzu: „Es gibt einfach nicht genug Elfenkinder. Du weißt doch, dass wir so gut wie unsterblich sind. Was würde also geschehen, wenn wir genauso viele Kinder hätten wie ihr Menschen?"

„Oh", stieß sie überrascht hervor. „So habe ich die Sache noch gar nicht gesehen."

„Siehst du, aber ich kann dich beruhigen, hin und wieder wirst du in den Dörfern auch ein Elfenkind zu Gesicht bekommen. Es kommt halt nur wesentlich seltener vor. Im Übrigen geht es allen Wesen aus den anderen Welten so, den Elfen, den Feen, den Drachen und so weiter."

Jetzt blickte sie ihn leicht bestürzt an und murmelte leise: „Schade, ich mag Kinder sehr gerne."

War dieser Nachsatz überhaupt für seine Ohren bestimmt gewesen? Hatte sie ihm damit etwas Bestimmtes sagen wollen? Sie hatte sich jetzt doch ganz ins Gras gelegt und tat zumindest so, als ob sie eingeschlafen wäre. Da er sich nicht sicher war, reagierte er erst gar nicht auf ihre Worte und ließ sie ganz in Ruhe. Er betrachtete lieber ihr hübsches Gesicht, das sich jetzt völlig entspannt zeigte. Dafür wanderten seine Blicke in die Umgebung, der er bisher zu wenig Aufmerksamkeit geschenkt hatte. Deshalb bemerkte er auch viel zu spät, dass sie nicht mehr allein waren, ja dass ihnen sogar Gefahr drohte. Im letzten Moment entdeckte er das Augenpaar zwischen dem Unterholz des Waldes, dass sie wohl schon eine ganze Zeitlang beobachtete.

Aufspringen und nach dem Schwert an seiner Seite greifen, war eine reflexartige Bewegung und überraschte nicht nur den heimlichen Lauscher, sondern auch das Mädchen, das sich sofort in eine sitzende Position aufrichtete. Entsetzt sah es auf die blanke, tödliche Klinge, die Aviyan jetzt in der Hand hielt und mit der er einen jungen Mann bedrohte, der sich eindeutig als Gegner zu erkennen gegeben hatte, da er ebenfalls eine Waffe auf den Prinzen richtete. Doch nach dem Zweikampf mit Mindavis wollte Kaïtara einfach kein Blutvergießen mehr sehen. Im selben Moment, da der Prinz zustoßen wollte, warf sie sich gegen seine linke Seite und klammerte sich an sein Bein, ohne die Folgen, die daraus resultieren mochten, zu bedenken.

„Nein! Nicht!", hallte ihr Aufschrei noch nach.

Aviyans Angriff schlug durch ihren Stoß natürlich fehl, während die Waffe des anderen Elfen den linken Arm des Thronfolgers erwischte und seinen Ärmel der Länge nach aufschlitze. Ober- und Unterarm waren plötzlich blutbesudelt. Schmerz zeichnete sein Gesicht. Fest packte er trotz der Verletzung ihre Schulter und stieß sie von sich, zu groß war das Risiko, dass sie auch verletzt werden könnte. Und jetzt, da er seine Bewegungsfreiheit wiederhatte, zeigte er sein Können. Mit der unverletzten Seite drang er wild auf seinen Gegner ein, ließ sein Schwert gegen das des Feindes krachen und zwang ihn in die Defensive. Und obwohl ihn die Verletzung behinderte, hebelte er die Waffe des Angreifers plötzlich aus dessen Hand, sodass sie für diesen unerreichbar ein ganzes Stück entfernt zu Boden fiel.

Erschrocken blickte der Mann jetzt auf die Schwertspitze, die sich auf seinen Hals richtete. Sicherlich erwartete er jetzt den Tod. Immerhin hatte er es gewagt, den Prinzen, den zukünftigen König der Elfen, anzugreifen. Doch Aviyan, der leicht außer Atem geraten vor ihm stand, bedrohte ihn lediglich und musterte ihn abweisend.

„Hast du wirklich geglaubt, mich so leicht besiegen zu können?", wollte er mit verächtlicher Stimme wissen. „Ich könnte dich jetzt töten, denn du hättest den Tod für diesen feigen Angriff verdient! Aber ich will nicht damit beginnen, das Reich mit Gewalt zu regieren. Deshalb gebe ich dir eine Chance!

Du bist einer der ehemaligen Anhänger von Mindavis, meinem toten Vetter, nicht wahr?"

Der Besiegte wagte ein leichtes Nicken, wobei er darauf bedacht war, der Spitze des Schwertes mit seinem Hals nicht zu nahe zu kommen.

„Gut", meinte Aviyan, dem das Blut von seinem verletzten Arm über die Hand auf den steinigen Boden tropfte und dort bereits eine kleine Lache gebildet hatte. „Dann geh zurück in dein Dorf oder wo auch immer du herkommst. Und dann berichte vom Großmut des Thronfolgers, der allen Bewohnern seines Reiches die Anhängerschaft an Mindavis vergeben wird, wenn sie ihm bei der Krönung den Treueeid schwören. Doch wer ab jetzt noch einmal die Waffe gegen mich erhebt, der soll es bitter bereuen!"

Seine letzten Worte waren kaum gesprochen, da zog er sein Schwert bereits zurück, während der Angreifer sein Glück kaum fassen konnte und eilig vor ihm niederkniete: „Ja, Majestät! Das werde ich tun!"

Dann sprang er auf und verschwand ohne seine Waffe, die er achtlos liegen ließ, im dichten Wald. Aufatmend ließ Aviyan sein Schwert sinken, wobei er deutlich schwankte, denn der starke Blutverlust so bald nach seiner letzten schweren Verletzung machte ihm nun doch sehr zu schaffen. Noch immer von Angst gepackt, kam Kaïtara auf die Füße und wollte ihn stützen, doch ein Blick in seine hart blickenden Augen ließ sie zögern.

„Stelle dich nie wieder zwischen die Waffe eines Angreifers und mich! Egal, wer es auch sein mag!", sprach er harte Worte zu ihr.

Erschrocken blickte sie ihn ob dieser Aussage an, als er es plötzlich nicht mehr schaffte, sich auf den eigenen Beinen zu halten und einfach in sich zusammensackte. Sie konnte gerade noch ihre Arme um ihn schlingen und ihn kontrolliert fallen lassen, damit er nicht zu hart auf dem Boden aufschlug. Er wurde zwar nicht bewusstlos, doch vor seinen Augen wallten Schleier, und sein Körper hatte jegliche Kraft verloren. Auch sein Schwert entfiel ihm.

„Aviyan", flüsterte sie dicht an seinem linken Ohr den geliebten Namen, strich ihm über die erhitzte Stirn und begann dann damit, Teile seines zerfetzten Ärmels vorsichtig wie einen Verband um seinen Arm zu wickeln.

Dabei bemerkte sie verwundert, dass sich die breiten Wundränder bereits zu schließen begannen. Die Selbstheilungskräfte des Elfenprinzen zeigten sich in aller Deutlichkeit. Doch ihr war durchaus bewusst, dass sie allein daran die Schuld trug, dass es überhaupt so weit kommen musste. Nur durch ihr unvernünftiges Handeln hatte sie ihn und sich selbst erst richtig in Gefahr gebracht. Er hatte also allen Grund dazu, sie so anzufahren und auf sie sauer zu sein. Und doch konnte sie nicht verstehen, wieso er den Mann so einfach entkommen lassen hatte.

Als er sie nach ein paar Minuten anscheinend wieder etwas klarer ansah, während sie seinen Oberkörper stützte, setzte sie ihm die Kürbisflasche an die Lippen, die sie an seinem Sattel hatte hängen sehen und von der sie vermutete, dass sie Wasser enthielt.

Erst dann wagte sie zu fragen: „Ich weiß, dass es falsch war, was ich getan habe, aber wieso hast du den Kerl laufen lassen? Ich verstehe das nicht ganz."

Aviyan wagte ein leichtes Lächeln und erklärte ihr, obwohl ihm das Sprechen nicht so leichtfiel: „Glaubst du nicht, dass ... dass es besser ist, sich ... die Feinde des Reiches zu ... zu guten Untertanen zu machen, als sie ... sie weiterhin als Feinde zu betrachten? Und ... und danke, dass du ... du mir geholfen hast."

Weiter kam der Prinz nicht mehr, da sein Bewusstsein nun doch wegzusacken drohte. Kaïtara erschrak erneut, drückte seinen schlaffen Körper etwas fester an sich und versuchte auch nicht mehr, ihre Tränen zu unterdrücken. Die Tatsache, dass sie an seiner Verletzung schuld war, setzte ihr doch arg zu. Während sie schuldbewusst in sein blasses Gesicht blickte, wurde ihr klar, dass sie noch viel mehr für ihn empfand, als sie bisher geglaubt hatte. Aber war das wirklich Liebe? Konnte es sein, dass sie sich tatsächlich in ihn verliebt hatte?

Bereits als sie ihn das erste Mal gesehen und er in einer ähnlichen Situation in ihren Armen gelegen hatte, war er ihr so seltsam vertraut vorgekommen. War Aviyan der Mann, mit dem sie durchs Leben gehen wollte? War er der Richtige für sie? Sie wusste es nicht, aber sie konnte die starken Gefühle, die sie für ihn hegte, auch nicht leugnen und schon gar nicht ignorieren.

Während sie gedankenverloren seine Stirn und seine Wangen streichelte, schlief sie irgendwann, mit dem Rücken an einen Baum gelehnt, ein. Das Zwitschern der Vögel und das Rascheln der Blätter im Wind sorgten dafür, dass sie endlich Ruhe fand und sich nach diesem schlimmen Erlebnis entspannen konnte.

Stunden mussten vergangen sein, als Prinz Aviyan wieder gänzlich zu sich kam. Überrascht stellte er fest, dass er halb am Boden und halb auf Kaïtara lag, die ihre Arme wie schützend um ihn geschlungen hatte. Er selbst fühlte sich noch schwach und blinzelte etwas verwundert in ihr liebliches Gesicht, das im Schlaf ganz und gar entspannt wirkte. Doch erst als er den ziehenden Schmerz in seinem rechten Arm verspürte, konnte er sich erinnern, was geschehen war. Im nächsten Moment tat es ihm leid, dass er sie so angefahren hatte, aber ihm war auch klar, dass er einfach nur eine schreckliche Angst um sie verspürt hatte, als sie sich so plötzlich und unvermutet in den Kampf eingemischt hatte. Trotzdem war sie bei ihm geblieben und hatte seinen Arm sogar notdürftig verbunden, wie er feststellen konnte. So blieb er ruhig in der Position liegen und versank in der Betrachtung ihres schönen Gesichtes, das so viel Liebreiz ausstrahlte.

Erst viel später versuchte er, vorsichtig seine rechte Hand zu bewegen, und da es besser klappte als erwartet, musste sich die tiefe Schnittwunde bereits vollständig geschlossen haben. Der Arm schmerzte auch nicht mehr sehr stark. Er konnte wirklich froh sein, dass er als Elf über solche Heilungskräfte verfügte. Dafür machte ihm etwas ganz anderes Sorge, denn das Wetter hatte sich inzwischen stark verschlechtert. Und erst jetzt, als er sich wieder seiner Umgebung widmen konnte, stellt er fest, dass sich der Himmel inzwischen verdunkelt hatte, als ob es bereits Abend wäre, doch das war eigentlich unmöglich. Dunkle Wolkenberge türmten sich auf und schoben sich vor die Sonne, die noch längst nicht weit genug westlich stand und trotzdem merklich an Kraft verloren hatte. Der Wind nahm zu und würde das Wetter sicherlich sehr schnell vorantreiben. Deshalb blieb dem Prinzen nichts anderes übrig, als das hübsche Wesen an seiner Seite etwas unsanft zu wecken.

Er rüttelte leicht an ihrer rechten Schulter und rief trotzdem mit sanfter Stimme: „Kari! Wach auf, Kari!"

Etwas verwirrt blinzelte sie ihn an, als sie auch schon von einem kalten Windstoß getroffen wurde, der sie sehr schnell in die Gegenwart zurückbrachte.

„Was ... was ist denn?"

„Komm, wach auf! Wir müssen zurück! Ein Unwetter zieht auf!"

Jetzt sah sie sich doch erschrocken um. Aviyan machte sich sofort daran, ihre Pferde zu holen und alles zusammenzupacken, aber trotzdem war Eile geboten, wie ihm schien. Kaïtara raffte noch ein paar Kleinigkeiten zusammen, um sie in den Satteltaschen verschwinden zu lassen, als er sie auch schon aufs Pferd hob und sich ebenfalls in den Sattel schwang.

„Verdammt", schimpfte er, „ich hätte schneller wieder aufwachen müssen. So lange hätten wir gar nicht warten dürfen! Aber als ich wieder zu mir kam, hast du so ruhig geschlafen, dass ich es zunächst nicht über mich gebracht habe, dich zu wecken."

Während sie ihre Pferde antrieben und sich Kaïtara ganz seiner Führung anvertraute, wobei sie sich doch wunderte, wie gut es ihm schon wieder ging, zogen die dunklen Wolken so schnell heran, wie sie es noch nie erlebt hatte. Die ersten Tropfen fielen bereits, patschten in den Staub des ausgetrockneten Bodens und trafen die Reiter und ihre erhitzten Pferde, die sich plötzlich störrisch gegen die Zügel auflehnten. Donner grollte, Blitze zuckten und zerrissen jeweils für Augenblicke den jetzt nachtdunklen Himmel, an dem vor Kurzem noch die Sonne gestanden hatte.

Der Regen überraschte die beiden Reiter denn doch in seiner Heftigkeit. Die dunklen Wolken hatten sich rasend schnell aufgetürmt, der Wind peitschte ihnen das Wasser in die Gesichter, und sie wurden in Sekundenschnelle bis auf die Haut durchnässt. Selbst die beiden sonst so ruhigen Pferde waren kaum noch gefügig zu machen. Und Kaïtara, die im Gelände wohl doch nicht genug Erfahrung hatte, drohte bei einem Bocksprung ihres Tieres fast aus dem Sattel zu stürzen.

Eilig fasste Aviyan ihr in die Zügel und brachte das Pferd wieder zur Raison. So würden sie es nie schaffen, zurück zum Schloss zu kommen. Sie mussten sich einen Unterschlupf suchen, bis das Schlimmste vorbei sein würde. Und dem Prinzen war die Gegend zum Glück gut genug bekannt.

„Komm mit!", schrie er seiner Begleiterin gegen den Wind zu und zerrte ihr Pferd mit sich.

Trotzdem brauchten sie noch fünf Minuten, bis vor ihnen eine Hütte auftauchte, die Aviyan zusammen mit seinem Vater schon oft bei Jagdausflügen genutzt hatte. Da sie auch Platz für die Pferde bot, stellte sie den idealen Unterschlupf dar. Mit aller Kraft brachte er seinen eigenen sich aufbäumenden Hengst zum Stehen, hielt eisern die Zügel fest, während er von seinem Rücken rutschte und eilig die Holztür aufstieß, um dann beide Pferde ins Innere zu führen. Gerade erhellte ein Blitz erneut die Dunkelheit taghell, sodass seine Begleiterin ihre Notunterkunft genauer erkennen konnte, doch war sie im Moment froh über jedes Dach über dem Kopf.

„Zieh den Kopf ein!", rief er Kaïtara zu, da der Rahmen nicht hoch genug war, um sie auf dem Pferd sitzend einzulassen, aber das tat sie ohnehin schon, um dem Wind und dem Regen wenigstens etwas zu entgehen.

Erleichtert, endlich einen Schutz vor den Unbilden des Wetters gefunden zu haben, ließ sie sich einfach auf den Hals ihres Tieres sinken. Da sie an dem nassen Fell jedoch abrutschte und ohnehin kaum noch Halt im Sattel fand, glitt sie seitlich rechts vom Pferd und wäre sicherlich unsanft auf den festgestampften Lehmboden gestürzt, wenn der Prinz sie nicht noch rechtzeitig aufgefangen hätte. Allerdings hatte er ihrem Ansturm auch nicht viel entgegenzusetzen, sodass sie ihn mit zu Boden riss, dafür aber weich auf ihm landete. Ihr Ellenbogen traf ihn dabei genau in die Magengrube, was ihn aufstöhnen ließ. Mit einem Pfeifen stieß er die Luft aus, hielt Kaïtara jedoch weiterhin mit seinen Armen umschlungen. Erst als sie selbst Anstalten machte, wieder auf die Beine zu kommen, ließ er sie gehen und presste aufstöhnend eine Hand unterhalb der Rippen auf seinen Bauch.

„Oh, entschuldige bitte, das hab ich nicht mit Absicht gemacht!", stieß sie erschrocken hervor. „Hab ich dir arg wehgetan?"

Nass, wie sie nun mal war, hockte sie neben ihm auf dem Boden und blickte bestürzt auf seinen zusammengekrümmten Körper. Er würgte und versuchte, die Übelkeit in seiner Kehle zu bekämpfen. Verzweifelt hoffte sie auf ein Wort von ihm, doch er schnappte noch nach Luft. Sie musste ihn wirklich sehr dumm erwischt haben.

„Schon gut", presste er schließlich zwischen den Zähnen hervor, als der Schmerz etwas nachließ.

Noch immer lädiert ließ er sich schließlich von ihr in eine sitzende Stellung aufhelfen.

„Wow, das hat gesessen", keuchte er und blickte sie mit noch immer verzerrtem Gesicht an. „Ich habe nicht geahnt, dass du so umwerfend sein kannst."

Zumindest versuchte er, schon wieder einen Scherz zu machen, kämpfte sich auf die Füße und taumelte zur Tür, um sie zu schließen. Dämmerlicht herrschte in der kleinen Hütte, die tatsächlich mit einem Lagerplatz und einer Feuerstelle ausgerüstet war. Selbst völlig durchnässt, dachte Aviyan jedoch nur an seine Begleiterin. Er zog die Decke von dem einfachen Lager, schüttelte sie kurz aus, um Staub zu entfernen und hielt sie mit gestreckten Armen auf.

„Komm, zieh die nassen Sachen aus."

Er sah das kurze Erschrecken in ihren Augen, doch dann drehte sie sich um, sodass sie ihm den Rücken zuwandte, knöpfte ihre Bluse auf und ließ auch den Reitrock von ihren Hüften rutschen, bis sie keinen Fetzen Stoff mehr am Leib trug. Sofort schlang er ihr die Decke von hinten um den schlanken Körper, obwohl er sie am liebsten noch weiter betrachtet hätte, und begann, sie mit seinen Händen trocken zu reiben. Und Kaïtara war ihm sogar dankbar dafür, denn sie hatte schon die ganze Zeit entsetzlich gefroren und mit den Zähnen geklappert. Jetzt ging es ihr etwas besser.

„Leg dich auf das Feldbett", meinte er fürsorglich, „da kannst du dich ausruhen."

Mit einem stummen Nicken ging sie barfuß zu dem einfachen Holzgestell und ließ sich darauf nieder, doch wandte sie den Blick nicht ab, denn schließlich war er genauso nass wie sie. Aber es gab nur diese eine Decke in der Hütte.

„Und du?", fragte sie zaghaft. „Gibt es noch eine andere Decke?"

„Hier liegt genügend Heu rum", meinte er leichthin. „Damit kann ich mich trocken reiben."

Seine Jacke und das Hemd hatte er schon abgestreift, ergriff jetzt eine Handvoll Heu und begann sich damit über Arme und Oberkörper zu reiben, wobei natürlich rote Kratzer zurückblieben. Trotzdem zog er jetzt auch die Stiefel aus, in denen das Wasser stand. Eilig drehte sich Kaïtara auf dem Lager zur Wand hin, da er ja wohl auch seine Hosen ausziehen würde. Aviyan registrierte es aus dem Augenwinkel. Nein, auch wenn er für dieses Mädchen sehr viel empfand und zu wissen glaubte, dass das auch bei ihr der Fall war, so war sie noch nicht bereit für ihn. Und er würde sie ganz sicher nicht drängen und diese unvermutete Situation, in die sie geraten waren, ausnutzen.

Er rieb sich auch die Beine trocken, nachdem er sich der Hose entledigt hatte, und machte sich dann daran, mit dem wenigen Holz, das verstreut lag, ein Feuer zu entzünden. Schließlich musste er für Wärme sorgen, wenn sie schon nichts zu essen mehr dabeihatten. Er war ja in dieser Situation für Kaïtara verantwortlich.

Als er mit den Feuersteinen, die er aneinanderschlug, die ersten Funken und kleinen Flämmchen erzeugte, die sich rasch an ein paar Strohhalmen nährten, schob er noch dünne Hölzer nach, damit die Flammen genug Nahrung fanden. Ihr hellerer Schein ließ Kaïtara in seine Richtung blicken, jedoch sah sie nur auf seinen nackten Rücken.

„Oh ja, Feuer", flüsterte sie leise, wobei ihre Stimme genauso zitterte wie sie selbst.

Schnell sah sie wieder weg, was Aviyan sehr wohl bemerkte, und da ihm längst wieder warm geworden war, ging er zu ihr, legte sich hinter ihr auf das Feldbett und rutschte direkt an ihren Rücken, zog ihren Körper in seine Arme und presste sie an sich.

„Ganz ruhig", sagte er leise. „Du kannst mir vertrauen. Ich will dich nur wärmen."

Und tatsächlich spürte sie die Wärme seines Körpers durch die Decke hindurch. Sie hätte lügen müssen, wenn sie behauptet hätte, dass es ihr nicht gefiel. Seine Nähe und Fürsorge taten ihr einfach gut. Und wenn sie ehrlich zu sich selbst war, dann vertraute sie ihm wirklich. Er hätte diese Situation schamlos ausnutzen können, doch er tat es nicht. Nur einmal, da hatte sie das Gefühl, dass da nicht nur sein Hüftknochen gegen ihren Rücken drückte, aber sie tat so, als ob sie es nicht bemerkt habe. Und unter dem leisen Knistern der Flammen und dem Prasseln der Regentropfen auf das alte Dach der Hütte schliefen sie beide irgendwann dann doch ganz beruhigt ein.

Das Schnauben eines der Pferde weckte Kaïtara beim ersten Aufblitzen der Morgensonne, die sich über den Horizont schob. Im ersten Moment wusste sie nicht, wo sie sich befand, dann spürte sie das Gewicht, das auf ihrer Seite lastete, und schaute verwundert auf den Arm, der da auf ihrem Körper lag. Aviyan hielt sie noch immer an sich gedrückt, um sie zu wärmen, denn das Feuer war längst wieder heruntergebrannt. Allerdings musste er genau wie sie in dieser Haltung eingeschlafen sein, denn sie hörte seine regelmäßigen Atemzüge.

Zuerst wollte sie sich langsam aus seiner Umarmung befreien, doch dabei würde er sicher aufwachen, und er brauchte seinen Schlaf doch auch. Also harrte sie aus, auch wenn sie gegen die Wand der Hütte blickte, obwohl sie viel lieber ihn angesehen hätte. Sie malte sich in Gedanken seine im Schlaf entspannten Züge aus, sein gut geschnittenes Gesicht, das trotz seiner Jugend doch sehr reif wirkte. Sicherlich würden heute Morgen dunkle Bartschatten seine Wangen und sein Kinn zieren, so wie vor ein paar Wochen, als er im Haus ihrer Eltern Gastfreundschaft während seiner Genesung erfahren hatte. Tausend Dinge gingen ihr durch den Kopf. Vor allem fragte sie sich, wie er es schaffte, standhaft zu bleiben, denn schließlich hatte sie das Verlangen nach ihr in seinen Augen gesehen. Aber er war ganz Gentleman geblieben und war ihr nicht zu nahe getreten, obwohl sie es im ersten Moment, da sie sich gestern Abend ihrer nassen Sachen entledigt hatte, durchaus befürchtet hatte. Lag es an seiner Erziehung zum Prinzen, oder war er einfach nur ein ehrlicher und ehrenhafter Kerl? Sie wünschte es sich sehr, denn sie war doch längst drauf und dran, sich wahrlich in ihn zu verlieben! Oder hatte sie es schon getan? Wenn sie sich ihrer Gefühle doch nur sicher sein könnte.

Ein weiterer Blick auf seinen linken Arm, der auf ihr ruhte, zeigte ihr, dass sich die Schwertwunde tatsächlich vollständig geschlossen hatte und die lange rote Narbe beinah bis zur Unsichtbarkeit verblasst war. Es war wirklich erstaunlich, über welche Kräfte die Elfen verfügten. Eine unbedachte Bewegung ihrerseits weckte Prinz Aviyan dann doch auf. Sein Arm rutschte von ihrem Körper, da er sich im ersten Moment auch nicht gleich zurechtfand, dann murmelte er einen Gutenmorgengruß. Lächelnd richtete er sich auf, beugte sich über sie und drückte ihr einen sachten Kuss auf die linke Wange, die einzige Annäherung, die er sich erlaubte.

„Hast du gut geschlafen?"

„Ja, das habe ich! Dank dir bin ich nicht erfroren", kicherte sie in sich hinein. „Es war nur etwas hart und unbequem."

„Dann bin ich ja beruhigt. Ich habe unsere Kleidung gestern Abend noch neben dem Feuer ausgebreitet und hoffe, dass sie getrocknet ist. Ich stehe jetzt auf, ziehe mich an und gehe raus. Dann kannst du dich in Ruhe anziehen."

Sie konnte es kaum glauben, aber Aviyan blieb selbst in dieser Situation noch ganz der formvollendete Gentleman. Und wenn sie in der Nacht tatsächlich etwas mehr als nur seine Hüfte durch die Decke gespürt hatte, so konnte er ja schließlich nichts für seine körperliche Reaktion, schließlich war er ein Mann. Aber er hatte sie nicht bedrängt, und das zählte für sie, das rechnete sie ihm hoch an.

Ihre Kleider waren tatsächlich so gut wie trocken, fühlten sich nur noch etwas klamm an. Aber sie würde ja nach ihrer Rückkehr ins Schloss ein heißes Bad nehmen können. So zog sie sich fertig an und rief ihn dann wieder herein. Sie hatte ihre Haare notdürftig auch ohne Spiegel zusammengebunden, doch seine dunklen Locken lagen ihm verwuschelt auf dem Kopf und seine Wangen wurden von dunklen Bartschatten geziert, so wie sie es vermutet hatte.

Er reichte ihr die hohle Kürbisflasche, die noch etwas Wasser enthielt, und meinte: „Leider kann ich dir im Moment nicht mehr zum Frühstück bieten, aber ich verspreche dir, dass wir das im Schloss nachholen."

Auch wenn sie Hunger hatte, lächelte sie ihm verstehend zu und sagte: „Das ist kein Problem. Wir werden ja bald zu Hause sein."

Verwundert blickte er in ihre Richtung, doch sie hatte sich bereits wieder umgedreht, bevor er ihr Gesicht genauer betrachten konnte, denn sie hatte soeben sein Heim als Zuhause bezeichnet. War das nur ein sprachlicher Fauxpas gewesen, oder hatte sie das ernst gemeint? Gefiel es ihr in seinem Reich so gut, dass er hoffen durfte?

Da sie noch zwei bis drei Stunden unterwegs sein würden und wegen des aufgeweichten Bodens vorsichtig reiten mussten, hatten sie noch genügend Zeit sich ungestört zu unterhalten. Und

Kaïtara nutzte die Zeit, um noch mehr über ihn in Erfahrung zu bringen, was er mit Freuden feststellte, bis zu dem Moment, da sie eine Frage stellte, die ihn kurz zögern ließ.

„Du weißt ja, dass ich erst siebzehn bin, aber wie alt bist du? Ich hätte dich eigentlich auf Anfang oder Mitte zwanzig geschätzt, aber da du ein echter Elf bist, kann ich damit weit danebenliegen, nicht wahr? Bitte sag mir, wie alt bist du wirklich?"

„Nach menschlichen Maßstäben hättest du sicher recht", betonte er und war sich nicht sicher, ob er wahrheitsgemäß antworten sollte. Doch dann gab er zu: „Ich bin einhundertfünfunddreißig Jahre alt."

Besorgt sah er sie an, wie sie wohl darauf reagieren würde, doch sie hatte sich für eine solche Eröffnung bereits gewappnet, sodass sie die Antwort zwar überraschte, aber nicht gleich aus den Socken haute, wie man so schön sagte. Trotzdem sah sie ihn von der Seite zweifelnd an.

„Tatsache? Du bist schon einhundertfünfunddreißig?"

„Ja", nickte er zustimmend. „Wenn du bedenkst, dass ich zu einem eigentlich unsterblichen Volk gehöre, habe ich mich doch gut gehalten, nicht wahr?"

Jetzt musste sie doch kichern, während sie sich langsam, aber sicher wieder dem Schloss näherten, wo man sie schon ungeduldig erwartete. Aber da sich Prinz Aviyan auskannte und auch hier ein schweres Unwetter getobt hatte, war es Hauptmann Thalion möglich gewesen, Sandy und Jamie Richards zu beruhigen. Es gab mehrere dieser Jagdhütten im Reich der Elfen, sodass man fest damit gerechnet hatte, dass die beiden einen Unterschlupf gefunden hatten. Im Schlosshof wurden sofort ihre Pferde in Empfang genommen, und Kaïtara hatte kaum ihr Zimmer betreten, da meldete eine Dienerin bereits, dass die Wanne mit heißem Wasser gefüllt sei. Dieser Palast wartete wirklich mit einem erstklassigen Service auf.

Sie hatte sich kaum wieder etwas angezogen, als ihre Mutter an die Tür klopfte und Einlass begehrte, den Kaïtara ihr natürlich nicht verweigerte. Sandy zog ihre Tochter sofort in die Arme und strich ihr über das noch nasse Haar.

„Wir haben uns solche Sorgen um dich gemacht, mein Kind. Ist dir auch wirklich nichts passiert?"

Forschend sah sie ihr jetzt in die Augen, doch das Mädchen lächelte nur: „Nein, Mom, es ist alles in Ordnung! Wir sind nur von dem Unwetter überrascht worden und haben den Rückweg nicht mehr geschafft. Aber Aviyan kannte eine Jagdhütte in der Nähe, wo wir Unterschlupf gefunden haben."

„Eine Hütte und über Nacht?"

Sandy war jetzt doch etwas beunruhigt, das hörte man ihr an, und ihre Tochter begriff auch sogleich ihre Gedankengänge.

„Nein, Mom, es ist nichts passiert. Aviyan ist ganz Gentlemen gewesen und ist sogar rausgegangen, damit ich mir das nasse Zeug ausziehen konnte. Und dann hat er gewartet, bis ich mich in eine Decke gewickelt und auf dem Feldbett zur Wand gedreht hatte. Du kannst ganz beruhigt sein!"

Nun, das stimmte zwar nicht ganz, entsprach aber doch in etwa den Tatsachen, und es war ja nun wirklich nichts geschehen. Sie brauchte sich absolut nichts vorzuwerfen, obwohl sie sich die ganze Zeit fragte, wie es mit Aviyan wohl gewesen wäre.

Sandy überlegte wohl drei Sekunden, ob das die Wahrheit war, dann meinte sie: „Na, dann ist es ja gut. Ich wollte dir auch nur sagen, dass der Hauptmann uns die Nachricht gebracht hat, dass das Dimensionstor sich fast vollständig mit magischer Energie aufgeladen hat. Er glaubt, dass wir in drei Tagen wieder zurück in unsere eigene Welt reisen können. Daran solltest du denken."

Dabei warf sie ihrer Tochter einen undefinierbaren Blick zu, der Kaïtara durch und durch ging. Ihre Mutter hatte zweifellos bemerkt, wie es um ihr Herz stand, und sie wollte nicht, dass sie sich auf ein Abenteuer ohne Zukunft einließ. Aber was bedeutete denn „ohne Zukunft"? Hieß es, dass sie nicht in der Welt der Elfen leben konnte? Oder bedeutete es, dass Aviyan nicht der Richtige für sie war? Noch schlimmer wäre es allerdings, wenn man sie an der Seite des Prinzen nicht akzeptieren würde. Denn das würde dann ihr beider Leben zerstören!

Dieser Tag begann dann auch genauso wie die vielen anderen, seitdem sich die Familie Richards im Reich der Elfen befand. Aviyan hatte ihr ja ein ausgiebiges Frühstück versprochen, und sie erhielt es auch. Erst nachdem sie sich gesättigt hatten, rückte er dann mit seiner Bitte heraus, dass sie ihn auch heute nochmals auf einem Ausritt begleiten möge, er wolle ihr noch einen Platz zeigen, den sie vor ihrer Heimkehr unbedingt gesehen haben sollte. Kaïtara war sofort Feuer und Flamme, nur Sandy meinte, sie solle sich doch lieber etwas ausruhen. Doch da sie anscheinend die Einzige war, die begriffen hatte, dass sich zwischen den beiden jungen Leuten etwas anbahnte und zwischen ihnen eine ganz besondere Stimmung herrschte, fand sie auch bei Jamie keine Rückendeckung, der ohnehin mit Hauptmann Thalion noch einmal alle Sicherheitsmaßnahmen für das Schloss durchgehen wollte, bevor er wieder nach Hause zurückkehrte, denn man konnte ja nie wissen, ob das nicht doch noch einmal nützlich sein würde. Er gönnte seiner Tochter einfach die Freude am Reiten, schließlich waren das ja ihre Ferien.

So hatte Kaïtara es dann auch sehr eilig, wieder in ihr Zimmer zu kommen und erneut Reitkleidung anzulegen. Denn so eindeutig Aviyans Avancen ihr gegenüber auch sein mochten, er würde nie etwas von ihr verlangen, was sie nicht auch selbst wollte oder zu geben bereit war, dessen war sie sich nach der gemeinsamen Nacht in der Jagdhütte sicher. Eiligen Schrittes ging sie Richtung Eingangsportal, wo man ihr die großen Flügeltüren bereitwillig öffnete, ohne dass sie auf ihrem Weg auch nur eine Sekunde aufgehalten worden wäre. Allerdings blieb sie dann abrupt stehen, da der Schlosshof leer war, doch dann legte sich ein Lächeln um ihre Mundwinkel, als sie Prinz Aviyan höchstpersönlich zwei gesattelte Pferde heranführen sah, seinen schwarzen Hengst und eine schlank gebaute Fuchsstute.

Sofort ging sie auf ihn zu, jedoch langsam genug, um die Pferde nicht zu erschrecken, und wollte wissen: „Nanu, wo ist denn der Schimmel, den ich vorher geritten habe? Er war ein sehr angenehmes Reittier."

„Du wirst diese Stute auch mögen. Der Schimmel muss auf dem Rückweg irgendwann im Matsch weggerutscht sein und hat sich wohl eine Sehne gezerrt. Er lahmt etwas und braucht dringend Ruhe. Er darf auf keinen Fall geritten werden", erklärte ihr der Prinz. „Aber die Fuchsstute wird dir bestimmt auch gefallen, auch wenn sie manchmal etwas wild ist."

„Das ist kein Problem!"

Sie ließ ihre Hand über die seidig weichen Nüstern gleiten, damit das Pferd ihren Geruch aufnehmen konnte, und griff nach den Zügeln, als der Prinz sie bereits an den Hüften packte und in den Sattel hob.

„Danke, aber so groß ist dieses Pferd nun auch nicht. Da komme ich auch alleine hinauf."

„Das glaube ich dir aufs Wort", erwiderte er, kaum dass er selbst im Sattel saß, „aber wir haben Zuschauer. Damen steigen nicht allein auf, wenn männliche Hilfe in der Nähe ist. Das gilt auch für eine zukünf ..." Doch da brach er den Satz ab und formulierte ihn neu: „Das gilt auch für Gäste."

Verdutzt sah Kaïtara ihn an. Was hatte er ursprünglich sagen wollen? Etwa zukünftige Braut oder gar Königin? War das seine Absicht gewesen? Leider konnte sie darüber zunächst nicht weiter nachdenken, da er seinen Hengst bereits auf das Tor zu lenkte. Sie musste also folgen und die Stute erst einmal unter ihre Kontrolle bringen, was ihr aber nicht schwerfiel. Schon bald folgte sie gehorsam dem Druck ihrer Schenkel und dem leichten Zug des Zügels. Sie war durchaus ein angenehmes Reitpferd, das er ihr da ausgesucht hatte. Allerdings spukte ihr noch immer der angefangene und so abrupt abgebrochene Satz von vorhin im Kopf herum. Sollte sie ihn einfach fragen? Nein, das ging doch nicht, das konnte sie nicht tun.

Also schwieg sie und trabte an seiner Seite dahin, über weite Grünflächen und durch einen kleinen Wald, bis sich vor ihnen erneut eine Lichtung auftat, auf der Kaïtara übermütig ihr Pferd antrieb und über die Ebene galoppierte, so als wolle sie gespielt vor ihm Reißaus nehmen. Sie war wirklich eine sehr gute Reiterin und blieb auch im Sattel, als sie ihr Tier zu einer gekonnten Kehrtwende auf die Hinterhand zog und ihren Begleiter einfach an sich vorbeisausen ließ. Ihr scherzhaftes Lachen hallte ihm entgegen, als er begreifen musste, dass sie ihn hereingelegt hatte und längst in der anderen Richtung davonpreschte, als sei der Teufel hinter ihr her.

„Na warte!", rief Aviyan amüsiert, der genau wusste, dass sein Rappe noch viel schneller war. „Du entkommst mir nicht! Sobald ich dich erwische, lege ich dich übers Knie!"

Er wusste allerdings nicht, ob sie seine letzten Worte noch gehört hatte. Fast augenblicklich ließ er seinen Hengst die Fersen fühlen und gab ihm den Kopf frei. Aber auch wenn er sie einholte, so würde er seine Drohung höchstens scherzhaft wahr machen. Eine Frau zu schlagen, noch dazu seine entzückende kleine Kaïtara, kam für ihn doch gar nicht infrage, doch das konnte sie ja nicht wissen.

Der Prinz kam nicht umhin, ihr insgeheim Lob für ihre Reitkunst zu zollen, doch sein Hengst schoss bereits lang gestreckt dahin, nur noch Sekunden, und er musste die Fuchsstute eingeholt haben. Er korrigierte den Lauf seines Rappen nur geringfügig und dirigierte ihn so an ihre linke Seite. Erschrecken stand in ihrem Gesicht, als er plötzlich so dicht neben ihr auftauchte, doch bevor sie reagieren konnte, lehnte er sich schon hinüber, umschlang ihre Taille und zog sie aus dem Sattel und auf sein eigenes Pferd, wo sie quer vor ihm über seinen Beinen zu liegen kam.

Langsam bremste er den Lauf des Rappen ab, stets darauf bedacht, seine süße Last gut festzuhalten, damit sie nicht kopfüber vom Pferd stürzte. Als der Hengst schließlich still stand, wagte sie einen seitlichen Blick zu ihm hinauf, doch seine Miene schien wie versteinert, sodass sie nicht darin zu lesen vermochte, was jetzt in seinem Kopf vorging.

„Ich hatte dich gewarnt", knurrte er geradezu und hob die rechte Hand, um sie auf ihr entzückendes Hinterteil klatschen zu lassen. „Nein! Das wagst du nicht!"

Aber so ganz sicher war sie sich nicht, wie ihre Stimme verriet.

„Das glaubst aber auch nur du!"

Seine Rechte fiel nach unten, doch bremste er sie knapp vor dem Ziel ab, und den restlichen Aufprall dämpfte der weite Reitrock, sodass sie eigentlich nicht einmal ein Klaps traf.

„Ich werde dich lehren, mir so einfach davonzureiten!"

Noch einmal hob er die Hand, doch auch diesen Schlag konnte man auf keinen Fall als solchen bezeichnen. Kaïtara konnte nicht anders, sie musste jetzt einfach laut lachen, während er sie auch schon wieder von seinem Pferd herunterrutschen ließ, sodass sie auf ihren eigenen Beinen zu stehen kam. Auch er musste jetzt lachen, während er neben ihr aus dem Sattel sprang und sie in seine Arme zog. Aufregung erfasste sie, würde er jetzt seinen Satz von vorhin in der eigentlichen Version beenden? Würde sie jetzt erfahren, was er sagen wollte?

Nein, er musterte sie nur von Kopf bis Fuß und fragte: „Alles in Ordnung mit dir?"

Sie nickte leicht enttäuscht, dass aus der Umarmung nicht mehr geworden war, und stellte lediglich fest: „Ich hätte nicht geglaubt, dass dein Pferd so schnell sein kann. Das ist ja ein richtiger Renner!"

„Ja, allerdings. Und deshalb sind wir auch viel zu weit vom eigentlichen Weg abgekommen. Hier habe ich gar nicht hingewollt."

Natürlich hatte er bemerkt, dass sie mehr erwartet hatte, aber noch kämpfte er mit sich selbst. Schließlich war sie ein Mensch und keine Elfe. Das konnte zu Problemen führen, die er weder ihr noch sich selbst antun wollte. Und doch trieb ihn sein Gefühl direkt in ihre Arme. Sie war ganz gewiss die Frau, die er sich immer gewünscht hatte. Und sie blickte ihn mit ihren braunen Augen so herausfordernd an, dass er seinem Gefühl einfach nachgeben musste. Es blieb ihm gar nichts anderes übrig.

„Wo sind wir denn hier? Und wieso wolltest du nicht hierher?"

Ihre klaren und gerechtfertigten Fragen konnte er jetzt nicht mehr unbeantwortet lassen und so forderte er sie einfach auf: „Komm mit!"

Schon griff er nach den Zügeln ihrer Stute und hob sie erneut in den Sattel, bestieg selbst wieder seinen Rappen und trabte langsam weiter, damit sie ihm folgen konnte. Vor ihnen tat sich schließlich eine weite Ebene auf. Und im Hintergrund erkannte Kaïtara einen in der Sonne schimmernden Wasserlauf, während sich auf der anderen Seite nach einem sehr schmalen Ufer eine Felswand erhob. Aviyan hielt auf das diesseitige Ufer zu, an dem nur hin und wieder ein Busch stand, ansonsten zog sich das grüne Gras bis ans Wasser. Nur wenige Meter davor brachte er seinen Rappen zum Stehen, rutschte aus dem Sattel und forderte sie auf, ebenfalls abzusteigen. Was mochte er ihr hier bloß zeigen wollen? Aber sie kam seiner Aufforderung nach, schwang das rechte Bein auf die andere Seite und rutschte in seine geöffneten Arme, die sie sicher auffingen. Dabei kam es ihr allerdings so vor, als hielte er sie ein bisschen länger fest, als das nötig gewesen wäre, doch musste sie sich eingestehen, dass ihr das durchaus gefiel.

„Was gibt es hier, das du mir erst nicht zeigen wolltest?", fragte sie schließlich etwas unsicher.

„Da drüben", er wies mit dem Kopf auf das andere Ufer, „da gibt es einen schmalen Durchgang durch die Felsen. Und dahinter befindet sich ein wunderschönes kleines Tal. Das möchte ich dir gerne zeigen. Niemand außer dir und mir würde es dann kennen, denn es ist seit vielen Jahren mein persönlicher Zufluchtsort."

Mit großen Augen sah sie ihn jetzt zweifelnd an, blickte dann auf den Wasserlauf und begriff im selben Moment, was das bedeutete.

„Und wie sollen wir da rüberkommen?"

Ihre zaghafte Frage entlockte ihm nun doch ein Lachen, und er sagte: „Na, schwimmen! Wie denn sonst? Es ist doch heute warm genug für ein kleines Bad!"

Bevor sie etwas erwidern konnte, begann er bereits sich auszuziehen und warf zunächst seine Jacke zu Boden. Noch zögerte Kaïtara und starrte Aviyan fast entsetzt an, als er sich auch seines Wamses und dann des Hemdes entledigte. Beide Kleidungsstücke warf er über einen niedrigen Busch am Ufer. Mit entblößtem Oberkörper, der plötzlich das Verlangen in ihr weckte, ihn zu streicheln und mit Küssen zu bedecken, setzte er sich dann ins Gras und zog sich die Stiefel von den Füßen, während sie ihm noch immer unentschlossen zusah. Er hatte ihr dabei den Rücken zugewandt, sodass sie sein Gesicht nicht sehen konnte, trotzdem spürte er sehr genau, dass sie noch nicht einmal damit angefangen hatte, sich auszuziehen.

„Komm nur, Kari", rief er ihr zu, „das Wasser ist bei diesen Temperaturen heute bestimmt herrlich!"

„Er will also tatsächlich mit mir schwimmen gehen", dachte sie. „Ob er sich wohl ganz ausziehen wird?"

Diese unausgesprochene Frage wurde ihr sofort beantwortet, da er jetzt tatsächlich auch seine Hosen abstreifte, sodass sie ganz unvermutet sein nacktes Hinterteil zu sehen bekam, als er dann ins Wasser schritt und sich hineinsinken ließ. Erst jetzt, da das Wasser seine Nacktheit wieder zu einem großen Teil verbarg, drehte er sich ihr wieder zu und sah sie erstaunt an.

„Was ist? Kannst du nicht schwimmen?"

„Doch", gab sie kleinlaut zu, „aber …"

„Nichts aber, du weißt ja gar nicht, was du verpasst! Das Wasser ist herrlich!"

Er hatte ihrer Stimme sehr wohl angemerkt, was in ihr vorging. Er fühlte, dass sie Angst hatte, Angst vor dem letzten Schritt, der sie an ihn binden würde. Und er konnte sie verstehen. So jung, wie sie war, war sie sicher noch Jungfrau. Echte Elfenmädchen verhielten sich da nicht anders, und das konnte er ihr nachfühlen.

„Ich … schwimme schon mal voraus!", rief er ihr übermütig zu und durchpflügte mit kräftigen Zügen das Wasser.

Die Entscheidung, sich ihm nackt zu zeigen, musste sie schon selber treffen. Er würde sie nicht noch weiter drängen. Mit langen Schwimmstößen entfernte er sich vom Ufer, während sie ihm unentschlossen und auf ihrer Unterlippe kauend nachsah. Schon zweimal war sie kurz davor gewesen, sich mit einem Jungen einzulassen und war hinterher froh gewesen, es nicht getan zu haben. Dem einen war es wohl wirklich nur darum gegangen, sie in sein Bett zu bekommen, denn sie hatte hinterher von einer Wette erfahren. Und der andere, der auch an ihre Schule ging, war ohnehin als Frauenheld bekannt, doch diesmal war alles anders! Aviyan schien der Mann zu sein, den sie sich immer gewünscht hatte. Er war groß, überaus gut aussehend, zuvorkommend, hatte sehr gute Manieren, und er war sogar der Herrscher über ein großes Land mit vielen Untertanen, für die er jetzt verantwortlich war.

„Aber er ist ein Elf", sagte sie zu sich selbst, „und das hier ist sein Reich, nicht mein Zuhause."

Sie blickte ihm mit brennenden Augen nach. Gleich musste er das andere Ufer erreichen und aus dem Wasser steigen. Dann würde er sich sicher umdrehen und ... Plötzlich kam Bewegung in sie. So schnell sie konnte, entledigte sie sich ihrer Kleidung und warf sie über den nächstbestene Busch, so wie er es getan hatte. Mit langen, eiligen Schritten lief sie dann ins Wasser, um noch rechtzeitig untertauchen zu können, obwohl er sicher das Platschen hörte.

Angenehme Kühle umfing ihren erhitzten Körper, und als sie wieder auftauchte, konnte sie ihn gerade noch ans Ufer gehen sehen. Wenn er sich jetzt umdrehte, würde sie mehr von ihm zu sehen bekommen, als das je bei einem Mann der Fall gewesen war. Doch Aviyan warf nur einen Blick über die Schulter zurück und ließ sie in Ruhe herankommen. Als sie festen Boden unter ihren Füßen spürte, erhob sie sich jedoch noch nicht ganz, sodass das Wasser noch immer die Blöße ihrer Brüste verdeckte. Doch der Prinz spürte eindeutig ihre forschenden Blicke auf seinem Rücken, während sie sich langsam aufrichtete, sodass das Wasser ihr nur noch bis zu den Hüften reichte. Als er sich umdrehte, schlug sie beschämt die Augen nieder, aber er war sich fast sicher, dass sie zwischen den Wimpern neugierig hervorspähte und seinen Körper musterte.

„Na, nun komm schon raus", rief er ihr aufmunternd zu. „Du verkühlst dich ja sonst."

Das Lächeln auf seinem Gesicht ließ sie schließlich auch diese Hürde überwinden und bis ans Ufer kommen. Sie zitterte tatsächlich wegen der Kälte, oder war es vor Scham? Da war er sich selbst nicht ganz sicher. Mit gesenktem Kopf blieb sie dicht am Ufer stehen und wagte es nicht, ihn anzusehen, sodass er schließlich auf sie zutrat, ihr Kinn erfasste und anhob.

„Sieh mich an, Kari", bat er. Und als sie ihm endlich in die Augen sah, setzte er hinzu: „Du musst dich für nichts schämen. Du bist wunderschön wie eine frisch erblühte Blume. Bitte, glaube mir."

Seine Stimme klang ganz sanft und liebevoll, und genauso sanft und zärtlich senkte er jetzt seine Lippen auf die ihren. Mit Geduld und Einfühlungsvermögen wollte er ihr die Angst nehmen. Nach diesem liebevollen Kuss musste sie doch einfach begreifen, dass es ihm fernlag, ihr irgendeinen Schaden zuzufügen. Forschend blickte er in ihr Gesicht, in dem sie die Augen geschlossen hielt, als würde sie dem Gefühl dieses Kusses noch nachspüren. Aus ihren nassen Haaren liefen ihr ein paar Tropfen über die Wangen, als er sie, einem Impuls folgend, in seine Arme zog und fest an sich drückte, sodass sie seine kräftigen Muskeln spürte, die sie hielten. Seine nackte Haut auf der ihren jagte ihr einen Schauder über den Körper. Erneut küsste er sie, diesmal fordernder und schob dabei auch seine Zunge in ihren Mund, um diesen zu erkunden.

Schon einmal hatten sie sich so innig geküsst, und es schien ihr gefallen zu haben. Diesmal berührten sich auch ihre Körper ohne die störende Kleidung dazwischen. Er spürte die samtweiche Haut ihrer wohlgeformten Brüste auf seiner breiten Brust und sehnte sich danach, diese mit seinen Händen und mit seinem Mund zu liebkosen. Als sie sich wieder voneinander lösten, atmeten sie beide heftig, und er spürte das Gewicht ihres doch so leichten Körpers, der ihm in den Armen lag. Ihr Herz pochte heftig gegen seine Rippen, während sie ihn mit großen Augen ansah und in seinen Zügen zu lesen versuchte.

„Ich liebe dich, Kari! Ich liebe dich mehr als alles andere auf dieser Welt. Bitte werde mein."

Werde mein, dachte sie. Das hatte sie sich in ihren Träumen doch schon selbst gewünscht, und ohne weiter darüber nachzudenken, sagte sie mit leiser Stimme: „Ja, ich will dein sein."

„Oh, Kari", er seufzte glücklich auf, als sei eine große Last von seinen Schultern genommen worden.

Kaïtara war die Frau, die er sich immer gewünscht hatte, und nur die Vernunft hatte ihn bisher davon abgehalten, ihr seine Liebe zu gestehen. Und da er sie ohnehin schon fast gänzlich in den Armen hielt, hob er sie jetzt einfach hoch und trug sie zwischen den Felsen hindurch und ein Stück weiter auf die sonnenüberflutete Lichtung, die sich dahinter öffnete. Das war also das Versteck, das jetzt nur er und sie kannten. Weiches Gras sollte hier ihr Bett sein, allerdings lag hier seltsamerweise auch noch eine Decke herum, ordentlich zusammengelegt, wenn auch schon seit wohl einiger Zeit nicht mehr benutzt. Aviyan wollte seine Braut gerade absetzen, als er ihren entsetzten Blick bemerkte.

„Was hast du denn?", wollte er besorgt wissen.

Doch Kaïtara war viel zu geschockt, um ihm sogleich antworten zu können. Hatte er das alles etwa arrangiert? Hatte er von Anfang an geplant, sie hierher an diesen Platz zu locken? War es denn möglich, dass sie sich so sehr in ihm getäuscht hatte? Dann wäre er nicht besser als die anderen Typen, denen sie sich verweigert hatte!

„Lass mich sofort runter!", forderte sie ihn mit erhobener Stimme auf.

Da sie mit den Beinen strampelte, blieb ihm gar nichts anderes übrig, als sie wie gewünscht auf den Boden zu stellen, sonst wäre sie noch gefallen, da er ihren nassen Körper so kaum halten konnte.

„Aber, Kari, was …?"

Weiter kam er gar nicht, denn plötzlich versetzte sie ihm eine schallende Ohrfeige auf die linke Wange, während sie selbst in Tränen ausbrach und sich zunächst von ihm abwandte. Überrascht und perplex hielt er sich die Wange und konnte sich noch immer keinen Reim auf ihr Verhalten machen. Was hatte er denn in ihren Augen so Schlimmes getan?

„Kari, Darling, ich verstehe absolut nicht …"

Mit von Tränen verschleiertem Blick sah sie zu ihm auf und fragte: „Wie konntest du nur? Wann hast du das geplant? Warst du dir so sicher, dass ich dir folgen würde?"

„Geplant? Was denn geplant?"

Doch nur Sekunden später begriff er, was sie dachte und wie das alles für sie aussehen und auf sie wirken musste, obwohl er sich selbst keiner Schuld bewusst war.

„Die Decke", brachte er tonlos hervor.

„Ja, die Decke!", rief sie wütend. „Das hätte ich nicht von dir gedacht!"

Ihre Augen funkelten ihn wütend an, doch füllten sie sich vor lauter Enttäuschung auch schon wieder mit Tränen. Mit ihren kleinen Fäusten trommelte sie auf seine nackte Brust, während ihre Stimme in Schluchzern unterging. Erst jetzt hatte er so richtig begriffen, was sie in dieser Situation empfinden musste. Natürlich musste sie glauben, dass er ihr Schäferstündchen geplant hatte, oder dass er zu diesem Platz jede kleine Elfe brachte, die so dumm war, ihm bereitwillig zu folgen. Doch dem war ganz und gar nicht so!

„Kari, bitte, hör mir jetzt zu", versuchte er vernünftig und ruhig mit ihr zu reden. „Du täuschst dich! Ich habe das nicht geplant! Ich habe dich nicht hierhergebracht, um dich zu verführen! Vergiss nicht, dass du in diese Richtung galoppiert bist. Erst dann ist mein Entschluss gefallen, dir diesen Platz zu zeigen. Das musst du mir glauben!"

Sie war so enttäuscht, dass seine Worte kaum bis zu ihr durchdrangen, sodass sie nur weinend stammelte: „Aber diese ... diese Decke. Wieso hast du ... ich meine ..."

Betrübt wollte sie sich losreißen und flüchten, doch seine Hand schloss sich wie ein Schraubstock um ihr linkes Handgelenk und hielt sie fest. Sosehr sie sich auch sträubte, sie schaffte es nicht, von ihm loszukommen.

„Kari, diese Decke liegt bereits seit meiner Flucht vor meinem Vetter hier. Ich habe mich an diesem verborgenen Ort schon als Kind versteckt, wenn ich etwas ausgefressen hatte und warten wollte, bis sich die Wogen wieder geglättet hatten. Daher kenne ich den Platz. Und das letzte Mal habe ich mich auf meiner Flucht vor meinen Häschern hier verborgen, bis ... ja, bis mir der Proviant ausgegangen ist. Doch als ich dann wieder von hier aufbrach, um mir etwas zu essen zu suchen, haben mich die Verräter gestellt. Ich floh, ließ alles, was ich bei mir hatte, hier zurück und wurde in einen Kampf Mann gegen Mann verstrickt. Erst als man mir aus dem Hinterhalt den vergifteten Pfeil in die Schulter schoss, hatte ich nur noch die Chance, das in der Nähe befindliche Portal zu nutzen. Es war meine einzige Rettung! Das weißt du, Kari! Ich wusste ja nicht einmal, wohin mich der Dimensionssprung befördern würde. Und dann ... hast du mich gerettet."

Kaïtara sah ihn fragend an. Ihre Augen hingen geradezu an seinen Lippen. Sagte er die Wahrheit, oder wollte er sie nur beruhigen? Doch dann zeigte er ihr noch weitere Dinge, die er am Tage seiner Flucht hier zurückgelassen hatte und die hinter ein paar Gesteinsbrocken verstreut lagen. Eine leere Ledertasche, eine erkaltete Feuerstelle, von der der leichte Wind die Asche in die Umgebung verteilt hatte, und eine weitere Tasche, in der ein Hemd mit seinem königlichen Wappen darauf steckte.

„Glaubst du wirklich, ich hätte das alles hier arrangiert, nur um dich zu verführen? Dann tust du mir unrecht! In diesem Fall hätte ich diese Dinge wohl kaum hier verstreut."

Mit festem Blick sah er sie an, und sie musste heftig schlucken. Sie begriff, dass sie ihm tatsächlich unrecht getan hatte. Aber die Erkenntnis, die sich ihr mit dem Fund der Decke aufgedrängt hatte, war einfach zu schrecklich gewesen.

„Du … du liebst mich also wirklich?"

Ihre Stimme zitterte vor lauter Angst, wie er reagieren würde, doch er drückte sie nur erneut an sich, barg ihr tränennasses Gesicht an seiner Brust und streichelte ihr tröstend und ganz zärtlich über die noch nassen Haare, die ihr etwas wirr ins Gesicht hingen. Mit einem Finger strich er sie zur Seite, um ihr in die Augen blicken zu können.

„Natürlich liebe ich dich, Kari", beteuerte er. „Ich verstehe ja, wie das alles für dich ausgesehen haben muss, aber ich habe schon gar nicht mehr daran gedacht, sonst hätte ich dich doch gar nicht erst hierhergebracht. Und deine Reaktion hat mich dann völlig unvorbereitet getroffen. Bitte, glaube mir, ich würde dich nie anlügen! Dafür bedeutest du mir viel zu viel."

Seine Worte klangen so aufrichtig, und es machte ja auch alles einen Sinn, was er gesagt hatte, dass es ihr bereits leidtat, wie sie reagiert und dass sie ihn geohrfeigt hatte. Nein, das hatte er ganz sicher nicht verdient!

„Bitte verzeih mir", flüsterte sie leise. „Ich liebe dich doch auch! Deswegen hat es ja so wehgetan, als ich denken musste, dass …"

Mit einem Schluchzen brach sie erneut ab. Nein, sie wollte es nicht aussprechen, dass sie geglaubt hatte, er würde sie hintergehen.

„Sssch", versuchte er, sie zu beruhigen, hielt sie, im Gras sitzend, einfach nur fest umschlungen und gab ihr die Zeit, die sie brauchte.

Nach ein paar Minuten, die sie still nebeneinandergesessen hatten, küsste er sie auf die Stirn und wartete gebannt auf ihre Reaktion. Als sie die Augen aufschlug und den Blick zu ihm hob, konnte er es kaum glauben, wie viel Liebe und Vertrauen ihm aus ihnen entgegensahen. Sofort suchte sein Mund ihre Lippen, und da sie seinen Kuss voller Hingabe erwiderte, scheute er sich nicht, sie weiter zu streicheln, zu küssen und seine Lippen dabei über ihren Hals und ihre schmalen Schultern wandern zu lassen. Und sie ließ es auch einfach geschehen, schämte sich nicht mehr ihrer Nacktheit, genoss seine Zärtlichkeit und war sich jetzt ganz sicher, dass Aviyan der Richtige für sie war. Ihm wollte sie das Wertvollste schenken, was sie besaß … sich selbst!

Ohne etwas zu sagen, versprachen ihm bereits ihre Augen die Erfüllung seiner Träume. Kaïtara war ein Mädchen, das man einfach lieben musste, sie sollte seine Frau, seine Partnerin, seine Königin sein! Nur sie!

Während er sie sanft streichelte, schob er seine rechte Hand tiefer, ließ sie über ihre festen, kleinen Brüste gleiten, die sich fast passgenau und wie reife Äpfel in seine Hände schmiegten. Ihr Oberkörper bog sich etwas zurück, doch sein anderer Arm stützte ihren Rücken, so ließ er sie langsam nach hinten ins Gras gleiten. Nur ungern schien sie dabei ihre Lippen von seinen zu lösen, doch er beugte sich sofort wieder über sie und küsste sie auch in dieser Lage. Dann wanderte sein Mund zu ihren Brüsten, damit er ihre korallenroten Knospen mit den Lippen und der Zunge liebkosen konnte. So lange schon hatte er sich das gewünscht. Jetzt ging sein sehnlichster Wunsch endlich in Erfüllung. Sie lag vor ihm wie eine wunderschöne Blume, deren Blütenkelch sich nur für ihn öffnete.

Und Kaïtara genoss seine zärtlichen Berührungen sichtlich, während ihre Hände zunächst durch seine Haare glitten und ihre Finger sanft die Ränder seiner spitzen Elfenohren entlangfuhren, eine Berührung, die sogar ihm eine leichte Gänsehaut bescherte, da gerade diese Ohren bei Angehörigen des Elfenvolkes besonders empfindlich sind. Seine Reaktion gab ihr den Mut, ihre Hände dann über seine breite Brust, seine Schultern und Arme gleiten zu lassen, seinen Körper zu erfühlen und jeden Quadratzentimeter davon kennenzulernen. Bisher hatte sie es ja nicht einmal gewagt, ihren Blick tiefer als bis zu seinen Hüften wandern zu lassen. Aber sie wollte alles von ihm, und sie war bereit, sich ihm ganz und gar hinzugeben. Der Blick ihrer wunderschönen Augen sagte es ihm. Wie hätte er noch zögern können, da er ihr stilles Einverständnis besaß.

So wanderte sein Mund über ihren flachen Bauch, seine Zungenspitze stieß in ihren Nabel und brachte sie zum Kichern, und seine Finger schoben sich tiefer bis zum Ansatz ihrer wohlgeformten Schenkel, wo sie in das Dreieck gekräuselter brauner Haare hineinglitten und dann noch tiefer bis zu ihrer intimsten Stelle hin. Noch nie hatte sie ein Mann auf diese Art und Weise berührt. Zum ersten Mal durchströmten sie diese nie gekannten Gefühle, da er einen seiner Finger in ihren Körper schob, um sie vorzubereiten auf das, was kommen würde.

„Aviyan, was tust du?", hauchte sie fast angstvoll.

Doch sofort verschloss er ihren Mund mit seinen liebkosenden Lippen und flüsterte dann dicht an ihrem Ohr: „Vertraue mir, Darling. Gib dich einfach deinen Gefühlen hin."

Und das tat sie auch. Unter dem sanften Druck seiner Hände spreizte sie ihre Schenkel, über die sacht seine Finger strichen, seine Lippen küssten die empfindliche zarte Haut an den Innenseiten und wanderten zum Ziel seiner Begierde. Verwundert über ihre eigenen Gefühle, blickte Kaïtara auf seinen Kopf, der sich zwischen ihre Schenkel schmiegte und ihr mit seinen fordernden Lippen und seiner leckenden Zunge die wundervollsten Empfindungen bescherte, da er ihre Perle der Lust stimulierte. Fast war sie enttäuscht, als er sich wieder in eine kniende Stellung aufrichtete, doch als ihr Blick jetzt seine pralle Männlichkeit erfasste, war ihr klar, dass er wohl nicht mehr länger warten konnte.

Trotzdem ergriff er zunächst ihre Hand, mit der sie zuvor seine leicht behaarte Brust erkundet hatte, und führte sie zu seinem steifen Schaft, den ihre Finger bereitwillig umfassten, und bewegte ihre Hand daran hoch und runter. Aufstöhnend gab er sich seinen eigenen Empfindungen und Gefühlen hin, da sie seine Erektion mit zarten Fingern liebkoste und massierte. Noch verstand sie nicht recht, was das für ihn bedeuten mochte, doch dass er es genoss, war für sie unverkennbar.

Und obwohl sie noch immer Angst vor dem Unbekannten verspürte, forderte sie ihn auf: „Komm, mach mich zu deiner Frau, geliebter Elf."

Aviyan lächelte ob dieser Worte und versprach ihr: „Ich werde ganz vorsichtig sein, meine Süße, aber ich werde dir einen gewissen Schmerz nicht ersparen können. Und das tut mir schon jetzt leid."

Noch während er dies sagte, hatte er sich in Position gebracht und zwischen ihren gespreizten Beinen seinen Platz eingenommen, sodass sie sein pralles Glied zwischen ihren Schenkeln spürte, als er auch schon mit einem raschen und festen Stoß in sie eindrang. Sie wollte aufschreien, doch der Schmerz nahm ihr für einen Moment den Atem. Ihre Finger krallten sich in seine Oberarme, während ihre Augen ihn entsetzt anstarrten.

Schnell streichelte er ihre Wangen und flüsterte: „Schon vorbei, mein tapferes Mädchen. Das war das Schlimmste. Jetzt bist du eine Frau, meine Frau."

Und dann entspannte sie sich auch schon wieder, schluckte heftig und ließ sich die Tränen, die unter ihren Wimpern hervortraten von seinen leidenschaftlichen Lippen einfach wegküssen. Noch ließ er ihr Zeit, bevor er sich langsam auf und in ihr zu bewegen begann, sodass sie seine pralle Härte erst richtig spürte. Fast automatisch hob sie ihm ihren Leib entgegen, um ihn ganz tief in ihrem Körper zu spüren. Aufstöhnend begann sie ihr Beisammensein zu genießen, passte sich seinem Rhythmus an und seufzte glücklich. Er schien sie perfekt auszufüllen und bescherte ihr die wunderbarsten Gefühle, wie sie sie nicht erwartet und gar nicht zu erhoffen gewagt hatte.

Und da er noch immer Rücksicht nahm, wurde er auch nicht zu fordernd und achtete auf jede ihrer Regungen. Dieses erste Mal in ihrem Leben wollte er ihr zu einem wahren Erlebnis gestalten. Auf seine Unterarme gestützt, vermied er es, ihr zu viel von seinem Gewicht aufzubürden, schob sich gefühlvoll vor und zurück, bis sie plötzlich mit einem Zittern in der Stimme seinen Namen hervorstieß.

„Aviyan! Mein Gott, was geschieht mit mir?"

Der erste Orgasmus ihres jungen Lebens übermannte sie in unerwarteter Stärke, ließ ihren schlanken Körper erbeben, dass sie sich noch fester an ihn klammerte. Ihre innere Muskulatur umschloss seinen Schaft ganz fest und verschaffte auch ihm eine starke Befriedigung.

„Ganz ruhig", stieß er keuchend hervor, „das ist nur deine sexuelle Lust."

Ihr Körper wollte sich aufbäumen, sie schaffte es kaum noch zu atmen, bis sie aufschluchzend wieder zusammensank, die Augen ungläubig aufgerissen. Ihre starke Reaktion begeisterte ihn so sehr, dass er selbst augenblicklich zum Höhepunkt kam und sich in ihrem aufreizenden Körper verströmte, seinem eigenen Verlangen endlich ohne zu zögern nachgab. Keuchend kämpfte er um seine eigene Fassung, streichelte immer wieder ihr hübsches Gesicht, flüsterte Liebesbezeugungen, wie er es noch nie zuvor getan hatte. Seine Lippen liebkosten die ihren so sanft und zart, wie er es nur vermochte.

„Danke, mein Schatz. Du weißt gar nicht, wie viel du mir heute gegeben hast."

Langsam zog er sich aus ihr zurück, rutschte an ihre Seite und zog sie fest in seine Arme. Wahrscheinlich brauchte sie jetzt seine Nähe und Zuneigung. Er hörte sie wohlig seufzen und wusste einfach, dass ihr dieses erste Mal in ihrem Leben trotz des kurzen Schmerzes gefallen hatte. Sanft streichelte er ihre Wangen, während sie sich an ihn kuschelte.

„Du mir auch", setzte sie nach einiger Zeit hinzu. „Ich wusste gar nicht, dass ich zu solchen Gefühlen fähig bin. Und ich bin froh, dass du es gewesen bist, der mich zur Frau gemacht hat."

„Ich hoffe nur, dass ich dir nicht zu sehr wehgetan habe, Liebes."

„Aber nein", wehrte sie sogleich ab. „Das habe ich ja vorher gewusst. Und bei dir hatte ich auch gar keine Angst mehr. Deine Nähe hat mir so viel Zuversicht und Stärke gegeben."

Etwas Schöneres hätte sie ihm in diesem Moment gar nicht sagen können. Und sie genoss es, dass er sie jetzt wieder zärtlich streichelte und sanfte Küsse auf ihre Brüste drückte. Und das leichte Lächeln auf ihrem hübschen Gesicht wäre sicher auch noch länger geblieben, während sie nebeneinander im Gras lagen und die Sonne ihre nackten, ohnehin erhitzten Körper beschien, doch Aviyan versetzte unabsichtlich ihrer guten Stimmung einen derben Dämpfer.

„Bitte, bleib bei mir, Kari. Mein Reich, mein Palast und vor allem mein Herz halten immer einen Platz für dich bereit, Darling. Du musst nur ja sagen, dann kann alles auch dir gehören. Ich möchte es gerne mit dir an meiner Seite teilen!"

Die Worte waren kaum gesprochen, als er merkte, dass er einen Fehler begangen hatte. Ihr Lächeln erstarb bei jedem seiner Worte etwas mehr, doch er wusste nicht, was er jetzt wieder falsch gemacht hatte.

„Kari, was …?", doch sie ließ ihn gar nicht ausreden und rollte sich von ihm weg.

Er hörte sie einen Meter weiter weg weinen, wo sie sich von ihm abgewandt hatte. Er blickte hilflos auf ihren gekrümmten Rücken, da sie sich wie eine kleine Katze zusammengerollt hatte, als habe sie Angst noch mehr von sich preiszugeben. Erschüttert über ihr Verhalten, kroch er näher an sie heran. Schon streckte er die Hand aus, um sie zu berühren, hielt sich im nächsten Moment jedoch zurück. Erst musste er wissen, was mit ihr los war. Was hatte sie nur so verstört?

„Bitte, rede mit mir Liebes. Was ist denn bloß los? Was habe ich denn gesagt? Ich kann deine Reaktion nicht verstehen."

Sie schluchzte zwar noch einmal, sah ihn dann aber aus tränenverschleierten Augen wenigstens an.

„Es … es ist nicht das, was du gesagt hast, Aviyan. Es ist … es ist das, was es für mich bedeutet. Verstehst du denn nicht?"

Doch er schüttelte nur hilflos den Kopf und blickte sie unverwandt fragend an.

„Du … du sagst, dein Reich, dein Palast und vor allem dein Herz halten immer einen Platz für mich bereit, aber …"

„Das stimmt doch auch! Das ist mein voller Ernst!", warf er sofort ein.

„Das bezweifle ich auch nicht."

Ihre leise Stimme klang fast schon wie ein Jammern. Sie hatte sich jetzt wieder aufgesetzt, um ihm ihren Standpunkt klarzumachen, aber in ihren Augen lag dabei grenzenlose Trauer. Warum? Forschend blickte er sie an.

„Wenn ich diesen Platz einnehme", begann sie erneut, „und du kannst mir glauben, dass ich mir nichts Schöneres vorstellen kann, dann muss ich etwas anderes aufgeben, etwas, was bisher mein Leben ausgemacht hat. Verstehst du denn nicht? Dann müsste ich alles, was mir etwas bedeutet hat, einfach zurücklassen, als habe es nie existiert."

Jetzt endlich hatte er sie verstanden und begriffen, was ihr so zu schaffen machte. Sie würde nicht nur ihre Heimat und die Menschen, die sie liebte, verlassen müssen, sondern sogar ihre Welt. Sie würde so weit weg sein, dass selbst Besuche sich auf ein absolutes Minimum beschränken müssten, schließlich benötigten auch Dimensionstore Energie, die sich nach jedem Gebrauch erst wieder aufladen mussten. Und auch für einen Menschen war solch ein Sprung eine kräftezehrende Angelegenheit.

Auch wenn Aviyan, der sie jetzt verstehen konnte, sie gerne überredet hätte, trotzdem bei ihm zu bleiben, so tat er es nicht. Es war ja nicht so, dass er sich selbst nicht auch schon Gedanken darüber gemacht hätte. Und er würde sie bestimmt nicht zu etwas zwingen, wozu sie im Grunde ihres Herzens gar nicht bereit war. Aber die Erkenntnis, sie wieder zu verlieren, kaum dass er sie für sich gewonnen hatte, die schmerzte genauso, als würde man ihm einen Dolch ins Herz stoßen. Da er inzwischen wieder ihre Hand ergriffen hatte, strichen seine Finger zärtlich über die feinen Glieder. Dann suchten seine Augen offen ihren Blick.

„Jetzt kann ich dich verstehen, Kari", meinte er niedergeschlagen. „Ich würde wirklich alles dafür geben, mit dir gehen zu können, aber nachdem mein Vater, der König, tot ist, trage ich die Verantwortung für das Volk der Elfen. Und dieser Verantwortung kann und darf ich mich nicht entziehen! Sonst wären die ganzen Kämpfe gegen meinen Onkel, meinen Vetter und deren Leute umsonst gewesen. Dann wären alle, die mir etwas bedeutet haben, umsonst gestorben!"

Am liebsten wäre er ihrem Blick jetzt ausgewichen, doch er war kein Feigling. Seine Hand strich sanft über ihre Wange, und sie griff zu, drückte sie fest gegen ihr Gesicht. Ihr Blick war so mitfühlend und leidend, dass er sie am liebsten auf der Stelle zum Lachen gebracht hätte. Doch sie hatten beide keinen Grund dazu. Viel zu schwerwiegend waren die Probleme, die sie trotz ihrer tiefen Liebe zueinander trennten.

„Und so bat er sie: „Lass dir bitte alles durch den Kopf gehen, Darling. Sprich mit deinen Eltern. Deine Mutter wird dich vielleicht sogar verstehen. Aber bitte, denke darüber nach! Ich liebe dich, Kari, und das sage ich nicht nur einfach so dahin! Ich … ich möchte, dass du meine Königin wirst!"

Jetzt war es heraus, und er atmete tief ein. Beschwörend sah er ihr in die Augen, diese Augen, die ihm einfach alles bedeuteten und die er nicht mehr bereit war, loszulassen. Und Kaïtara versprach es ihm, obwohl sie wusste, dass Thalion ihren Eltern bereits mitgeteilt hatte, dass sich das Tor aufgeladen hatte und dass sie bereits in zwei Tagen nach Hause zurückkehren wollten, wie es ihre Mutter ihr gesagt hatte. Doch noch hoffte sie, irgendeine Lösung zu finden, die allen Seiten gerecht werden würde, doch das war reines Wunschdenken, und dessen war sie sich durchaus bewusst.

Als Aviyan ihren nackten, anschmiegsamen Körper jetzt in seine Arme zog und gegen den seinen presste, da ließ sie es geschehen und wehrte ihn nicht ab. Es war vielleicht die letzte Möglichkeit, seine aufrichtige Liebe zu genießen. Zu gerne hätte sie seinen Antrag angenommen, doch in diesem Moment konnte sie es einfach nicht! Noch nicht!

In stiller Verzweiflung klammerte sich Kaïtara an den Mann, den sie über alles liebte und den sie nicht mehr aufgeben wollte. Die Sonnenstrahlen wärmten sie zwar, doch wichtiger war ihr die Wärme, die er ihr geben konnte. Ein Leben an seiner Seite erschien ihr einfach zu verlockend. Und nun, da er sie auch in die Geheimnisse der körperlichen Liebe eingeweiht und zur Frau gemacht hatte, wollte sie erst recht nicht mehr auf ihn verzichten. Irgendwie musste sie es schaffen, ihre Eltern davon zu überzeugen, dass es für sie das Beste war, hierzubleiben, hier im Reich der Elfen, denn hier lag ihre Zukunft an der Seite des Mannes, den sie liebte und der auch sie liebte. Doch wie sollte ihr das bloß gelingen?

Sie wusste später nicht mehr zu sagen, wie lange sie so gesessen hatten, wie lange sie mit geschlossenen Augen vor sich hin geträumt und sich bereits ein Leben an seiner Seite ausgemalt hatte, während Aviyans Arme sie gehalten und seine Hände sie beruhigend gestreichelt hatten. Er hatte ihr all die Zeit gegeben, die sie benötigt hatte, um sich wieder zu fangen und mit klarem Blick in die Gegenwart und in die Zukunft zu sehen, die ihr hoffentlich das Leben bescheren würde, das sie sich so sehr wünschte.

Irgendwann strich er ihr zärtlich über die Wange, blickte ihr tief in die wunderschönen Augen und fragte: „Geht es wieder? Wir müssen langsam zurück, sonst wird es zu spät. Und ich möchte die anderen nicht ängstigen, weil wir schon wieder ausbleiben, denn diesmal gibt es kein Gewitter."

Sie blinzelte verlegen und schlang ihre Arme noch fester um seinen Nacken, hielt ihn ganz fest und stammelte: „Aber ... aber ich will ... ich will dich nicht mehr ... mehr verlieren. Ich ..."

„Du wirst mich nicht verlieren, Darling! Am besten bitte ich deinen Vater gleich heute Abend um deine Hand. Oder willst du zunächst mit ihnen reden? Das liegt jetzt ganz allein bei dir. Rede mit deinen Eltern, und ich bin sicher ..."

Doch sie schüttelte den Kopf: „Ich bin doch erst siebzehn. Weißt du, was das bei uns Menschen bedeutet?"

„Ich glaube schon. Das heißt, du darfst noch nicht für dich selbst entscheiden, soviel ich weiß."

Sie nickte stumm.

Dann brach es aus ihr heraus: „Ich kann doch jetzt nicht zurückgehen und in einem halben Jahr hoffen, dass mich das Tor wieder zu dir führt! Das Risiko, dich für immer zu verlieren, ist mir viel zu groß!"

Sie klammerte sich so fest an ihn, als befürchte sie, schon jetzt von ihm gerissen zu werden. Doch er schaffte es auch diesmal, sie so weit zu beruhigen, dass er dann wenigstens aufstehen und sie mit sich hochziehen konnte.

„Komm erst einmal mit. Hier können wir nicht bleiben. Schließlich brauchen wir etwas zu essen. Wir können zwar das Wasser des Flusses trinken, aber es gibt nicht sehr viele Fische darin. Wir müssen zurück ins Schloss und uns dem Problem stellen. Komm nur, meine Liebe, wir schaffen das schon!"

Warum musste er aber auch gerade jetzt etwas so Vernünftiges sagen? Damit zerstörte er doch die wundervolle Atmosphäre zwischen ihnen, die sich gerade erst wieder aufgebaut hatte. Sie hätte wirklich alles dafür gegeben, diesen Moment festhalten, einfach nur bei ihm bleiben, seine Liebe und Nähe genießen zu können.

Doch Aviyan geleitete Kaïtara zurück zum Fluss und zog sie ins Wasser, damit sie wieder zurückschwimmen und sich anziehen konnten. Als sie aus dem Wasser stiegen, bewunderte Aviyan wie schon zuvor ihren schlanken, wohlgeformten Körper, auf dem die restlichen Wassertropfen im Sonnenlicht glitzerten. Das lange Haar, das nun schon zum zweiten Mal durchnässt worden war, fiel ihr wie ein dichter Vorhang über die schmalen Schultern. Er konnte sich an ihr gar nicht genug sattsehen. Auch er wollte sie nicht mehr verlieren, doch im Gegensatz zu ihr, konnte er frei über sein Handeln und Tun entscheiden. Lediglich seine Verantwortung dem Volk der Elfen gegenüber hielt ihn hier fest, sonst würde er ihr sofort folgen, doch hoffte er inständig, dass sie das verstehen würde.

Ihre Pferde hatten sich nur wenig vom Ufer entfernt, sodass der Prinz sie leicht wieder zurückbringen und Kaïtara in den Sattel helfen konnte. Langsamer als beabsichtigt ritten sie zurück zum Schloss, wo sie sicher schon erwartet wurden.

Mit einer gewissen Scheu wandte sich Kaïtara unterwegs noch einmal an ihn und fragte: „Wäre es auch so weit gekommen, wenn ich nicht zufällig in diese Richtung geritten wäre? Hättest du mir dann auch gezeigt, was es bedeutet, wirklich zu lieben? Oder war es nur der Ort und die Tatsache, dass wir durch das Wasser mussten, der dich dazu veranlasst hat?"

Überrascht ob dieser Fragen, sah Aviyan zu ihr hinüber und erklärte ihr ganz ehrlich: „Ich denke schon, dass es passiert wäre, egal wo. Als wir die Nacht in der Jagdhütte verbracht haben, da musste ich mich schon sehr zusammenreißen, aber da warst du noch so schüchtern mir gegenüber, da … da warst du noch nicht bereit für mich."

„Das hast du bemerkt?"

„Natürlich. Aber ich wollte, dass du aus freien Stücken zu mir kommst, dass du es genauso wolltest wie ich."

Jetzt war sie überrascht und flüsterte: „Danke, das war lieb von dir."

Sie sah zwar sein Lächeln, das sich auf seinem ganzen Gesicht, das sie so sehr mochte, ausbreitete, doch der Entschluss, den sie fassen musste, der stand sehr spürbar zwischen ihnen. So wurde es denn doch ein sehr schweigsamer Rückweg für beide.

Im Schloss wurden sie auch schon sehnsüchtig erwartet, weil sie wieder so lange ausgeblieben waren. Und als ihnen beim abendlichen Dinner Jamie verkündete, dass das Magische Tor jetzt wieder genug Energie besaß, dass sie den Rückweg wagen konnten, schaffte Kaïtara es gerade noch, sich zu beherrschen und nicht etwa aufzuspringen oder gar in Tränen auszubrechen. Doch ihr Blick wanderte verstohlen zu ihrem Tischnachbarn. Aviyans Augen schienen sie aufmuntern zu wollen, doch sie schaffte es nicht, ihren Eltern reinen Wein einzuschenken und das wiederum belastete sie noch mehr.

Erst als sich alle voneinander zur Nachtruhe verabschiedeten, bekam der Prinz Gelegenheit, seiner Auserwählten zuzuflüstern: „Ich lasse nach Mitternacht die Wachen auf dem Flur abtreten. Wenn du willst, kannst du ungesehen in meine Räume gelangen."

Beschämt schlug sie die Augen nieder und war sich doch sicher, dass sie sein Angebot annehmen würde, denn schließlich hatten sie nicht mehr viel Zeit miteinander, bis sich das Dimensionstor für sie öffnen würde. Sie konnte es denn auch kaum erwarten, bis die große Standuhr in ihrem Zimmer Mitternacht anzeigte. Als sie an der Tür lauschte, hörte sie deutlich die schweren Schritte der Wachposten, die sich vom Flur zurückzogen. Sie würde wirklich ungesehen zu seinen Gemächern gelangen können. Aber wollte sie es wirklich? War es denn ihr freier Wille? Seltsamerweise kam sie sich irgendwie manipuliert vor. Warum?

Noch einmal setzte sie sich auf das Bett und zog sich die Decke um die Schultern. Die alte Uhr tickte langsam vor sich hin, näherte sich bereits halb eins, da schlug sie die Decke auf ihrem Bett zurück, schwang die Beine heraus und rutschte in die Pantöffelchen, die für sie bereitstanden. Fast wäre sie einfach so im Nachtgewand zur Tür hinausgehuscht, doch im letzten Moment ergriff sie noch den Morgenrock aus kunstvoll gewebtem seidigem Stoff, schlüpfte hinein und schlang den Gürtel darum. Dann drehte sie vorsichtig den dicken Türknauf und öffnete. Ein schneller Blick den Gang hinauf und hinunter zeigte ihr nicht einen einzigen Wachposten mehr. Aviyan hatte Wort gehalten, jetzt lag es an ihr.

Und Kaïtara tat, was er von ihr erhofft hatte. Mit leichten, schnellen Schritten huschte sie eilig los, an der Tür ihrer Eltern vorbei und weiter bis zu den Räumen des Prinzen. Sie ließ sich ganz allein nur noch von ihren Gefühlen und ihrer Liebe zu ihm leiten, die Vernunft spielte keine Rolle mehr. Und auch wenn es ungehörig war, einfach so sein Zimmer zu öffnen, sie tat es, denn er hatte die Tür gewiss nicht verschlossen, wenn er sie wirklich erwartete.

Sie sah sich auch nicht enttäuscht und schob sich gleich einem Schatten durch den Türspalt. Als sie die Tür ins Schloss drückte, stand Aviyan bereits hinter ihr, seine Arme umschlangen sie und zogen sie an sich. Auch er trug seinen Morgenmantel, sodass sie sich unwillkürlich fragte, was er darunter trug. Doch verwarf sie diesen ungehörigen Gedanken schnell, als er sie in seinen Armen zu sich herumdrehte und seine Lippen heftig die ihren eroberten.

„Schön, dass du gekommen bist, meine süße kleine Kari. Ich habe es mir so sehr gewünscht."

„Als ich gehört habe, dass die Wachen abziehen, war mir klar, dass du wartest. Ich will dich doch nicht enttäuschen."
Am liebsten hätte er laut los gelacht: „Du mich enttäuschen? Nie und nimmer!"
„Wieso bist du dir so sicher? Ich habe noch nicht mit meinen Eltern gesprochen."
Erstaunt sah er sie an: „Noch nicht?"
Sie schüttelte den Kopf und meinte: „Siehst du, jetzt bist du doch enttäuscht."
„Aber nein, du hast ja auch noch einen ganzen Tag lang Zeit, Darling."
„Und eine Nacht", setzte sie leise hinzu.

Aviyan zog sie bereits sanft zu dem Kanapee, auf dem er schon bei ihrem ersten Besuch gesessen hatte, nachdem sie ihn aus den unterirdischen Räumen des Schlosses hatte befreien lassen, und ließ sie auf seinem Schoß Platz nehmen. Er sah sie einfach nur an, studierte jeden kleinen Teil ihres Gesichtes, jede Sommersprosse prägte er sich ein, jede Wimper und den Schwung ihrer wie Seide wirkenden Augenbrauen. Doch am besten gefiel ihm ihr sinnlicher Mund, diese wundervollen roten Lippen, die beim Lachen zwei Reihen strahlend weißer Zähne entblößten. Sie konnten so gefühlvoll küssen und ihn dabei geradezu verzaubern. Und genau das wollte er auch in diesem Moment. Ohne Umschweife näherte sich sein Mund dem ihren, seine Lippen ergriffen von ihrem Besitz, küssten sie zärtlich und liebevoll, bis sie auch seiner Zunge Einlass gewährte und sich ihm aufseufzend ergab.

Allein durch seine Nähe und Zärtlichkeit erstickte er bereits all ihre Zweifel, die sie noch immer plagten, im Keim. Sie begehrte ihn, und er begehrte sie. Was sollte daran falsch sein? Sie waren beide ungebunden, aber trotzdem trennten sie im wahrsten Sinne des Wortes Welten!

Allein seine Nähe zu genießen, reichte ihr in dieser Nacht schon aus, um in seinen Armen einzuschlafen. Von ihm gehalten, konnte ihr nichts geschehen, denn er vermittelte ihr damit die Sicherheit, die sie brauchte. Ihr Kopf ruhte dabei an seiner Brust, und auch wenn er sich für diesen Abend mehr erhofft hatte, so gefiel es ihm sehr, dass sie sich in seinen Armen so sicher fühlte, dass sie sogar einschlief. Er mochte es, den Duft ihrer Haare einzuatmen und zu wissen, dass sie genauso empfand wie er, dass sie einfach zusammengehörten. Er wünschte sich nichts sehnlicher, als dass sie bei ihm bleiben und seine Königin werden würde. Und da er nur ihre regelmäßigen Atemzüge hörte, schlief auch er irgendwann ein.

„Kari! Wach auf!"

Sanft rüttelte Aviyan an der Schulter seiner Liebsten, doch sie wollte nicht so recht wach werden, was nicht sehr verwunderte, da die Sonne noch nicht einmal aufgegangen war. Aber als der Elfenprinz erwacht war und sie noch immer in seinen Armen vorgefunden hatte, war ihm klar, dass sie sofort in ihr Zimmer zurückmusste, wenn sie nicht doch noch den Wachposten, die wieder Aufstellung nehmen würden, in die Arme laufen wollte.

Da sie sich aber nicht rührte, hob er ihren Oberkörper etwas mehr an und senkte seinen Mund auf den ihren, wollte sie mit einem Gutenmorgenkuss sanft wecken. Und sie schmeckte für ihn mehr als gut, so süß und sinnlich, verführerisch und lieblich, dass es ihm sehr schwerfiel, sich wieder von ihr zu lösen, als sie plötzlich die Augen öffnete und ihn erstaunt ansah.

„Mehr", hauchte sie fast tonlos, als er seinen Mund von ihr löste, „nicht aufhören."

Doch mehr als einen intensiven Kuss gönnte er ihr nicht mehr, sondern richtete sie aus der liegenden Haltung auf.

„Was ist denn los?"

Ihre Frage klang schon recht mürrisch und verständnislos, doch Aviyan ließ nicht locker.

„Nein, nicht mehr schlafen! Du musst aufstehen und in dein Zimmer gehen! Ich helfe dir."

Er schob sie einfach von seinem Schoß, obwohl ihm das sofort wieder leidtat, und ließ sie mit den Füßen auf den Boden aufkommen, wobei er ihre Hüften aber fest umschlungen hielt, damit sie nicht fallen konnte. Allerdings wurde sie jetzt langsam, aber sicher auch richtig wach, und ihr kam zu Bewusstsein, wo sie sich befand. Erschrocken fiel ihr Blick auf die Fenster, hinter denen sich bereits das erste graue Morgenlicht zeigte.

„Oh nein! Wann kommen die Wachen wieder?"

„Noch sind sie nicht da, aber sie werden in den nächsten Minuten ihre Posten beziehen. Du musst dich beeilen!"

Jetzt endlich kam Bewegung in sie, doch Aviyan hielt sie an der Tür zurück und meinte: „Warte! Lass mich erst nachsehen."

Er öffnete seine Tür nur einen Spalt breit und lugte in den Flur, dann öffnete er die Tür weit und schob sie auf den Gang.

„Alles okay, du kannst gehen."

Doch so einfach verließ sie ihn nicht, einen letzten Kuss musste sie einfach noch einfordern. Zu gerne wäre er noch mit ihr zusammengeblieben, doch die Vernunft musste siegen. Er schob sie schon fast gewaltsam von sich.

„Los, geh jetzt! Wir sehen uns beim Frühstück."

Ein letzter Blickkontakt noch, dann eilte sie davon, erreichte ihr Zimmer und verschwand darin gerade noch rechtzeitig, bevor zwei Posten die Treppe heraufkamen, um Aufstellung zu nehmen. Doch sie bemerkten weder bei Kaïtara noch bei ihrem Prinzen, dass die Türen gerade in die Schlösser gezogen wurden, und nahmen einfach ihre Plätze wieder ein.

Atemlos lehnte sich das Mädchen von innen gegen die Tür, die ihr jetzt Schutz vor den Augen gewährte, die nicht hatten sehen sollen, woher sie gekommen war. Sie hielt ihre eigenen Augen geschlossen und beschwor sein Bild herauf. Fast glaubte sie, seine Lippen noch auf den ihren zu fühlen. Nein, sie wollte ihn nicht mehr verlassen. Sie wollte an seiner Seite leben, aber sie hatte noch nicht ein Wort über ihre Liebe bei ihren Eltern verlauten lassen. Sie hatte ihnen nicht einen einzigen Hinweis gegeben, wie es in ihrem Herzen aussah. Was sollte sie bloß tun?

Sie musste ihre Eltern heute Morgen um ein Gespräch bitten! Entschlossen stieß sie sich von der Tür ab und ging in den Nebenraum, um sich zu waschen und anzukleiden. Sie würde das schönste Kleid anziehen, das ihr die Diener gebracht hatten. Denn wenn es doch ihr letzter Tag sein sollte, wenn sie nicht bleiben konnte, so wollte sie nur für ihn schön sein. Aber nein, daran sollte sie besser gar nicht denken! Es musste sich einfach eine Möglichkeit finden, hier bei ihrem geliebten Aviyan im Elfenreich zu bleiben.

Doch leider wurde ihrer Hoffnung bereits beim Frühstück ein herber Dämpfer versetzt, als ihr Vater verkündete: „Verehrter Prinz Aviyan, ich habe gestern noch einmal einen abschließenden Rundgang mit Hauptmann Thalion gemacht und konnte aus meiner Sicht keine Mängel mehr in der Verteidigung des Palastes feststellen. Und da sich das Dimensionstor nach Ansicht Ihrer Leute auch wieder vollständig aufgeladen hat, sehe ich keinen Grund mehr, Ihre Gastfreundschaft noch länger in Anspruch zu nehmen. Was nicht heißen soll, dass es uns hier nicht gefallen hätte, aber es wird langsam Zeit, in unsere eigene Welt zurückzukehren. Deshalb möchte ich Sie bitten, meiner Familie und mir heute Nachmittag eine Kutsche zur Verfügung zu stellen, damit wir den Weg zum Tor unbeschadet zurücklegen können. Leider sind meine Frau und ich keine so guten und geübten Reiter wie unsere Tochter."

Wenn Aviyan von diesen Worten überrascht wurde, so ließ er es sich nicht anmerken, doch es war klar, dass er seinem Gast diesen Wunsch nicht abschlagen würde. Kaïtara hingegen blieb der letzte Bissen ihres Frühstücks buchstäblich im Halse stecken. Das hatte sie nicht erwartet! Jetzt fehlte ihr für ihr Vorhaben ein ganzer Tag! Sie würgte sichtlich, schaffte es schließlich doch noch zu schlucken und trank rasch ein Glas klares Quellwasser nach. Ihre Mutter sah sie skeptisch an.

„Hast du dich verschluckt, mein Kind?"

Rasch schüttelte sie den Kopf: „Schon gut."

Doch ihre Stimme ließ an Festigkeit zu wünschen übrig, und nur Aviyan wusste in diesem Moment wohl, warum dem so war. Und er konnte nur sehnlichst hoffen, dass sie es noch schaffen würde, ihren Eltern ihre Entscheidung rechtzeitig mitzuteilen. Jetzt hingegen konnte er nichts anderes tun, als Jamies Wunsch nachzukommen.

„Natürlich stelle ich Euch eine Kutsche zur Verfügung. Und ich werde Euch selbstverständlich begleiten. Aber es ist schade, dass Ihr uns schon so bald wieder verlassen wollt, damit habe ich noch nicht gerechnet, Mr. Richards."

Aviyan behielt seine würdevolle Ausdrucksweise bei, auch wenn es ihm sehr schwerfiel. Seine Augen suchten verzweifelt ihren Blick, doch Kaïtara schaute noch wie betäubt von dieser Eröffnung auf ihren geleerten Teller, während sich ihre Hand regelrecht um das Wasserglas verkrampfte.

Nach ein paar Sekunden setzte er noch höflich hinzu: „Ich weiß, dass Ihr durch das Portal nichts weiter mitnehmen könnt, als Ihr am Körper tragt, deshalb bitte ich Euch, die Kleider anzuziehen, die Euch am besten gefallen. Ich wünsche, dass Ihr sie mitnehmt!"

„Danke, Majestät, das ist sehr nett von Euch", ließ sich Sandy vernehmen, die mit Sorge ihre Tochter betrachtete, deren Gesicht eine beängstigend blasse Färbung angenommen hatte. Deshalb sprach sie sie direkt an: „Ist dir nicht gut, Kaïtara? Du bist doch nicht etwa krank?"

Erschrocken sah die Angesprochene auf und wehrte rasch ab: „Nein, nein, alles in Ordnung. Aber wenn wir schon heute aufbrechen, würde ich mich jetzt gerne zurückziehen."

Aviyan nickte ihr einfach zu, denn er hatte die Hoffnung, dass sie die wenige ihr noch verbleibende Zeit nutzen würde, um sich endlich zu erklären, doch Kaïtara schaffte es einfach nicht, sie konnte weder mit ihrer Mutter, die doch etwas zu ahnen schien, noch mit ihrem Vater, der ihr völlig unwissend vorkam, darüber reden. So kam es, dass sie noch immer unverrichteter Dinge und mit einem schlechten Gewissen Aviyan gegenüber an diesem Nachmittag in die offene Kutsche stieg, die sie zu dem Portal bringen sollte. Hauptmann Thalion und fünf weitere Wachen befanden sich im Gefolge und ritten hinter der Kutsche, in der auch der Prinz neben der Frau seiner Wahl seinen Platz gefunden hatte. Und da er einen weiten Umhang über seiner schicken Uniform trug, auf dessen Rücken das Königswappen, der Drachenkopf, eingestickt war, konnte er darunter seine Hand verbergen, die während der Fahrt sich auf Kaïtaras schmale Hand gelegt hatte und diese festhielt, als wolle er ihr Mut machen.

Es wurde nicht gerade eine gesprächige Fahrt, was Jamie darauf zurückführte, dass es bald hieß, Abschied zu nehmen und sie trotz der Standesunterschiede doch gute Freunde geworden waren. Von dem Herzeleid, das seine Tochter quälte, konnte er ja nichts ahnen. Und dann hielt der Kutscher auch schon an, ohne dass Kaïtara eine Chance gehabt hätte, über ihr Problem zu sprechen.

Thalion hielt ebenfalls, stieg ab, befahl seinen Soldaten, auf die Umgebung zu achten, öffnete die Tür der Kutsche und sagte mit einer Verbeugung: „Majestät, wir sind angekommen. Hier muss sich das Portal befinden."

„Danke, Hauptmann."

Aviyan stieg aus und reichte Sandy galant die Hand. Als er auch Kaïtara helfen wollte, durchzuckte ihn ihre Berührung fast wie ein Stromschlag. Sein Blick versenkte sich in ihren Augen, und er vermochte die seelische Qual darin zu lesen. Ihm erging es ja nicht anders, doch durfte er sich als zukünftiger König keine Blöße geben, sodass er sein Leid besser zu verbergen verstand. Schon spielte er mit dem Gedanken, einfach bei ihrem Vater um ihre Hand anzuhalten, doch als er sah, mit welcher Sicherheit sie neben ihren Vater trat, als dieser ihr die Hand reichte, ließ er es bleiben. Alle sahen hingegen gespannt Sandy, der Viertelelfe, dabei zu, wie sie mit schnellen Bewegungen die magischen Zeichen in die Luft malte, die in Kürze das Dimensionstor öffnen mussten, das sie und ihre Familie wieder zurück in die Welt der Menschen direkt nach London befördern sollte.

„Majestät, ich möchte mich noch einmal im Namen meiner Familie für die Gastfreundschaft bedanken, die Sie uns gewährt haben", sprach Jamie die noch nötigen Abschiedsworte. „Wir würden uns sogar freuen, Sie unter weniger widrigen Umständen noch einmal bei uns begrüßen zu dürfen."

Aviyan ergriff mit einem leichten Kopfneigen die ihm dargebotene Hand zum Abschied und versicherte: „Auch ich und das Reich der Elfen haben Euch viel zu verdanken. Ich wünsche Euch eine glückliche Reise!"

„Das Tor wird sich gleich öffnen!"

Sandys Stimme durchbrach diese Höflichkeiten, dann erfasste sie schon die Hand ihrer Tochter, als wolle sie sie noch von einer Dummheit abhalten. Doch während Kaïtara zwischen ihren Eltern zu der Stelle vortrat, wo sich gleich das Tor zu ihrer eigenen Welt öffnen musste, fühlte sie sich innerlich wie zerrissen. Was sollte sie nur tun? Ihr eigenes Leben, das sie seit Jahren so kannte, weiterleben? Ihrem Herzen folgen und bei Aviyan bleiben, um ein Leben in einer ihr unbekannten Welt zu führen, wohl wissend, dass sie nicht dorthin gehörte?

Sie warf einen sehnsüchtigen Blick über ihre Schulter zurück zu dem Mann, den sie so sehr liebte, dass sie bereit war, alles aufzugeben, was ihr bisheriges Leben ausgemacht hatte. Aber konnte sie dieses bisherige Leben denn einfach so aufgeben? Vermochte sie es wirklich, Abschied zu nehmen von all den Menschen, die bisher zu ihr gehört hatten?

Ihr Blick begegnete dem des jungen Elfenprinzen, der nun bald König in seinem Reich sein würde und von dem sie glaubte – nein, von dem sie wusste –, dass er sie genauso liebte, verehrte und begehrte wie sie ihn. Und sie las nicht nur Trauer in seinen Augen, sondern regelrechtes Leid, das Leid darüber, sie loslassen zu müssen. In einer hilflosen Geste hob er die Hand. Wollte er sie zurückhalten oder nur zum endgültigen Abschied winken? Sie wusste es nicht. Tränen sammelten sich in ihren Augen, Tränen der Trauer um ihre große Liebe, sodass alles wie hinter einem Schleier verborgen lag.

Dafür sah sie noch gut seinen Gesichtsausdruck vor sich, als sie ihm heute vor der Abfahrt gestanden hatte, dass sie noch immer nicht mit ihren Eltern gesprochen hatte, um ihnen zu sagen, dass sie hierbleiben und ihr zukünftiges Leben mit Aviyan führen wollte. Er hatte nur wortlos dagestanden und still mit seiner Enttäuschung gekämpft, eine Enttäuschung, die ihm das Herz zu zerreißen drohte, denn es bedeutete, dass Kaïtara nicht bei ihm bleiben wollte. Sie würde ihn verlassen, und er konnte nichts dagegen tun, sondern musste sie gehen lassen!

Es war genau der Moment, da Sandy die letzten magischen Worte rief und es damit schaffte, das Weltentor zu öffnen. Gemeinsam mit ihrer Familie wollte sie zurückkehren. Ihre Hand umklammerte die ihrer Tochter, und Jamie nickte ihr wortlos zu. Schon machte sie den entscheidenden Schritt, wurde augenblicklich von dem Dimensionsstrudel erfasst und zog damit auch Mann und Tochter mit sich.

„Nein!", wollte Kaïtara noch rufen, doch es war bereits zu spät. Der Strudel der Zeiten hatte alle drei erfasst und schleuderte sie durch den Dimensionstunnel zurück in ihre eigene Welt mit all den Menschen, die ihr früher etwas bedeutet hatten. Die Reise schien ihr diesmal unendlich lange zu dauern, obwohl es in Wahrheit nicht mehr als ein paar Sekunden waren, Sekunden, die sie aber von dem geliebten Mann unendlich weit entfernten. Dann kam ganz unvermutet die Landung an exakt derselben Stelle im Park, von der sie vor längerer Zeit aufgebrochen waren. Alle drei landeten nebeneinander im Gras und fanden sich am Boden liegend wieder.

Einer Eingebung folgend, drehte sich Kaïtara sofort um, schließlich kam es ihr so vor, als müsse sie den Elfenprinzen dort noch immer stehen sehen, doch sie sah nur den magischen Strudel aus Materie und Zeit, der gleich in sich zusammenfallen und das Tor verschließen musste. Die Eingebung kam ihr im Bruchteil einer Sekunde! Ihre Mutter hatte ihre Hand längst losgelassen, ihr Vater versuchte gerade wieder auf die Beine zu kommen, da sprang sie selber auf. Ihr Entschluss stand plötzlich fest!

„Mom, Dad, ich liebe euch! Aber ich kann nicht anders! Ich liebe Aviyan! Lebt wohl!"

Sie rief die Worte, als sie bereits auf den Dimensionstunnel zu rannte und eilig hineinsprang.

„Kaïtara! Nein!", hörte sie noch den Ruf ihrer Mutter, als sie buchstäblich in der letzten Sekunde von der Materie verschlungen wurde, dann fiel das Tor in sich zusammen, als hätte es nie existiert.

Kaïtara wusste ganz genau, was sie riskierte und wie gefährlich es war, den Weg sofort wieder retour zu gehen. Ihr Körper wurde zum Spielball der magischen Kräfte, die an ihr zerrten und stießen, doch der Weg war vorherbestimmt, so hoffte sie zumindest. Längst wusste sie nicht mehr, wo oben und unten war, wie lange es dauerte, ob sie überhaupt noch atmete. Alles war so unwirklich und fremdartig, bis sie plötzlich einen Stoß erhielt, der sie aus dem Strudel hinauswarf, dafür hineinstieß in die andere Welt, die sie sich selbst ausgesucht hatte, hinein in die Welt der Elfen und zu … Prinz Aviyan!

Doch das begriff sie zunächst überhaupt nicht. Sie war völlig verwirrt und kraftlos, ausgezehrt von den beiden Dimensionsreisen, die sie viel zu schnell hintereinander absolviert hatte, sodass sie es kaum verkraften konnte. Sie wurde geradezu aus dem Tunnel ausgespuckt, stürzte auf eine Wiese, überschlug sich und blieb desorientiert liegen. Ihr war nicht einmal bewusst, dass sie einen Schrei ausgestoßen hatte. Ihr Bewusstsein schwand, Schwärze und absolute Lautlosigkeit umgaben sie.

Als Kaïtara zusammen mit ihren Eltern durch das Dimensionstor gezogen wurde, brach für Prinz Aviyan eine Welt zusammen. Seine große Liebe hatte ihn verlassen, war unerreichbar weit weg gegangen, ohne dass er etwas dagegen tun konnte. Er musste bleiben, wo er hingehörte, bei seinem Volk, das ihn brauchte, so gerne er seiner Geliebten auch gefolgt wäre, schließlich trug er für all die Bewohner des Reiches jetzt die Verantwortung. Hätte er sein Reich verlassen, wäre sein Vater umsonst gestorben. Dann hätte er alles, wofür er gekämpft hatte, verraten. Er hätte ihr gar nicht folgen dürfen! Trotzdem zerriss es ihm fast das Herz, als sie vor seinen Augen in den Materiestrom gezogen wurde. Hätte man ihm in diesem Moment ein Schwert in die Brust gestoßen, hätte der Schmerz nicht schlimmer sein können!

Aviyan fühlte sich plötzlich völlig leer, ein Teil von ihm war von ihm gerissen worden. Sein Herz schien zu bluten! Wie sollte er ohne Kaïtara bloß weiterleben? Er konnte doch nicht so tun, als sei nichts gewesen, als habe sie nie existiert, oder? Er hatte sie geliebt, und er liebte sie noch! Er hörte nicht einmal, dass ihn sein Hauptmann der Wache ansprach, bemerkte nicht, dass alle nur auf ihn warteten, um zum Palast zurückzukehren. Er starrte völlig abwesend auf das Tor, das sich jeden Moment schließen musste.

„Hoheit, wollt Ihr nicht einsteigen?"

Aviyan sah ihn nicht einmal an, starrte einfach nur auf den Wirbel, als könne er ihm einen Rat geben, als das Wunder, das er nicht zu hoffen gewagt hatte, plötzlich geschah. Das Tor warf erneut eine Person in die Elfenwelt. Sich überschlagend rollte diese quasi vor die Füße des jungen Königs, der es kaum glauben konnte, als er begriff, wer es war.

„Kaïtara!"

Sein überraschter Ruf kam schon eher einem Schrei gleich. Sogleich ließ er sich neben ihr auf den Boden sinken. Ergriff sie an den Schultern und zog sie in seine Arme.

„Kaïtara! Oh, ihr Ahnen! Ich kann es nicht fassen!"

Doch die junge Frau antwortete ihm nicht. Die Belastung der Dimensionsreise war so groß gewesen, dass sie ohnmächtig geworden war. Ganz fest drückte er ihren schlaffen Körper an den seinen, versuchte herauszufinden, ob ihr etwas passiert war. Sanft strich er ihr die Haare aus der Stirn, ließ einen Finger über ihre samtweichen Lippen gleiten und küsste sie schließlich ganz sacht auf den Mund.

„Kari, bitte, Liebste! Wach auf."

Die Verzweiflung war seiner Stimme anzuhören, obwohl er ihren Kosenamen nur geflüstert hatte. Er schien sichtlich unter ihrem Zustand zu leiden. Da wandte sich der Hauptmann Thalion an ihn.

„Hoheit, hier, versucht es damit."

Bei diesen Worten reichte er ihm eine Kürbisflasche mit Wasser. Fast automatisch griff Aviyan danach und benetzte vorsichtig die Lippen der jungen Frau damit, ließ einige Tropfen in ihren Mund fließen. Zunächst glaubte er, auch das sei vergeblich, doch dann musste Kaïtara plötzlich husten. Sie hatte sich an der Flüssigkeit verschluckt, und das brachte sie wieder zu Bewusstsein. Verwirrt blickte sie sich um, konnte noch nicht begreifen, was geschehen war, aber sie erkannte ihren Liebsten.

Sogleich legte sich ein Lächeln auf ihr noch blasses Gesicht und mit schwacher Stimme fragte sie: „Ich … ich habe es … es geschafft …?"

„Ja, Liebste, das hast du! Du bist zu mir zurückgekommen. Du … du liebst mich also wirklich, meine süße kleine Kaïtara." Er seufzte auf, denn diese Erkenntnis war der reinste Balsam für seine Seele. Er dachte, er könne sich an ihr gar nicht genug sattsehen, an diesem hübschen, ebenmäßigen Gesicht, das ihre braunen Haare umrahmten, an den haselnussbraunen Augen, die so sanft blickten, an ihren schön geschwungenen vollen Lippen, die ihn immer so hingebungsvoll geküsst hatten. Sie war freiwillig zu ihm gekommen, hatte alles hinter sich gelassen, was ihr bisheriges Leben ausgemacht hatte. Einen stärkeren Liebesbeweis konnte es nicht geben, schließlich hatte sie durch den erneuten Weg durch Raum und Zeit sogar ihr Leben riskiert.

„Oh, Kari, wusstest du denn nicht, wie gefährlich es gewesen ist, sofort zurückzukommen? Welches Risiko du eingegangen bist? Wenn sich das Tor eine Sekunde früher geschlossen hätte, wärst du zwischen den Welten auf ewige Zeiten verschollen gewesen!"

Diese Erkenntnis traf ihn selbst jetzt noch wie ein Schock.

„Ich habe es doch für dich getan, Darling", flüsterte sie leise und mit noch immer schwacher Stimme.

„Für mich", echote er so leise, dass wohl nur sie es hören konnte. „Du bist mein."

In einer besitzergreifenden Geste drückte er sie so fest als nur möglich an sich, ohne ihr dabei wehzutun, küsste sie auf die Stirn, und sie lächelte glücklich. Und da sie nicht ewig hier im Gras sitzen bleiben konnten, schob er seine Arme so unter ihren Körper, dass er sie beim Aufstehen mit hochheben konnte, hielt sie sicher an sich gedrückt, während sie ihren Kopf an seine Schulter gelegt hatte und es einfach nur genoss, von ihm umsorgt zu werden. So trug er sie zu der Kutsche und setzte sie vorsichtig hinein, um dann neben sie zu rutschen.

„Ich bringe dich nach Hause, Darling, in dein neues Zuhause!"

Diese Worte klangen in ihrem Kopf noch nach. Ihr neues Zuhause, ein Zuhause, das auch seines war, das war es, was sie sich sehnlichst gewünscht hatte, seit sie sich nähergekommen waren.

Doch diese Tatsache wurde ihr erst jetzt so richtig bewusst. Sie würden in all den Jahren, die ihr noch blieben, zusammen sein. Ja, sie würde altern und er nicht, jedenfalls nicht merklich, doch ihre Liebe war stark genug, um auch dieses Hindernis zu überwinden, da war sie sich sicher!

Die ganze Fahrt zum Palast über hielt er sie mit seinem linken Arm umschlungen, und ihr Kopf ruhte an seiner Schulter, so wie damals der seine an ihrer Schulter, als er verletzt und dem Tode nahe in ihre Welt geflohen war. Sacht strich er ihr immer wieder über die Wange und wurde von ihrem zaghaften Lächeln belohnt. Sie war so müde, dass sie immer wieder einnickte. Doch was sollte ihr denn jetzt noch passieren? Aviyan war bei ihr, sein starker Arm hielt sie. Er würde sie vor jedem Leid beschützen! Also konnte sie ganz beruhigt schlafen.

Der Elfenprinz vermochte kaum den Blick von seinem schlafenden Engel zu wenden. Viel zu schnell verging ihm die Zeit, bis sie den Palast erreichten, die Kutsche vor dem Portal hielt und ein Diener die Tür öffnete.

„Eure Hoheit, wollt Ihr …"

„Pst", rasch brachte er den Diener zum Schweigen, damit Kaïtara nicht aufwachte.

Ganz vorsichtig erhob er sich, sie dabei auf den Armen haltend, und ließ sich nur zu beiden Seiten etwas stützen, damit er sicher aussteigen konnte, ohne dass er bei dem zusätzlichen Gewicht ins Stolpern geriet. So schritt er die drei Stufen zum Portal hinauf, während ihm einer der Diener vorauseilte, um ihm die Türen öffnen zu lassen. Alle Posten und Diener nickten ihm nur huldvoll zu, keiner wagte es, laut zu sprechen, während er die breite, geschwungene Treppe hinaufschritt, die zu seinen Gemächern führte. Auch hier betrat er ohne Verzögerung seinen eigenen Schlafraum und wies den Diener mit einer kurzen Kopfbewegung hinaus. Er würde sich selbst um seine Braut kümmern.

Vorsichtig und so sacht wie nur möglich legte er sie auf sein eigenes Bett ab, wo sie in den weichen Kissen und seidigen Tüchern fast versank. Da sie noch immer nicht aufgewacht war, er sie aber jetzt auch nicht wieder verlassen wollte, ließ er sich neben sie auf das Lager nieder, behielt seine Augen aber auf ihre entspannten Züge gerichtet, weil er sich nicht von ihrem Anblick lösen konnte. Er konnte es noch immer nicht fassen, dass sie zu ihm zurückgekehrt war, dass sie ihn anscheinend so sehr liebte, dass sie ihr bisheriges Leben aufgegeben hatte, um bei ihm sein zu können, und das für den Rest ihres kurzen Menschenlebens. In seine Betrachtungen versunken, fielen dann auch ihm irgendwann die Augen zu.

Da Aviyan den Befehl gegeben hatte, sie beide auf keinen Fall zu stören, hielt man es auch nicht für nötig, wegen des Dinners anzufragen, sodass es längst dunkel geworden war, als Kaïtara wieder die Augen aufschlug. Da ein heller Vollmond durch das hohe Fenster des Zimmers schien, konnte sie alles recht gut erkennen. Aber das Erste und Wichtigste, was sie sah, war Prinz Aviyans Antlitz, das dem ihren ganz nahe war. Er war mit einem Lächeln auf den Zügen eingeschlafen, wie sie feststellen konnte, und dabei musste er sie angesehen haben. Er hielt noch immer ihre Hände umfasst, als wolle er sie nie wieder loslassen. Kaïtara sah das als kleinen Liebesbeweis an, schob sich noch etwas dichter an ihn heran und berührte mit ihren Lippen ganz sacht und zärtlich seinen Mund.

Sofort schlug er die Augen auf, begriff im selben Moment, dass er nicht geträumt hatte, sondern dass sie tatsächlich bei ihm war, und erwiderte ihren Kuss auf seine Weise. Er zog sie ganz dicht an sich heran, ließ seine liebkosenden Lippen über ihre Stirn, über ihre Wangen, über ihre Augenlider und schließlich zu ihrem Mund wandern. Jeden Zentimeter ihres wunderbaren Körpers wollte er liebkosen und schmecken, wollte spüren und fühlen, dass sie zu ihm gehörte. Und Kaïtara ließ ihn nur zu gerne gewähren. Bereitwillig öffnete sie die Lippen und gewährte seiner Zunge Einlass in ihren Mund, genoss seine liebevolle Zärtlichkeit und gab sie gleichermaßen an ihn zurück.

Ja, sie war bereit für ihn und signalisierte ihm das auch, da ihre Finger bereits sein Hemd aufknöpften und dann über seine breite Brust glitten. Ihr Mund folgte und erkundete seine nackte Haut, die sie mit seinem herben, männlichen Duft zu verführen schien, während seine verlangenden Blicke auf ihrem Körper zu brennen schienen.

Noch nicht ein einziges Wort hatten sie miteinander gewechselt, doch Worte schienen hierbei ohnehin überflüssig. Sie verstanden einander auch so. Ihre Körper sprachen ihre eigene Sprache, die eindeutiger nicht sein konnte. Und als Aviyan ihre Brüste entblößte, um sich ihnen eingehend zu widmen, da stöhnte sie bereits voller Verlangen nach mehr. Sein Mund umschmeichelte ihre Knospen, brachte sie dazu, dass sie sich verhärteten und sich ihm regelrecht entgegenreckten und nach seinen Liebkosungen zu betteln schienen. Er küsste, saugte und knabberte zärtlich an diesen empfindlichen Gebilden, dass Kaïtara vor lauter Genuss die Augen verdrehte. Und als ihr Geliebter sein Gesicht zwischen diesen wohlgeformten Gebilden barg, da drückte sie seinen Kopf noch fester gegen ihren Oberkörper, wühlte ihre Finger in seine Haare und genoss sein Stöhnen, das von seinem Verlangen kündete, während er den wundervollen Duft ihres Körpers wie ein Ertrinkender in sich aufnahm.

Seine kraftvollen Arme umschlangen sie, als sie ihm das Hemd von den Schultern streifte, um ihre Hände über seine leicht behaarte Brust gleiten zu lassen, um sie zu liebkosen, zu streicheln und sich schließlich am Verschluss seiner Hose zu schaffen zu machen, die sich bereits deutlich ausbeulte und von seiner Erregung kündete. Oh ja, er wollte sie, jetzt, hier, auf der Stelle und ohne Wenn und Aber! Kaïtara war sein! Nie wieder würden sie sich trennen! Sie gehörten zusammen für die Ewigkeit, wie lange diese Ewigkeit auch dauern mochte. Es würde ihre ganz persönliche Ewigkeit sein!

Kaïtara schaffte es trotz ihrer fahrigen Finger irgendwann, endlich seine Hose zu öffnen und sein schwellendes Glied zu befreien, das sie sogleich mit ihren Händen zu massieren begann, was ihn schier an den Rand des Wahnsinns zu treiben schien. Fast wäre er auf der Stelle gekommen, schaffte es gerade noch, sich zu bezwingen und drückte sie nach hinten in die weichen Kissen, damit er ihr eilig den weiten Rock ausziehen konnte, den er zu seinen eigenen Sachen auf den Boden warf. Nur ihr Höschen bedeckte noch den Ort seiner Begierde, doch das zog sie sich bereits selbst aus und präsentierte sich ihm so, wie die Natur sie geschaffen hatte.

Seine Blicke wurden geradezu magisch angezogen von dem Dreieck am Ansatz ihrer Schenkel, und er musste hart schlucken, da er begriff, dass dieses wunderschöne Wesen nun wirklich sein war, dass sie sich für ihn allein entschieden hatte und an seiner Seite bleiben wollte, was immer die Zukunft auch für sie bereithalten mochte. Sie würden es gemeinsam durchstehen, sie würden Glück und Leid miteinander teilen, denn sie waren endlich miteinander vereint.

Und in dieser Nacht wollte er ihr seine Liebe erneut beweisen, da wollte er ihr all die Zärtlichkeit schenken, zu der er nur fähig war. Sich zu ihr herunterbeugend, liebkoste er mit seinen Lippen zunächst ihren flachen Leib, ließ seine Küsse dann zu den Innenseiten ihrer Schenkel wandern und massierte mit seinen Fingern ihre empfindlichen Schamlippen und ihre Perle der Lust, dass ein wohliger Schauer nach dem anderen ihren Körper überlief. Aviyan wurde es nicht leid, sie immerfort zu streicheln und zu liebkosen, ließ seine Hände überall auf ihrer Haut tanzen und spielen, bis Kaïtara ihn zu mehr aufforderte.

„Nimm mich", hauchte sie mit tonloser Stimme. „Ich will dich ganz und gar spüren, geliebter Elf."

In seinen dunklen Augen glomm das Feuer der Leidenschaft schon längst. Warum hätte er nach dieser Aufforderung noch zögern sollen? Sie wollte ihn, und er wollte sie. Was wäre falsch daran, wenn sich zwei Liebende vereinten? Absolut nichts! Und so drängte er sich zwischen ihre Schenkel, die sie bereitwillig spreizte, um ihn willkommen zu heißen, um ihm das zu geben, was er begehrte, und um das zu empfangen, was sie sich selbst von ihm wünschte, so sehr wünschte, dass sie ihr altes Leben einfach aufgegeben hatte.

Schon spürte sie seine Härte an ihrer intimsten Stelle, stöhnte begehrlich auf, da er jetzt in sie eindrang und ihren Leib so perfekt ausfüllte, dass sie einfach füreinander geschaffen sein mussten. Noch tiefer stieß er in sie hinein, immer und immer wieder, schneller und heftiger. Er stützte sich dabei auf seinen Armen ab, um sie nicht mit seinem Gewicht zu belasten, fand seinen Rhythmus und stöhnte vor Anstrengung und dem wundervollen Gefühl, als sich ihre innere Muskulatur so erstaunlich fest um sein Glied schloss, als wolle sie ihn nie wieder loslassen.

„Oh Gott, Aviyan!"

Sie keuchte seinen Namen, krallte eine Hand in das Bettzeug, die andere umklammerte seinen rechten Arm, dass ihre Fingernägel sich in sein Fleisch gruben, so heftig war der Orgasmus, den er ihr bescherte, und der auch ihn kurz darauf zum Höhepunkt seiner Lust führte. Auch er rief ihren Namen, als er sich in ihr verströmte und ihr einen Teil von sich selbst zum Geschenk machte.

„Ka…ri!"

Atemlos und fast unfähig zu mehr, keuchte und stöhnte er, fand zielsicher mit seinen Lippen ihren Mund und eroberte mit seiner Zunge die ihre. Wild schlugen ihre Herzen fast im selben schnellen und harten Takt. Sie löste ihre Hand von seinem Arm und fuhr in seine Haare, drückte seinen Kopf noch fester nach unten, bis sie beide kaum noch Luft bekamen. Ihre zunächst noch verspielte und zärtliche körperliche Liebe war zu wildem und ungezügeltem Sex geworden, der sie aber beide befriedigte und ihnen das gab, was sie voneinander erwarteten und verlangten.

„Ich liebe dich!", flüsterte sie in eines seiner spitzen Ohren, die sie schon längst genauso mochte, wie alles andere an ihm. Vor allem sein freundliches und zuvorkommendes Wesen machte sie glücklich und zufrieden, wenn er nur bei ihr war. Nie wieder wollte sie sich von ihm trennen! Nie und nimmer!

„Ich liebe dich auch!", erwiderte er leise. „Du bist das Beste, was mir passieren konnte. Ich muss meinem Vetter dankbar sein. Hätte er mich nicht jagen und verfolgen lassen, wäre ich nicht in deine Welt geraten und hätte dir auch nicht begegnen können."

Ja, das Schicksal hatte es gut mit den beiden jungen Leuten gemeint, das wussten sie nur zu gut. Lächelnd schmiegte sie sich an ihn und spürte seine noch immer steife und harte Männlichkeit zwischen ihren erhitzten Körpern.

Sie war sich sicher: „Solange ich lebe, werde ich nur dich lieben!"

Doch die bittere Botschaft, die im ersten Teil des Versprechens lag, wollte er gar nicht hören und verschloss ihren Mund rasch mit einem langen und intensiven Kuss. Für ihn würde auch sie ewig leben!

Das glückliche Lächeln auf dem Gesicht der jungen Frau hatte sich die ganze Nacht über gehalten, sodass es das Erste war, was der Prinz am kommenden Morgen sah, als er die Augen aufschlug. Noch immer lag sie in seinen starken Armen, die dunklen Haare ausgebreitet auf den seidigen Kissen des heftig zerwühlten Bettes. Die Erinnerung an die letzte Nacht stand noch sehr lebendig vor seinem inneren Auge. Kaïtara liebte ihn! Sie hatte für ihn alles aufgegeben und war zu ihm in sein Reich gekommen. Konnte es einen größeren Beweis ihrer Liebe geben? Nein, sicher nicht! Und er wollte sich dieser Liebe würdig erweisen.

Noch heute wollte er seine Leute instruieren, damit sie nicht nur seine Krönung, sondern auch seine Hochzeit mit dieser Frau vorbereiten sollten. Er wollte sie so schnell wie möglich offiziell heiraten, auch wenn ihm klar war, dass er den Feinden seines Reiches, die noch immer im Stillen Mindavis huldigten, damit neuen Zündstoff lieferte. Denn noch niemals in der Jahrtausende zählenden alten Tradition des Elfenreiches hatte es einen Elfenkönig gegeben, der eine menschliche Frau zu seiner Königin gemacht hatte. Kaïtara sollte die Erste sein!

So wunderte es Aviyan denn auch nicht, dass in der einberufenen Sitzung im Thronsaal seine Berater zwar sofort dafür waren, die Krönung gleich in den nächsten Tagen zu vollziehen, seine Hochzeit mit Kaïtara jedoch nur auf Ablehnung traf. Selbst ein altgedienter Elf, der nicht wegen seines Ranges, sondern wegen seines Alters und seiner Erfahrung zu den Beratern des Königshauses gehörte und schon von König Kelanar geschätzt worden war, schüttelte bedenklich den über Jahrhunderte hinweg in Würde ergrauten Kopf.

„Verzeiht mir meine Offenheit, Majestät", äußerte er sich, „aber tut das nicht! Ihr könnt diese Menschenfrau noch so sehr lieben, aber sie wird von Eurem Volk nie anerkannt werden. Eine solche Verbindung würde Euch Euren Gegnern nur in die Hände spielen. Daraus kann nichts Gutes erwachsen! Wollt Ihr heiraten, so wählt eine Elfe aus. Sie kann von noch so niederem Stand sein, aber es muss eine Elfe sein, Majestät!"

Aviyans dunkle Augen blitzten wütend. Er wusste ja selbst, dass er mit einer solchen Entscheidung gegen alle Regeln verstieß, trotzdem hatte er gehofft, dass man ihn verstehen und seine Gefühle für Kaïtara respektieren würde. Letztendlich lag das letzte Wort, das in dieser Angelegenheit gesprochen wurde, bei ihm selbst. Er konnte den Rat überstimmen und ihnen allen seinen Willen aufzwingen. Doch zu welchem Preis?

Alle wären in diesem Fall gegen ihn! Und er wollte seiner geliebten Kaïtara doch ein ruhiges und friedliches Leben bieten, nicht aber Intrigen und Missgunst!

Aviyans Hände ballten sich auf dem runden Tisch, an dem er mit seinen Beratern saß, zu Fäusten. Die Wut stand ihm ins Gesicht geschrieben, sodass ein anderer der Berater es wagte, einen Vorschlag zu machen.

„Majestät, wenn Euch so viel an dieser Menschenfrau liegt, so lasst Euch zunächst krönen. Dann suchen wir Euch eine Elfenfrau, die Eurer würdig ist und die Verständnis haben wird, dass Ihr sie erst als die wahre Königin und Frau Eures Hauses anerkennt, wenn die ohnehin kurze Lebensspanne der Menschenfrau abgelaufen ist. Für den Preis, die offizielle Königin zu werden, wird sie sicher warten und Euch verzeihen, dass Ihr sie nicht so lieben könnt, wie Ihr solltet. Aber ..."

Weiter kam der Mann nicht, denn Aviyan glaubte, sich zunächst verhört zu haben. Dann begriff er plötzlich, was sein Berater damit sagen wollte, und seine Wut über diese Ungeheuerlichkeit bahnte sich seinen Weg. Mit einem Ruck fegte er den vor ihm stehenden Weinkelch von der Tischplatte, dass er scheppernd auf dem Boden aufschlug, sprang selbst auf und donnerte mit viel zu lauter und wütender Stimme los: „Was erdreistet Ihr Euch?

Ich soll die Liebe meines Herzens wie eine Mätresse halten? Soll allen vorspielen, eine andere Frau sei mein Eigen? Und das alles so lange, bis … bis Kaïtara irgendwann stirbt?"

Die letzten Worte wollten ihm kaum über die Lippen kommen.

„Aber Eure Majestät", versuchte der Mann einzulenken, der seinen Prinzen noch nie in einem solchen Zustand der Erregung erlebt hatte, nicht einmal als er vom Tode seines Vaters erfahren hatte.

„Das habt Ihr doch damit sagen wollen, nicht wahr?", donnerte Aviyan dazwischen, die Fäuste noch immer geballt und sichtlich um Fassung bemüht. „Wie könnt Ihr es wagen, die Frau meines Herzens als einfache Geliebte abzutun? Ich habe ihr mein Leben zu verdanken! Sie hat alles aufgegeben und ist zu mir gekommen. Aus Liebe! Das solltet Ihr nicht vergessen!"

Er brüllte diese Worte regelrecht, wandte sich dann abrupt um und verließ mit langen Schritten den Saal, denn er war keinesfalls gewillt, sich diesen Unsinn noch länger anzuhören. Was dieser Mann aus seinem Kreise der Vertrauten da vorgeschlagen hatte, war eine Ungeheuerlichkeit. So etwas konnte man doch nicht ernsthaft als Lösung betrachten und er schon gar nicht!

Die reine Wut beherrschte ihn noch, als er mit gerötetem Gesicht und funkelnden Augen seine Gemächer betrat. Doch seine zu einem schmalen Strich zusammengepressten Lippen lösten sich sofort, als er bemerkte, wer ihn dort erwartete. Seine geliebte Kaïtara stand vor ihm in einem wunderschönen bodenlangen Kleid, das ihre formvollendete Figur umschmeichelte. Ihre langen braunen Haare hingen ihr offen über die nackten Schultern, die das Kleid frei ließ, das ihre festen kleinen Brüste so gekonnt anhob und zur Geltung brachte. Und die blaue Farbe des samtigen Stoffes passte sehr gut zu ihrem Teint und ihren Haaren.

War Aviyan im Moment seines Eintritts noch von heftiger Wut beherrscht, was auf seinem Gesicht deutlich zu erkennen war, so glätteten sich seine Züge bei ihrem Anblick sofort. Ihr Lächeln zauberte auch auf sein Gesicht sogleich ein paar weichere Züge und ein Lächeln, das nicht nur seinen Mund, sondern auch seine Augen erfasste. Sein ganzer Körper entspannte sich, seine

Fäuste lösten sich, und er sah sie einfach nur an, konnte kaum glauben, wie schön sie war. Dann endlich kam Bewegung in ihn. Er trat auf sie zu, streckte die Arme nach ihr aus und zog sie fest an sich. Seine Hand zitterte, als er über ihr Haar strich, aber er wollte ihr nichts von den Zweiflern mitteilen, die gegen eine Verbindung zwischen ihnen sprachen. Heftig küsste er sie, dass sie ihn danach verwundert ansah.

„Was ist mit dir? Was hast du? Dich bedrückt doch etwas."

Oh ja, sie kannte ihn schon viel zu gut. Doch er würde ihr von dem Gespräch nichts erzählen. Sie durfte nie etwas von dem Vorschlag erfahren, den man ihm unterbreitet hatte. Es reichte doch bereits, dass er diesen seelischen Schmerz empfinden musste. Das wollte er ihr unter allen Umständen ersparen!

„Es ist nichts, was dich bekümmern muss, Kari. Es ist alles in Ordnung!"

Er konnte nur hoffen, dass sie seine Lüge nicht durchschaute, denn in Wahrheit war nichts in Ordnung! Einfach gar nichts!

„Meine Krönung ist schon für Ende dieser Woche angesetzt."

„So schnell schon?", fragte sie sanft zurück. „Und das macht dich nervös?"

Dankbar griff Aviyan rasch diesen Faden auf, um sie über seinen tatsächlichen Kummer im Unklaren zu lassen. Die Gerüchteküche am Hofe würde trotz allem hochkochen, auch wenn er seinen Beratern verboten hatte, etwas von dem nach außen zu tragen, was besprochen worden war, wenn man von der Krönung mal absah.

„Ich habe eine Dienerin für dich ausgesucht, die schon meiner Mutter treu ergeben gewesen ist. Sie soll dir Gesellschaft leisten und dir alles zeigen, da ich in den nächsten Tagen mit der Verbannung der Anhänger von Mindavis sowie mit der Vorbereitung zur Krönung sehr viel zu tun haben werde", erklärte er ihr, während er sie noch immer im Arm hielt. „Außerdem muss ich darüber entscheiden, ob Nivânus, Thalions Stellvertreter, an einer Verschwörung mit meinem Vetter Mindavis beteiligt gewesen ist oder nicht."

„Aber wir werden in Zukunft doch mehr Zeit für uns haben, nicht wahr?"

Er hörte sehr wohl das Bedauern aus ihren Worten, das ihm verriet, wie gerne sie nur mit ihm allein gewesen wäre. Aber er musste jetzt in die Fußstapfen seines Vaters treten und zeigen, dass er das Reich der Elfen regieren konnte. Er durfte sich keinen Fehler leisten. Im selben Moment erschrak er innerlich bei dem Gedanken, dass eine Heirat mit Kaïtara ein solcher unverzeihlicher Fehler sein würde. Doch dann wischte er ihn schnell beiseite.

„Ich verspreche dir, dass ich jede freie Minute mit dir verbringen werde, mein Schatz. Auch die gemeinsamen Mahlzeiten wird man uns nicht nehmen können." Er stockte einen Moment und fügte dann hinzu: „Und auch nicht unsere Nächte."

Dabei grinste er schelmisch, worauf sein Mund bereits wieder den ihren eroberte. Was Aviyan jedoch wirklich fühlte und dachte, das verbarg er sorgfältig vor ihr, schottete es ganz tief in seinem Inneren ab. Auf keinen Fall sollte Kaïtara etwas von dem erfahren, was man ihm vorgeschlagen hatte! Und dabei musste er sogar seine Gedanken abblocken, da er nicht wusste, wie weit sich ihre Elfenkräfte bereits entwickelt hatten, ob sie seine unbewussten Gedankenströme nicht doch schon auffangen konnte. Dann hätte sie alles erfahren und wäre nur unnötig belastet worden, denn noch wollte er nicht aufgeben, sondern alles daransetzen, einen Ausweg für ihre Liebe zu finden. Das war für ihn das wichtigste Ziel überhaupt!

Wie zur Bestätigung seiner Worte und seiner Gefühle küsste er sie noch einmal heißhungrig, dass ihr schier die Luft wegblieb.

Aviyan sollte recht behalten, dass er viel zu viel damit zu tun haben würde, die Angelegenheiten seines Reiches zu ordnen. Trotzdem vergingen die nächsten Tage für Kaïtara wie im Fluge. Bila, ihre persönliche Dienerin, die ihr der Prinz zugeteilt hatte, war nicht nur sehr zuvorkommend und liebenswürdig, sie entwickelte sich trotz des erheblichen Altersunterschiedes von fast zweihundert Jahren zu einer richtigen Freundin und Vertrauten. Sie wusste Kaïtara vieles aus den frühen Jahren des Prinzen zu berichten, über seine Mutter, die Königin, und dass er sich schon früh immer wieder über viele Regeln des Hofes hinweggesetzt hatte, was ihm nicht selten den Zorn des königlichen Rates eingebracht hatte.

Einen Tag vor der Krönung befand sich Kaïtara allein am Ufer des Sees, der den Palast umgab. Sie hatte sich mit voller Absicht von Bila weggestohlen, um einmal allein zu sein und ihren Gedanken nachhängen zu können. Ganz still saß sie unter einem weit ausladenden Baum, dessen Zweige fast den Boden berührten, und lauschte dem Zwitschern der vielen Vögel, betrachtete den Taumelflug der Schmetterlinge und hörte ab und zu das Glucksen, wenn ein Fisch nach einem Insekt auf der Oberfläche des Sees schnappte. Alles war friedlich, und sie hätte kaum glücklicher sein können, nur Aviyan fehlte ihr. Sie dachte daran, dass er ihr versprochen hatte, einen Boten zu ihren Eltern zu schicken, sobald dies nur möglich war, damit sie wussten, dass ihr bei dem erneuten Dimensionssprung nichts passiert war und dass sie ihr Ziel erreicht hatte. Denn das war ihr doch sehr wichtig!

Plötzlich stutzte sie, als sie die leisen Stimmen zweier Elfenfrauen hörte, die sie bereits aus dem Schloss kannte. Sie schienen gerade vom Beeren- und Kräutersammeln zurückzukommen und unterhielten sich, ohne dass sie Kaïtara bemerkt hätten. Diese wollte sie gerade ansprechen, da sie es als unhöflich empfand, so einfach zu lauschen, als die eine der Frauen etwas sagte, was sie zurückhielt.

„Du glaubst also nicht, dass der Prinz sie heiratet?"

„Nein, natürlich nicht! Er muss eine Elfe zur Königin nehmen."

„Aber ich dachte, er liebt diese Menschenfrau."

„Das ändert doch nichts daran, dass er Verpflichtungen zu erfüllen hat. Das Gesetz schreibt eine Elfe auf dem Thron vor, und er kann es nicht so einfach ändern."

„Auch dann nicht, wenn er sich zuerst zum König krönen lässt? Das geschieht doch schon morgen."

„Sicher, er wird unser König! Aber mein Gatte, der im Rat sitzt, meinte, man habe dem Prinzen gesagt, er solle eine Elfe aus dem Volk zur Gemahlin nehmen und …"

„Aber die Menschenfrau?"

„… und sie könne er ja als Geliebte behalten. Schließlich ist sie nicht unsterblich, sodass sich die Sache irgendwann von alleine regelt."

„Und das haben die Berater dem Prinzen vorgeschlagen?"

Die Elfe schien diese Neuigkeit selbst nicht fassen zu können, doch die andere Frau bestätigte sofort: „Ja, mein Mann hat ihm das bereits bei seiner ersten Sitzung empfohlen."

„Und wie hat der Prinz darauf reagiert?"

„Er ist sehr wütend geworden, hat die Sitzung abgebrochen und alle einfach stehen lassen."

„Oje, dann hat er also keinen Rückhalt mehr bei den Ratsmitgliedern?"

„Nein, den hat er nicht."

Die beiden hatten sich inzwischen so weit entfernt, dass Kaïtara ihre letzten Worte kaum noch verstehen konnte. Aber was sie erfahren hatte, war auch so schon schlimm genug. Die Wahrheit hatte sie erschüttert! Sie fühlte sich wie betäubt und hatte das Gefühl, nicht mehr atmen zu können. Sie würde nicht mehr sein als eine geduldete Geliebte, ein lästiges Anhängsel, das irgendwann eines natürlichen Todes sterben würde. Doch bis dahin würde man sie dulden müssen, quasi als Nebenfrau, als Mätresse.

Kaïtara glaubte, das Herz würde ihr herausgerissen! Heiße Tränen liefen ihr über die Wangen. Aviyan hatte ihr nichts gesagt, hatte seinen Kummer in dieser Sache nicht mit ihr geteilt! Hatte er sich etwa schon mit dem Gedanken, sie als seine Geliebte am Hofe zu behalten, abgefunden? War das der Grund für sein Schweigen? Das konnte doch nicht sein!

Jetzt verstand sie auch die teils mitleidigen Blicke mancher Bediensteter. Alle hatten Bescheid gewusst, nur ihr hatte man die Wahrheit vorenthalten! Warum?

Bestand die Möglichkeit, dass Aviyan nach seiner Krönung vielleicht glaubte, das Gesetz ändern zu können, damit er sie doch noch heiraten konnte? Warum hatte er nur nicht mit ihr gesprochen? Hatte er so wenig Vertrauen zu ihr, oder wollte er ihr bloß nicht wehtun? Sie hoffte auf Letzteres!

Morgen würde er König werden! War das dann ihr letzter Tag bei ihm? Würde sie dann gehen müssen? Sollte sie vielleicht besser freiwillig gehen, ohne dass er erst zu wählen hätte? Aber wie sollte sie das Dimensionstor öffnen? Damit kannte sie sich doch gar nicht aus! Ach, wäre sie doch nur zu Hause in ihrer Welt geblieben, dort, wo sie hingehörte, wo es Menschen gab, die sie mochten und schätzten. Verzweifelt vergrub sie ihr tränennasses Gesicht in den Händen. Sie wollte Aviyan doch nicht verlieren! Sie liebte ihn über alle Maßen! Aber nur seine Geliebte sein, während seine richtige Ehefrau nur darauf wartete, dass sie alt und unansehnlich würde, bis sie irgendwann der Tod ereilte? Nein, das könnte sie nicht ertragen! Das wäre einfach zu schrecklich! Dann würde sie sich lieber umbringen!

Zu allem Überfluss ließ sich Aviyan an diesem Abend auch noch beim Dinner entschuldigen, sodass sie allein mit Bila den Tisch teilte. Warum tat er ihr das an? Was war so wichtig, dass er es nicht einmal für nötig hielt, mit ihr zu speisen? Sie war so traurig, dass nicht einmal zwischen ihr und Bila ein Gespräch aufkommen wollte, auch wenn diese ihr versichert hatte, dass der Prinz selbst an diesem Abend nochmals eine Sitzung mit seinen Beratern einberufen hatte. Warum auch nicht, es war der Abend vor der Krönung, da gab es sicherlich noch sehr viel zu klären.

Es ging bereits auf Mitternacht zu, als Aviyan ganz leise die königlichen Gemächer betrat. Er nahm schließlich an, dass sie schon schlafen würde. Er ahnte ja nichts von ihrem Herzeleid und dem großen Kummer, der sie bedrückte. So schlüpfte er nur vorsichtig zu ihr ins Bett – in der Hoffnung, sie nicht zu wecken. Er selbst hätte sie jetzt gerne in seine Arme genommen und ihr davon berichtet, dass er im Rat wenigstens einen Teilerfolg errungen hatte.

Seine Berater hatten schließlich eingesehen, dass der erste Vorschlag nicht zu halten war, dass man das weder ihm als König noch ihr als Frau antun konnte. Und so war man zu der Einigung gelangt, dass er sie zwar nicht heiraten durfte, aber auch keine andere Frau zur Königin machen musste, solange Kaïtara bei ihm lebte. Sie konnten also beisammen sein und ihre Liebe genießen, und das war es doch wohl, was wirklich zählte! Erschöpft von den vielen Gesprächen schlief er ruhig ein, nicht ahnend, dass die Frau an seiner Seite lautlos Tränen vergoss, da sie ihn verloren zu haben glaubte.

Die Sonne am frühen Morgen versprach bereits einen schönen Tag, es sollte ja auch der Tag der Krönung sein. Mit Bilas Hilfe zog Kaïtara ein Festgewand an, das sie wahrscheinlich zur schönsten Frau am Hofe machte. Als sie aufgestanden war, hatte Aviyan noch fest geschlafen, und sie hatte ihn schlafen lassen, denn sie wusste nicht, ob sie ihre Gefühle gut genug kontrollieren konnte, um nicht erneut in Tränen auszubrechen. Und das war etwas, was er jetzt wohl kaum gebrauchen konnte.

Kaltes Wasser in ihrem Gesicht vertrieb schließlich auch die Schatten unter ihren Augen, und sie versuchte sehr, sich zusammenzureißen. Da sie bereits an der Frühstückstafel saß, als Aviyan den Saal betrat, fiel auch ihr Gutenmorgenkuss aus, da sich zu viele Diener im Raum aufhielten, sodass sich eine solche Vertrautheit nicht geziemt hätte. Auch das hatte Kaïtara hier bei Hofe bereits lernen müssen.

So wünschten sie sich nur einen Guten Morgen, ohne etwas von den Sorgen, die ihre Seelen belasteten, zu erwähnen. Forschend sah Aviyan ihr zu, wie sie an ihrem Frühstück knabberte, denn essen konnte man es kaum nennen. Da verputzte selbst eine Maus mehr als sie.

„Was hast du denn, meine Liebe? Schmeckt es dir heute nicht?"

„Doch, schon", lautete ihre schlichte Antwort, „aber ich bin so aufgeregt wegen deiner Krönung, dass ich eigentlich gar keinen Appetit habe."

Sein Blick sagte ihr zwar, dass er ihr das nicht recht glaubte, aber er wollte sich auch nicht mit ihr streiten. So bewunderte er nur höflich ihr Festkleid und ihre Frisur, lobte ihre Schönheit und wies darauf hin, dass die Krönung für zehn Uhr vorgesehen sei und unten im Thronsaal stattfinden würde, der auch genügend Platz für das Elfenvolk bot, das der Zeremonie beiwohnen würde.

Sie hingegen zitterte innerlich dem Moment entgegen, da er ihr sagen würde, dass er sie nicht heiraten konnte. Würde er ihr tatsächlich den Vorschlag machen, als seine Geliebte im Palast zu bleiben? Wenn er das wirklich tun würde, glaubte sie fest daran, dass sie ihm eine Ohrfeige verpassen würde! Wie konnte er nur so lange zögern, mit ihr überhaupt darüber zu sprechen? Sie fühlte sich regelrecht hintergangen, und das tat so schrecklich weh! Oder sollte sie versuchen, wegzulaufen? Aber auch das erschien ihr nicht gerade als besonders gute Option.

Und so suchte Aviyan auch in den nächsten zwei Stunden nicht das Gespräch mit ihr. Was plante er wirklich? Irgendetwas musste er sich vorgenommen haben, was er erst bei der Krönung kundtun wollte, dessen war sich Kaïtara sicher. So gut glaubte sie ihn immerhin zu kennen. Für sich selbst traf sie bereits die Entscheidung, das Elfenreich wieder zu verlassen, wenn tatsächlich diese Ungeheuerlichkeit eintreten sollte, die sie am Tag zuvor erlauscht hatte. Nun, sie würde nicht mehr lange warten müssen, denn der festgesetzte Zeitpunkt war inzwischen gekommen.

Prinz Aviyan trat in seiner cremefarbenen Uniform, über der er einen Festumhang trug, dessen Rücken mit dem Drachensymbol bestickt war (was ihn in Kaïtaras Augen noch attraktiver aussehen ließ), neben sie und reichte ihr seinen Arm. Erstaunt sah sie ihn an. Er wollte wirklich mit ihr zusammen den Thronsaal betreten? Hatte sie ihm doch unrecht getan? Stand er trotz aller Widrigkeiten zu ihr?

Sie rang sich ein gequältes Lächeln ab, legte ihre rechte Hand auf seinen Arm und ließ sich in den Thronsaal führen, dessen große, hohe Türen sich wie von Geisterhand bewegt vor ihnen öffneten, da sie von innen aufgezogen wurden. Kaïtara musste schlucken, als sie den riesigen Saal zum ersten Mal betrat und seine Ausmaße registrierte. Es mussten sich bereits Hunderte von Elfen darin aufhalten, Männer und Frauen. Nur ein Gang in der Mitte, ausgelegt mit einem roten Teppich, war noch frei und führte in den Hintergrund, wo sich auf einer um zwei Stufen erhöhten

Plattform der Thron befand. Dieser bestand eigentlich aus zwei wundervoll geschnitzten hölzernen Stühlen, die so kunstvoll gearbeitet waren, wie Kaïtara es nie zuvor gesehen hatte. Doch sie wusste, dass sie kein Recht hatte, sich neben Aviyan zu setzen, denn noch waren sie nicht verheiratet und würden es vielleicht auch nie sein. Allein der Gedanke daran versetzte ihr bereits einen schmerzhaften Stich in ihr liebendes Herz.

Er führte sie noch die beiden Stufen hoch und blieb dann vor dem linken der beiden Stühle stehen, der früher seinem Vater vorbehalten war, während er mit dem gestreckten Arm seine Begleiterin an die linke Seite dirigierte, wo sie stehen bleiben musste. Doch auch er durfte sich erst setzen, wenn er vom Obersten Rat die Krone erhalten hatte, soweit war Kaïtara in das Geschehen eingeweiht, als sie sich jetzt beide umdrehten und sich dem Volk der Elfen zuwandten.

Selten hatte sie sich so unwohl in ihrer Haut und so fehl am Platze gefühlt wie zu diesem Zeitpunkt. Und trotzdem wollte sie das alles durchstehen bis zum bitteren Ende, bis sie endlich erfuhr, was Aviyan vorhatte. Dem Protokoll nach musste er jetzt eine Ansprache an seine Untertanen halten, deren Text strickt vorgegeben war, doch der Prinz überraschte bereits jetzt alle Anwesenden damit, dass er die strengen Konventionen des Hofes mal wieder durchbrach. Die Hände hebend, damit Ruhe einkehrte, begann er nicht mit dem einstudierten Text, den schon sein Vater zu dessen Krönung sprechen musste, sondern er wendete sich ganz direkt und offen an all die Elfen, die ihm sehr viel bedeuteten, da sie ein Teil von ihm waren.

„Volk der Elfen! Wer von Euch jetzt glaubt, ich werde denselben Spruch dahersagen, wie es seit jeher üblich ist, der sieht sich getäuscht!"

Bei dieser völlig unkonventionellen Einleitung staunte nicht nur Kaïtara, auch den Ratsmitgliedern und den höheren Offizieren der Wache war die Überraschung in die Gesichter geschrieben. Trotzdem hatten sie nicht das Recht, ihren Prinzen hierbei zu unterbrechen, denn das hier war seine Stunde, seine Rede und allein sein Wille.

„Dass ich nach dem Tod von König Kelanar ein Recht auf den Thron habe, wisst Ihr alle. Die Tätowierung in meiner Handfläche, die das königliche Siegel zeigt und durch Magie entstanden ist, ist der Beweis dafür!"

Dabei hielt er seine rechte Handfläche hoch und bewegte sie im Halbkreis, damit sich jeder der Anwesenden davon überzeugen konnte. Nicht nur Kaïtara fragte sich in diesem Moment, was er mit seiner außergewöhnlichen Rede, die mit keinem Wort dem Protokoll folgte, wohl bezweckte, doch noch immer wagte es niemand, ihn zu unterbrechen, also schwieg auch sie.

„Es ist seit jeher Sitte bei dem Volk der Elfen, dass sich der König nach seiner Krönung eine Frau erwählt und zu seiner Königin macht. Diese Entscheidung hat das Volk bisher immer gebilligt. Auch ich habe mir eine Frau ausgesucht, die an meiner Seite Eure Königin sein soll, doch das alte Gesetz der Elfen sieht vor, dass es eine Elfe sein muss!

Aber wie Ihr alle wisst, weilt schon eine ganze Zeit lang eine junge und sehr hübsche Menschenfrau in unserem Reich, der ich sehr viel zu verdanken habe – nicht zuletzt sogar mein Leben – und der ich auch mein Herz geschenkt habe."

Noch immer sah er Kaïtara dabei nicht an, sondern hielt seinen Blick auf die versammelten Elfen, auf sein Volk gerichtet. Sie hatte das Gefühl, das Herz müsse ihr stehen bleiben. Was tat er da nur? Wenn er so weitermachte, würde er doch noch den Thron verlieren! Und das durfte auf keinen Fall geschehen! Das musste ihm doch klar sein!

Doch Aviyan hatte seine Entscheidung längst getroffen und sprach unbeirrt weiter: „Ich will nicht so unfair sein und mich krönen lassen, um Euch dann mitzuteilen, dass ich dieses alte Gesetz ändern will. Ich werde auch nicht auf die widersinnigen Vorschläge des Rates eingehen, die man mir unterbreitet hat und die ich absolut nicht gutheißen kann!"

Dabei sah er scharf die Männer an, die vor ihm in der ersten Reihe die zwei Stufen tiefer standen und ihm gesagt hatten, er solle Kaïtara doch zu seiner Geliebten machen, wenn er nicht die Finger von ihr lassen könne. Seine Blicke schienen sie dabei wie mit Dolchen zu durchbohren, sodass sie sich ganz sicher recht unwohl in ihrer Haut fühlten.

„Oh nein, Volk der Elfen, ich möchte eine offene und ehrliche Entscheidung von Euch allen! Wenn Ihr mir versagt, diese Menschenfrau namens Kaïtara zu heiraten und zu meiner Königin zu machen, so will ich selbst auf den Thron verzichten! Denn in diesem Fall bedeutet er mir absolut nichts!"

Aviyan hatte so laut gesprochen, dass seine Stimme den gesamten riesigen Saal mit seiner außergewöhnlichen Akustik ausgefüllt und auch noch den letzten Angehörigen des anwesenden Elfenvolkes erreicht hatte. Und während sein letztes Wort unter der Kuppel verklang, wandte er sich der Liebe seines Lebens zu und streckte die Hand nach ihr aus, damit sie zu ihm treten sollte.

Kaïtara war wie vor den Kopf geschlagen, konnte einfach nicht fassen, was er da gerade für sie getan hatte, als sich unter den Elfen, die zuvor mucksmäuschenstill gewesen waren, plötzlich ein unbeschreiblicher Jubel breitmachte. Sein Volk gönnte ihm das Glück, das er gefunden hatte. Und man wollte ihn auf dem Thron seines Vaters sehen. Ein Lächeln lag jetzt auf seinem Gesicht. Endlich fiel die Anspannung von ihm ab, die ihn die ganze Zeit gefangen gehalten und gequält hatte, auch wenn man es ihm nicht angesehen haben mochte, als er noch immer die Hand nach der Frau ausgestreckt hielt, die er über alles liebte.

Völlig überrascht von dem Geschehen, schluckte Kaïtara einen Kloß in ihrer Kehle herunter. Wie hatte sie nur an ihm zweifeln können, an seinen Gefühlen und an seiner Gesinnung? Aviyan stand voll und ganz zu ihr! Ein Blick über die Menge zeigte ihr nur zustimmende Blicke und glückliche Gesichter. Doch während ihr Blick noch über die Zuschauer, die sich außer den Angehörigen des Hofes eingefunden hatten, wanderte, erschrak sie zutiefst.

Einer der Elfen, in dem sie plötzlich den in Ungnade gefallenen Nivânus erkannte, hielt etwas Metallisches in der Hand, das ihr sehr nach einem Messer mit langer Klinge aussah, ein Messer, das sich zum Werfen eignete. Wie in Zeitlupe sah sie, wie der Mann seine rechte Hand hob, das Messer dabei an der Spitze haltend, dazu bereit, es aus dem Handgelenk zu schleudern. Und es konnte nur ein Ziel haben! Ihren geliebten Aviyan! Um genau zu sein … Aviyans Herz!

Diese Erkenntnis traf sie im selben Moment, da der neuerliche Attentäter sich entschloss, die Waffe zu werfen. Die Klinge verließ seine Hand und flog zielgenau, sie musste den neuen Elfenkönig, der noch nicht einmal seinen Eid gesprochen hatte, in die Brust treffen. Für eine Warnung war es in dieser Sekunde schon viel zu spät! Kaïtara tat das Einzige, was ihr noch möglich war! Sie warf sich von ihrem Standplatz aus nach links, der Hand ihres Geliebten entgegen, ungeachtet der Gefahr für sich selbst, und damit direkt vor seinen Körper.

Aviyan war so überrascht, dass ihm das nächste Wort seiner Ansprache wortwörtlich im Halse stecken blieb, doch im Reflex fing er seine Braut noch auf, von deren Anprall er zu Boden gerissen wurde. Mitten im Sprung jedoch war ihr die lange Klinge des Messers, die sonst gewiss den neuen König getötet hätte, in die rechte Seite gefahren. Ein scharfer, siedend heißer Schmerz bohrte sich in ihren Körper, dass es ihr vorkam, als wolle man sie auseinanderreißen. Als Aviyan begriff, was geschehen war, lag Kaïtara halb über ihm und rührte sich nicht mehr, während sich die Wachen bereits auf den feigen Mörder stürzten, doch dafür hatte er jetzt keinen Blick mehr. Entsetzt starrte er in das leichenblasse Gesicht seiner Auserwählten, die bereits wie tot in seinen Armen lag. Schmerz zeichnete ihre Mundwinkel.

„Kari, Geliebte", flüsterte er ihren Kosenamen, den er bis jetzt nur angewendet hatte, wenn sie allein waren oder aber vor seinen engsten Vertrauten.

Jetzt war es ihm egal, wer es hörte. Zärtlich strich er ihr die Haare aus dem Gesicht und bemerkte ihre zuckenden Augenlider. „Schnell, holt die Heilerin!", dröhnte seine befehlende Stimme durch die Halle. Dann senkte er sie sofort wieder, hielt seinen Blick auf das wunderschöne Gesicht der Frau geheftet, die er zu seiner Königin hatte machen wollen, ein Gesicht, auf dem bereits die Schatten des Todes lagen.

„Bleib bei mir, Kari! Ich liebe dich doch!"

Kaïtara öffnete auch noch einmal ihre schönen Augen, sah ihn an und schien ihn auch zu erkennen, denn sie lächelte. Und es erschien ihm wie das schönste Lächeln der Welt.

„Ganz ruhig, Darling", flüsterte er ihr zu, während sie von zahlreichen anderen des Elfenvolkes umstanden wurden. „Gleich wird dir geholfen werden."

Doch Kaïtara wusste es besser. Sie hatte bereits einen Blick ins Totenreich geworfen und war jetzt sehr gefasst. Sie bedauerte nur, dass sie beide nicht mehr Zeit miteinander verbringen konnten. Langsam hob sie ihre linke Hand, berührte mit ihren Fingern sanft seinen Mund, und er küsste ihre Fingerkuppen, während er ihren lang hingestreckten Körper in seinen Armen hielt.

„Bleib bei mir, Kari."

Er musste heftig schlucken. Seine Stimme erstarb in dem Moment, da ihr Kopf zur Seite rutschte.

„Nein!"

Er schrie seinen Schmerz über ihren Verlust hinaus, dass es das ganze Elfenreich erschütterte. So groß war seine Liebe zu ihr, dass ihr Tod ihn nun doch noch umzubringen schien, hatte er doch das Gefühl, das ihm das Herz herausgerissen würde. In seiner Verzweiflung presste er seine Lippen auf ihren Mund, doch er küsste nur noch eine Tote.

„Lasst mich durch!", schimpfte hinter ihnen eine Frau.

Sie bahnte sich einen Weg durch die Menge und blieb vor dem König stehen, der seine verlorene Liebe in den Armen hielt und seiner Trauer in einem Strom von Tränen freien Lauf ließ, obwohl er damit eine Schwäche eingestand. Aber das war ihm jetzt ganz egal! Es hatte ja alles keinen Sinn mehr ohne Kaïtara.

Ohne dazu aufgefordert worden zu sein, kniete sich die Heilerin neben das Paar und hielt die rechte Handfläche über den Brustkorb der jungen Frau. Mit geschlossenen Augen nahm sie so alle Energieströme wahr und in sich auf, analysierte und fällte ihr Urteil. Aber es fiel ihr sehr schwer, ihrem neuen König die Wahrheit zu sagen, nachdem er doch erst vor Kurzem vom Tod seines Vaters hatte erfahren müssen.

„Was ist, Nivâra? Kannst du ihr helfen? Du musst sie retten!"

Aviyans Stimme befahl ihr nicht, sie bestand nur aus reiner Bitte und Verzweiflung. Die Heilerin hätte sich für das, was sie zu sagen hatte, am liebsten selbst gehasst, doch sie war ihrem Prinzen die Wahrheit schuldig.

Ihre Stimme drückte ihr Mitgefühl aus, als sie erklärte: „Der menschliche Anteil dieses Körpers ist tot, mein König."

„Nein! Nein, das kann nicht sein!"

Aviyan schüttelte mit leichenblassem Gesicht den Kopf und wollte es nicht glauben, obwohl er es doch längst wusste.

„Aber ihre Elfenseele lebt noch", setzte Nivâra hinzu. „Ich vermag sie noch einen Moment im Körper festzuhalten, bis …"

„Bis was?", rief der völlig verzweifelte Mann ungehalten.

„Bis Ihr aus dem menschlichen Anteil einen Elfenkörper geschaffen habt."

Verständnislos blickte Aviyan die Heilerin an, eine bereits uralte Elfe, die wohl das Wissen und Können des gesamten Elfenvolkes in sich barg und mit starken magischen Fähigkeiten ausgestattet war. Ihre runzlige und fleckige Hand schwebte noch immer über der Brust der doch eigentlich Toten und hielt deren Seele in dem jungen Mädchenkörper fest.

„Euer Blut ist das eines alten Königshauses, einer langen Reihe von mächtigen Herrschern, Tausende von Jahren alt. Euer Blut vereint mehr magische Kraft, als Ihr für möglich haltet. Euer Blut kann sie retten!"

„Wie?", stieß Aviyan hervor, der noch immer den Körper seiner geliebten Kaïtara in den Armen hielt, deren eigenes Blut seine Kleidung benetzt hatte, sodass seine schöne helle Uniform zahlreiche rotbraune Flecken zeigte.

„Reicht mir Euren Arm!"

Und der König tat ohne zu zögern, wie ihm geheißen wurde. Die Heilerin schob seinen Ärmel zurück, riss das Messer aus dem Körper der vermeintlich Toten und zog die Klinge über den Unterarm des trauernden Prinzen, der den damit verbundenen Schmerz in seinem tiefen seelischen Kummer gar nicht mehr fühlte. Sofort brachten die Wachen wieder ihre Waffen in Anschlag, waren bereit, mit ihren Speeren zuzustoßen, doch Aviyan winkte ab, ließ stattdessen seinen Arm, aus dem es heftig rot hervorquoll, über das Gesicht und den Mund der geliebten Frau halten, zwischen deren leicht geöffnete Lippen sein roter Lebenssaft tropfte. Dazu sprach Nivâra einige magische Worte, deren Bedeutung wohl nur sie selbst kannte, denn sie entstammten einer uralten Sprache, so alt, dass wohl nur diese Elfe sie noch verstand.

In ihrem von Falten und Furchen durchzogenem Gesicht zuckte kein Muskel, doch ihre Augen blickten klar und wissend. Ihr wirres Haar, das einen Kopf mit hagerem Gesicht umrahmte, war von der Weisheit vieler Jahrhunderte ergraut und schneeweiß geworden. Sie kannte die Geschichte des Elfenvolkes sehr gut, die Vergangenheit, die Gegenwart und auch die Zukunft, nur deshalb tat sie das, was sie sonst nie getan hätte, denn sie wandelte den menschlichen Teil der jungen Frau in einen vollständigen Elfenanteil, der diese Verletzung überleben konnte, da er ja fast unsterblich war. Dann ließ sie die Seele des Mädchens wieder los, kappte den dünnen Faden der Magie, mit dem sie sie festgehalten hatte, damit sie im neu geschaffenen und doch alten Körper ihren Platz finden konnte.

Alle starrten gebannt auf die kleine Gruppe und das Geschehen. Es herrschte eine Totenstille, bis plötzlich Kaïtaras Gesicht wieder Farbe bekam. Es war der Moment, da ihre Seele den neuen Platz im alten, aber gewandelten Körper gefunden und eingenommen hatte. Erstaunt sah der Prinz, wie sich zwischen den Haaren seiner Auserwählten die Spitzen von Elfenohren hervorschoben, die süßesten Elfenöhrchen, die er je gesehen hatte. Ein tiefer Atemzug entrang sich ihrer Brust. Dann hoben sich ihre Lider, und ihr Blick fiel direkt auf Aviyan, der sie noch immer besorgt ansah. Und sie lächelte, sie konnte gar nicht anders, denn sein mitfühlender Blick verriet auch seine übergroße Liebe zu ihr. Auch wenn sie noch nicht so recht begriff, was geschehen war, so war sie sich doch sicher, dass sie ihn gerettet hatte und er sie. Sie waren füreinander bestimmt und nun auch durch Blutsbande miteinander verbunden! Daran konnte es keinen Zweifel mehr geben!

Und Aviyan war es nun doch möglich, eine Elfe zu seiner Königin zu machen! Mit Kaïtara war die Elfe, die einst als ihre Urgroßmutter das Elfenreich verlassen hatte, um einen Menschen zu heiraten, wieder in die magische Welt dieser Wesen zurückgekehrt!

Aviyan konnte gar nicht anders, er musste sie jetzt vor all den anderen, vor seinem Gefolge und dem Volk der Elfen küssen, und er tat es zärtlich und voller Hingabe. Dann hob er Kaïtara, die ja ohnehin schon in seinen Armen lag, hoch und rief über die Köpfe der Anwesenden hinweg seinen Schwur.

„So wahr ich Aviyan Sohn des Königs Kelanar und durch Erbfolge Euer neuer König bin, so gelobe ich Euch, meinem Volk, dass ich die Frau mit Namen Kaïtara, die aus freien Stücken zu mir aus dem Reich der Menschen gekommen ist, zu meiner Frau und Eurer Königin machen werde!"

Ein unbeschreiblicher Jubel brach unter den Anwesenden aus, die schon dem alten König Kelanar treu ergeben gewesen waren, denn sie erkannten seinen Sohn Aviyan voll und ganz als neuen Herrscher an und würden dies bei der Hochzeit auch seiner Auserwählten, ihrer neuen Königin, geloben.

Kaïtara strahlte über das ganze Gesicht und bat ihn, sie doch jetzt wieder abzusetzen, doch der junge König schüttelte den Kopf: „Nein, mein Schatz, du wurdest so schwer verletzt, als du mir das Leben gerettet hast, dass ich dich hinauftragen werde. Du wirst mir keinen Schritt tun, bevor die Heilerin Nivâra dich nicht wieder für gesund erklärt hat."

Damit musste sie sich zufrieden geben und nahm es auch hin, dass er sie jetzt aus dem Thronsaal und die breite Treppe hinauftrug, um sie in ihrem gemeinsamen Schlafgemach auf dem Bett abzulegen. Die Heilerin war ihnen unaufgefordert gefolgt und besah sich die Wunde, die der künftigen Königin fast das Leben gekostet hätte. Doch wie es bei Wesen dieser Welt so üblich war, hatte diese sich bereits geschlossen, und auch die dünne strichförmige Narbe verblasste bereits deutlich. Nichts würde mehr darauf hindeuten, dass an dieser Stelle ein Messer in ihren Körper eingedrungen war.

Etwas überrascht betrachtete Kaïtara allerdings dann ihr Spiegelbild, doch musste sie sich eingestehen, dass ihr diese spitzen Elfenohren, die zwischen ihren Haaren hervorlugten, gar nicht so schlecht standen. Vielleicht war es ja das gewesen, was ihr in ihrem Leben als Mensch immer gefehlt hatte, denn im Grunde ihres Herzens hatte sie sich doch immer als Elfe gefühlt, nun war sie es endlich zu einhundert Prozent geworden!

Und Aviyan, der hinter sie getreten war und ihr zusah, wie sie ihre neuen Ohren befühlte, flüsterte ihr leise zu: „Du hast die schönsten Öhrchen der Welt, Kari!"

Als sie sich jetzt zu ihm umdrehte, lag wieder dieses glückliche Lächeln auf ihrem Gesicht, das er über alles liebte. Sie warf ihre Arme um seinen Hals, und er zog sie an seine Brust. Ihre Lippen fanden einander und verschmolzen zu einem sehr langen und intensiven Kuss. Das Glück dieser beiden jungen Elfen hätte in diesem Moment gar nicht größer sein können!

ENDE

novum VERLAG FÜR NEUAUTOREN

Bewerten Sie dieses Buch auf unserer Homepage!

www.novumverlag.com

Die Autorin

Elke Edith, geboren in Offenbach/Main in Hessen, begann ihre berufliche Laufbahn in Frankfurt bei einer Pharmafirma.1999 schloss sie ihr Studium zur Biotechnologieingenieurin ab. Mit der Veröffentlichung von „Rückkehr ins Reich der Elfen" bringt sie nach „Wer glaubt denn schon an Elfen?", „Drachenkraft und Elfenmacht" sowie „Malcolm, Prince of Bannister" bereits ihr viertes Werk auf den Markt und vervollständigt damit ihre Elfenreihe.

novum ▲ VERLAG FÜR NEUAUTOREN

Der Verlag

*Wer aufhört
besser zu werden,
hat aufgehört
gut zu sein!*

Basierend auf diesem Motto ist es dem novum Verlag ein Anliegen neue Manuskripte aufzuspüren, zu veröffentlichen und deren Autoren langfristig zu fördern. Mittlerweile gilt der 1997 gegründete und mehrfach prämierte Verlag als Spezialist für Neuautoren in Deutschland, Österreich und der Schweiz.

Für jedes neue Manuskript wird innerhalb weniger Wochen eine kostenfreie, unverbindliche Lektorats-Prüfung erstellt.

Weitere Informationen zum Verlag und
seinen Büchern finden Sie im Internet unter:

w w w . n o v u m v e r l a g . c o m

Elke Edith

Malcolm, Prince of Bannister

ISBN 978-3-99026-989-3
518 Seiten

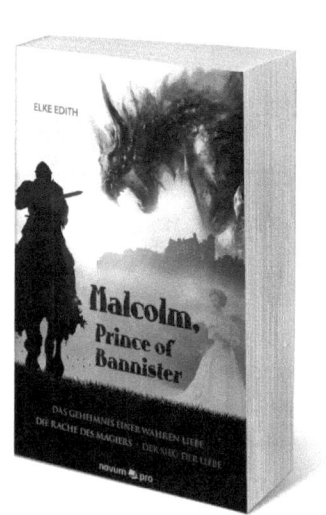

Vor unendlich vielen Jahren, als es noch Feen, Zwerge und Drachen gab, als Magier eine große Macht über die Menschheit ausübten, nahm in einem fernen Königreich ein tragisches Schicksal seinen Lauf. Der Sohn des Königs selbst wird in die Machenschaften der Wesen einer geheimnisvollen Welt verstrickt, und von ihm allein soll das Wohl des Königreiches und seiner Untertanen abhängen.
http://elke.edith.pageonpage.com/

Elke Edith

Wer glaubt denn schon an Elfen?

ISBN 978-3-99038-970-6
200 Seiten

Auch heute noch leben Elfen unter uns! Sie haben sich uns Menschen angepasst und sind nicht unbedingt gleich zu erkennen. So versucht auch Sandra Henderson, die noch zu einem Viertel Elfenblut in sich trägt, mit ihrem Wissen und Können einen kleinen entführten Jungen aufzuspüren und zu befreien.

Elke Edith

Drachen-kraft und Elfenmacht

ISBN 978-3-99048-160-8
208 Seiten

Um ihren Mann, den englischen Polizeiinspektor Jameson Richards vor dem Einfluss eines grausamen Magiers zu retten, muss Sandy, in deren Körper noch zu einem Viertel Elfenblut fließt, das Tor zur Dimension der Drachen öffnen. Sandy befindet sich in einer Zwickmühle, denn wenn sie tut, was man von ihr verlangt, ist sie für den Untergang des Drachenreiches verantwortlich!